叶落江南惊残梦

张卫平 ◎ 著

中国言实出版社

图书在版编目(CIP)数据

叶落江南惊残梦 / 张卫平著 . -- 北京：中国言实出版社, 2023.10
ISBN 978-7-5171-4611-7

Ⅰ.①叶… Ⅱ.①张… Ⅲ.①长篇小说—中国—当代 Ⅳ.①I247.5

中国国家版本馆 CIP 数据核字 (2023) 第 192188 号

叶落江南惊残梦

责任编辑：李　颖
责任校对：李　岩

出版发行	中国言实出版社
地　　址	北京市朝阳区北苑路180号加利大厦5号楼105室
邮　　编	100101
编辑部	北京市海淀区花园路6号院B座6层
邮　　编	100088
电　　话	010-64924853（总编室）　010-64924716（发行部）
网　　址	www.zgyscbs.cn　电子邮箱：zgyscbs@263.net

经　销	新华书店
印　刷	三河市华东印刷有限公司
版　次	2024年1月第1版　　2024年1月第1次印刷
规　格	880毫米×1230毫米　1/32　8.75印张
字　数	210千字
定　价	78.00元
书　号	ISBN 978-7-5171-4611-7

序

有个词，叫"生活家"，大致是指那些热爱生活、富有情趣、轻松洒脱、多才多艺之人。自然，所谓"生活家"，不像画家、书法家那样有个明确的标准，世人各有各的活法，世上也没有一个"生活家"协会，但如果非让我列举一位"生活家"的话，非张卫平莫属。

认识张卫平，大概是在十多年前，有人介绍说她是做收藏的，是著名收藏家的弟子。张卫平还擅长书法，说起来算是韩天衡的再传弟子吧；她还画油画、唱昆曲，后来听说她写了一本《嘉兴昆曲》，现在又在写一本《嘉兴园林》，这不禁让我想起了有人对她的一句调侃：张卫平要是姓朱的话，那就是"朱八界"。毕竟，张卫平现在跨界还没有跨到"八界"吧。张卫平与其说是行业的跨界，不如说是爱好的融合。她是个热爱生活、热爱理想的人，似乎在告诉大家：活着多好呀！生活中尽管有种种不如意，各种事与愿违，但既然活着，就要活得有滋有味一点。

所以，张卫平就开始写小说了。因为她觉得，没有哪一种艺术能像小说这样，把自己的所知用有趣的方式分享给大家，把自己的所想完完整整地表述出来。读张卫平的小说，无论是她前几年的《枕梦江南》，还是这本《叶落江南惊残梦》，最让人心动的，还是故事中流露出来的意趣——从容、自在，娓娓道来，既见才学，又见性情。比如书中对昆曲、园林、梅花、书画的一些议论，没有一定的基础，是说不到如此入木三分的。我读到沈班主说昆曲《牡丹亭》一节，指斥上海戏班改词乃是"把汤公细腻的文理破坏殆尽，失之毫厘谬以千里"，可谓头头是道，深中肯綮。作为嘉兴人，书中所写的嘉兴风物让我觉得十分亲切。从西南湖到放鹤洲，从陆贽到朱敦儒，从西丽桥到岳王祠，从三塔到踏白船，把嘉兴的人文历史融入其中，小说也因此而更富意蕴。《叶落江南惊残梦》呈现的是一种明亮而不刺眼的光辉，一种圆润而不腻耳的乐章，一种相视一笑、莫逆于心的会意，一种不激不厉、风规自远的淡定。初读之下，似不经意，细细看下去，却别有一番趣味。

张卫平的小说就像是在造一个园子，只不过材料用的是文字而已。此处叠个山，彼处开个门，近处栽盆兰，远处植株梅，一切全凭胸中丘壑，所谓兴之所至、心之所安，尽其在我、顺其自然。这其实不失为写作的一种理想状态，在这样的心境下，或许更能写出好的小说来。其实，小说好与不好，往往是言人人殊，有时也不必太当真。但所谓生活，就是去做自己喜欢的事情，在不断的发现里成为理想的自己，并保持自己心中的热爱。做一个"生活家"，远比做一个其他的什么"家"来得更有意思。

杨自强
2023 年 1 月 11 日

（杨自强，中国作协会员、嘉兴市作协主席。）

目 录

第一章　　招聘 …………………………… 001
第二章　　开往蝴蝶岛的渡轮 …………… 003
第三章　　搭车 …………………………… 005
第四章　　初识残暮花园 ………………… 008
第五章　　面试 …………………………… 011
第六章　　雨夜惊魂 ……………………… 015
第七章　　墙后的秘密 …………………… 019
第八章　　晨妆 …………………………… 023
第九章　　姹紫嫣红的玻璃温室 ………… 027
第十章　　突如其来的大火 ……………… 029
第十一章　先听我讲一个故事 …………… 032
第十二章　我是谁 ………………………… 035
第十三章　荒废的晓园 …………………… 039
第十四章　好可爱的小刺猬 ……………… 043
第十五章　一起看星星 …………………… 046

第十六章	超山探梅	050
第十七章	逃命要紧	054
第十八章	追兵	056
第十九章	轧蚕花	059
第二十章	重回品楼	062
第二十一章	猪一样的刘十三	065
第二十二章	前尘往事	069
第二十三章	一曲《长生殿》	073
第二十四章	遗忘有时也是一种解脱	077
第二十五章	卖剑	080
第二十六章	相请不如偶遇	083
第二十七章	打网球	086
第二十八章	蟹叉三的小馄饨	089
第二十九章	工作伙伴	093
第三十章	愿不愿赌一把	097
第三十一章	大事不好	100
第三十二章	睡公子	102
第三十三章	戏班	105
第三十四章	庙会	110
第三十五章	月下补衣	112
第三十六章	徐家花园	115
第三十七章	这病来得凶险	118
第三十八章	奉若上宾	121
第三十九章	血溅县衙	126
第四十章	夜雨	129
第四十一章	海上惊魂	132

第四十二章	黑衣人	135
第四十三章	荷诞日	138
第四十四章	夜探季府	140
第四十五章	一大家子人	143
第四十六章	萨玛的酸菜鱼	148
第四十七章	季家的商业王国	153
第四十八章	前来投靠的弟弟	155
第四十九章	开启石室的钥匙	158
第五十章	跟踪	160
第五十一章	前所未有的温暖	162
第五十二章	先蚕祠	164
第五十三章	害人的把戏	168
第五十四章	西园公望	170
第五十五章	卢府	174
第五十六章	失而复得的卢家千金	177
第五十七章	黑暗的地窖	180
第五十八章	苦肉计	182
第五十九章	闲情雅致	187
第六十章	洪帮老大	192
第六十一章	南洋来的首富	195
第六十二章	贪心不足	201
第六十三章	暗杀行动	204
第六十四章	金蝉脱壳	208
第六十五章	久别重逢	212
第六十六章	东窗事发	215
第六十七章	不得已的流产	216

第六十八章　消磨时光 …………………… 218

第六十九章　意外的消息 …………………… 222

第七十章　被冤入狱 ………………………… 224

第七十一章　逃出生天 ……………………… 227

第七十二章　上村和下村 …………………… 232

第七十三章　幸福就是遇到对的人 ………… 236

第七十四章　失忆的沈月兰 ………………… 239

第七十五章　剑中的秘密 …………………… 245

第七十六章　又遇念销 ……………………… 250

第七十七章　又到姑苏西园寺 ……………… 254

第七十八章　绝处逢生 ……………………… 260

第七十九章　笼中鸟 ………………………… 262

第八十章　了却尘缘 ………………………… 264

第八十一章　寒冷彻骨的冰洞 ……………… 267

第八十二章　我的志愿就圆满 ……………… 270

第一章 招聘

  1987年加拿大多伦多的春天，这是一个普通的星期天，季无患穿了一件半旧的红色圆领毛衣，上面有只歪了头的黑色花斑长颈鹿悠闲地穿过整个前胸，差不多来到了脖子的近处，下面是条粉色的中裤，露着一截雪白的小腿，两条腿一上一斜地盘在木椅上。面前的小木桌窄得只够坐下两个人，所以上面放着的几张报纸就像一个当代艺术家做的灯罩。她翻阅着手中的报纸，这是她这段时间空闲时的必修课了，季无患手中拿着一支黄色的马克笔，把有用的招聘信息都标注上记号，等下好逐一打电话，虽然前几次面试失败的经历令她多少有些沮丧，但生活还要继续。忽然她看到报纸上的一则广告，版面超乎寻常的大，几乎占了半面报纸，内容大意是这样的：有一位八十岁的老妇人，视力不好，想找一位伴读，工作很轻松，试用期一个月，特别的要求是必须为十八岁的华裔女性。试用期的薪资是每月五十万加元，试用期合格后另有高额津贴。

  这样的试用期薪资看起来简直有点像天方夜谭，季无患拿起桌上的冰水喝了一大口，她甚至有些怀疑这其中会不会隐藏着某种阴谋。"五十万呀，五十万，不，无论如何，还是值得试一试的。"她内心狂跳。她用剪刀剪下这则招聘广告塞到包里，然后两口吃掉了从冰箱中拿出来的隔夜面包，又跑到水龙头边胡乱地

洗了把脸。简易的塑料衣柜里零星地挂着几件衣服，考虑到这次面试的重要性，季无患第一次对衣服的选择犹豫起来，平时她都是随手套上一件衣服就出门。"八十岁的老太太，嗯，那我至少不能穿短裤去。"季无患这样想着，换了一件粉色小花的连衣裙，外面穿了件粉黄的毛衣。家里没有全身镜，她用包里的小圆镜照了个大概，又把扎起的马尾放下来，用梳子胡乱地梳了几下，就冲着屋里喊道："妈咪，我有事出去了，中饭不回来吃了。"不等季太太答话，季无患已经跑得无影无踪了。

第二章　开往蝴蝶岛的渡轮

　　蝴蝶岛在多伦多最北面的湖中央，公车换地铁，到了港口还要坐一个小时的渡轮。季无患坐在开往蝴蝶岛的渡轮上，因为是星期天，出门度假放松的人比往常多了许多。湖水湛蓝，几只白色的海鸟飞旋在湖中稍远处苍翠的小岛间，小岛开阔的陆地上林立着一幢幢华丽的别墅。季无患紧张的心情这时才放松下来，透过船舱的玻璃她甚至能听到岛上传来的小孩在草地上奔跑嬉笑的声音。"不知道自己什么时候才能住上这样华美的房子。"这样的念头在季无患心头很快地闪过。这时她包里的手机响了一下，这是她为了最近面试方便新买的一个二手手机，是她男朋友李明雨发来的短信："你这段时间怎么了？还是我太敏感？你总是对我淡淡的，害得我白天夜里都不能安心上课看书，你也不打电话给我，不能让我听见你的声音，给我只言片语也是好的，省得我这样焦虑。"季无患叹了口气，没有马上回短信，又把手机放回了包里。李明雨是她在香港的邻居，青梅竹马，后来两家一起移民来到加拿大。季无患的父亲死得早，移民加拿大几乎用尽了家里的积蓄，现在母亲身体又不好，这一年来辞了工在家休息。为了省钱，季无患总是让李明雨不要打电话，有事就发短信。这是季无患在多伦多大学的第一个学期，虽然夜里还做着兼职，但赚的钱除了应付日常开销外，很难支付下个学期的学费，所以她才想

在暑假里找份白天做的工作。他们俩在同一所大学读书，因为李明雨家中也不宽裕，加上季无患性格好强，所以她无论如何都不想让他知道自己现在的境况。"嘀——"伴随着一声汽笛的长鸣，船舱内响起了柔美的音乐，然后是船长的提醒："船已到达目的地，请旅客们拿好随身行李，依次下船。"这时身边的人纷纷走楼梯或者乘坐电梯到底层，然后坐进自己的车里等候下船。加拿大幅员辽阔，在这里生活没有汽车几乎是不能想象的。很快，船到码头后车辆蜂拥而出，最后，码头上只剩下了季无患和几个观赏风景的游客。

第三章 搭车

　　季无患之前没有来过蝴蝶岛，事实上来加拿大的这两年她都忙于生计，没有出去玩过一次，李明雨有时会抱怨她的无趣。和多伦多不同的是这里似乎没有公车，她站在唯一的一个公车站台上等了半天也不见有公车来。"嗨，宝贝，要搭车吗？"正当季无患灰心的时候，耳边传来了一阵呼啸，一辆红色的厢式货车停在她身边，车窗里探出一个脑袋来。那是一个二十来岁的小伙，一头金色的卷发，红白格子的法兰绒布衬衫，卷着袖子，脸上热得通红，鼻子四周密密的雀斑更加明显，头上戴着一顶浅蓝色的牛仔鸭舌帽。季无患稍作打量，货车后面有扇窗，窗口露着一匹马的半个头，浅褐色的眼睛流露出和主人一样和善的目光。她在心里想，没有一个坏人出来会带着一匹马吧？"好的！"季无患愉快地跳上车，这时她才注意到自己穿的是双白色的球鞋。"唉，忘了换鞋子了。"她在心里小小埋怨了自己一下。"你好，我叫克雷蒂斯，你呢？"金发男孩腾出一只手来和季无患握手。相比香港人而言，季无患其实更喜欢加拿大人，虽然来的时间也不太长，但加拿大人更单纯更阳光，生活简单，运动、工作，工作、运动，亲近自然。"艾薇尔。"季无患笑笑。在这里季无患几乎要忘记了自己的中文名字，因为西方人很难记下"季无患"这三个字，估计开上几十公里后，西方人最后还是会简单地叫你一声

"季"。

岛上的主要公路只有一条。

"这里住了很多华人呢,岛上最有名的大学里几乎都是华人学生,你知道为什么吗?"金发男孩问。

"不知道。"季无患答。

"那是因为蝴蝶岛四面环水,没什么好玩的,关在岛上成绩才好呀。"金发男孩说着哈哈大笑。他似乎不急着问季无患要去哪里。看完季无患递过来的报纸上的地址,又说:"残暮花园,原来你要去那里呀,真巧,就在我家农庄附近。这老太太可是岛上——不,可能是多伦多第一富婆呢。"金发男孩说着将报纸还给季无患。"残暮,好好的字在西方人嘴里听着就是奇怪。原来她是富婆,怪不得试用期的工资这么高。"季无患在心中暗念。金发男孩显然这时的心情很愉快,把 CD 的声音又调响了些,这是当地当红的男子乡村乐队唱的《我就需要你》,节奏很欢快。

"你是第一次来岛上吗?"金发男孩提高了嗓音问。

"是的。"季无患答。

"下次你来一定要去蝴蝶园,那也是残暮花园主人的产业,里面有她从世界各地收集来的蝴蝶,门票五十加元,不过,你可以来找我,我知道后门,可以省下这门票钱,你请我喝咖啡就好。"这时太阳晒得更热了,男孩索性把头上的鸭舌帽扔到了后座上。

"好的。"季无患礼貌地回答。公路两旁都是茂密的枫叶林。

"这枫叶林到了秋天就更美了,火红一片,不过还是及不上魁北克的枫叶,红得像酒。"见季无患看着窗外,金发男孩又介绍道。一路上基本上都是男孩在说话。

"到了,我的小宝贝。"车子终于停在了公路边的一条小道上。"哦,谢谢你,克雷蒂安。"季无患跳下车,朝男孩摆摆手。

"NO，是克雷蒂斯，这是我的电话，有空打给我。"男孩末了朝季无患抛了个飞吻，车飞驰而去。

第四章　初识残暮花园

　　周围马上又恢复了平静，柏油小路两旁有高大的梧桐树，枝头上光秃秃的，去年残留的小绒球，上面的绒毛这时飞散开来。四周一个人也没有，季无患这才想起早上到现在还没有吃饭，肚子已经咕咕地发出了抗议，这时手机又响了："你今天到哪里去了？我早上给你送去了一笼我妈做的虾饺，你回来吃了吗？晚上我去看你好不好？"又是李明雨发来的信息。"虾饺，我早饭还没吃呢。"季无患有些无缘由的愤怒。一看时间，已经下午三点了。小路一眼望不到尽头，幽幽地一直向前，路两边的草坡上开着各色的小花，鸟在树间鸣叫。这里的景色真的很美，如果开着敞篷车来，沐着春风一定不会关心那道路的长短，不过此时的季无患只关心何时能出现一扇大门。好在穿了球鞋来，这是她此时唯一的安慰了。走了二十来分钟，终于来到了一扇黑色的铁门前，门口站着两个三十来岁的男子，短发，穿着灰色的中式长衫。这样的打扮在加拿大很少见到，让季无患想到在香港时曾记早茶店里站着的大堂经理，多少有了几分亲切感，一路而来的酸痛疲倦感也减轻了好几分。两人的样貌很相似，季无患疑惑他俩是不是兄弟。向他们说明来意后，很快就有一辆敞篷的米色电动汽车来接她。车上的司机也穿了灰色长衫，三十来岁，同样相似的面容，"三兄弟？"季无患更疑惑了。这种疑惑很快就被路边的美景冲散了：先是一片玫瑰花地，大红的玫瑰缠绕着形成一串红霞般的拱廊；然后是茂密绿色的松枝筑成的屏风，屏风两边有路，路一直往下，两边有粉色的开得正盛的樱花，花下有粉蓝的兰花，一路往下绕，满坡的霞彩，这时的太阳西斜，映衬得好像童话世界。季无患有些难以相信眼前的美景是真实存在的。车停在一丛绿叶植物前，这种植物是季无患没有见过的，每一片叶子都比脸盆还要大，毛茸茸的，长着小刺。人走在其中仿佛变成了小人王国中的玩偶。"这边请，季小姐，你来晚了。"叶子深处不知何时出现了一位穿着黑色长衫的男子，长衫上有隐隐的团花，白玉的扣子，手上戴着一个白玉的扳指，手指纤长，看起来也是三十多岁，样子与前面的三位同样有些神似，只是眉眼间更俊朗，一双星目透着冷峻。"我是这里的管家，免贵姓杨，你可以叫我杨管家。"杨管家在前面引路，两人穿过一座下沉式的花园，花园有些日式的韵味，高大的罗汉松间布满了绿萝，路面也不知从何时变成了白色鹅卵石，一片桃花林后显出一角朱红中式的飞檐。穿过桃花林，整座中式的大宅显现出来。"季小姐，请跟我来。"杨管家语气柔和有礼，"李夫人在东面的书房，你前面可能还有一两位面试者。"季无患虽然是中国人，但在香港也从来没有进过这样的中式古典建筑里面，唯一沾点边的可能是黄大仙的庙。这座建筑外面基本是中式的，里面地上却铺着米黄褐色相间的大理石，顶上悬着璀璨的水晶灯，落地的透明玻璃外是一片美好的春日景象，粉色桃花下，几只绿羽的孔雀悠闲地踱着步。"在这里能做一只孔雀也不错。"季无患又开始胡乱地想。"到了，请在这里稍候。"杨管家退了下去，马上有人端上了几碟时鲜的水果和糕点。"请问您是要咖啡还是茶？"一位二十多岁明眸皓齿的女子垂首上来问。一条乌黑的长辫子，卷刘海，白色斜襟上衣，白玉的扣子，手上颈上戴着银质的链子，显得肌肤吹弹可破，粉蓝

及膝百褶长裙。同样打扮的靠里的门边还站着一位,两人的样貌看上去也相似。"茶好了。"季无患答。本来想问有没有可乐,还是忍住了。"真是奇怪的地方呀。"季无患暗想,她也不等主人招呼就把眼前的糕点水果几乎吃了个精光。这下总算是恢复了一点力气,她开始有精力观察四周,发现不远处还坐着一位二十来岁的摩登美貌女郎,一身米色的职业羊毛套裙,咖啡色的尖头高跟鞋,一头精心修饰过的中长卷发,她见季无患打量她,便朝这边报以一抹微笑,又下意识地抬手撩了下耳际的卷发,手指上的钻戒发出一道寒光。季无患不禁有些心虚,她虽然没有见过另外几位面试者,光看这一位的高雅气质,她就觉得自己今天是来错了。

第五章　面试

所幸这位优雅小姐进去的时间并不长，一会儿就出来了。"季小姐，请进吧。"杨管家从里面推门出来。和外面的明丽不同，这间书房显得有些幽暗，屋顶上是极繁复的彩色欧式绘画，厅的中间有两根巨大的木柱，底下半人高的一截包着金色的皮，露出的大部分密密地雕着图案，但因为离得远看不太清楚，应该有很长的年份了，梁上垂下来厚重的红色帷幔，上面点缀着金色的流苏，夕阳从帷幔的缝隙中钻进来，让困在幽暗室内的微尘欢快地起舞。靠窗的地方有一架三角钢琴，看起来也有些年份了，上面摆着一盆盛开的粉色百合，空气中也微微有些百合香。四周墙上是棕色的书架，从地上一直到房顶，排满了书。季无患用了一些时间才适应了房间中的光线，她向前走了几步，等着有人招呼她，可是似乎并没有人。窗边有组宝蓝色的丝绒沙发，前面是个大理石的壁炉，上面镶着金色雕花拿琴长翅膀的铜人，想必因为现在是春天，所以炉膛里并没有火，冷冰冰的。"季小姐。"一个甜美的声音传来，季无患吓了一跳，但没有表露出来。她转过身，奇怪的是还是没有看到人。"你随便坐吧，季小姐，真不好意思，我已经很多年没有见过人了，人老了懒得动了。你可以叫我艾达，这样随意点。"季无患想这说话的人肯定就是李夫人了，但她并没有贸然地称呼她艾达，她对这空气微微点了下头，说

道:"好的,李夫人。"然后就近坐在了一个金色的靠背椅上。铜制的扶手有些发暗,手放在上面更显冰冷,这使季无患在心中更加提醒自己打起精神来,因为李夫人一定躲在门后或墙后的哪个角落打量着自己。她挺直了背,屁股也只坐在了椅子的边缘,斑马毛的坐垫滑得让人坐不住。

"归来重整旧生涯,潇洒柴桑处士家。草庵儿不用高大上,会清标岂在繁华?纸糊窗,柏木榻。挂一幅单条画,供一枝得意花,自烧香童子煎茶。季小姐听过这首散曲吗?"李夫人问。

"没有。"季无患想,我唐诗会的也不多。

"也是,我在你这个年龄也不喜欢这些。"声音在空气中幽幽地停了一会儿才又响起。

"季小姐的母亲是上海人吧?"李夫人问,显然对季无患做过调查。

"是的,我母亲在上海出生,我十岁那年全家搬到了香港。"季小姐答。

"嗯,上海……很多年前我也住在那里。"李夫人说这句话时声音慢悠悠的,更像是在和自己对话,"季小姐,你为什么要来做这份工作呢?我可不是一个好相处的人呢。"李夫人问得很直接。

"因为我需要钱。"季无患的回答很干脆。

"哈哈,好好,我就喜欢你这样坦诚的人。季小姐,你帮我看看这桌上的梅花配哪个瓶更好看?"顺着李夫人的声音向窗边看去,一张中式的印度小叶紫檀琴桌上果然放着一枝白梅,边上放着一个白瓶和一个银瓶。

季无患走过去,把梅花拿在手中,梅枝扭曲着,有几朵白梅盛开,另有几朵未开。平时季无患把所有时间都放在生存上,从没有想过去为一枝花费神。但这既然是考试,能不能拿到五十万说不定就看这枝花了，怎么选呢？夕阳在窗边轻柔地提示着，紫檀的桌子更显暗，墙纸是深红色的，周遭的一切都是华美的。银质的瓶子通体雕着花。

"如果一定要把这枝花放在这张桌子上，那我觉得银的不错。"季无患说着就把花插进瓶中，还不忘用手自然地摘掉多余的枝丫。然后把白瓷瓶拿开了。

"嗯，也不错，我一直很喜欢这个白色的一枝瓶，清对一枝瓶，瓶对一枝清。种了那么多的白梅却总也找不到这样的意境。银瓶就银瓶吧，路易十六，波旁王朝的旧物，老人说银溶解于水有抗腐之效，花色可以久艳而不败，真也不错。"

"这白瓶放在茅草屋里应该好看。"季无患刚说完又觉得自己多嘴了。

"茅屋，有意思，茅屋……"李夫人像是在自语。

"你左手边的书桌上有些书，你读一段来给我听听。"李夫人继续着考题。

"我可以开灯吗？李夫人。"这时的天色已经暗下来了。

"当然了，我的孩子，年轻的感觉真好。"看着季无患起身开灯的背影，李夫人轻声感慨。

"您要听哪一本？"季无患看到书桌上放着几本线装书，她随便翻了几本，有《遵生八笺》、《武林旧事》、《考槃余事》、《培花奥诀录》、《瓶史》等。

"都可以。"李夫人懒懒地说。

"花下不宜焚香，犹茶中不宜置果也。夫茶有真味，非甘苦也；花有真香，非烟燎也。味夺香损，俗子之过。且香气燥烈，一被其毒，旋即枯萎，故香为花之剑刃。棒香、合香，尤不可用，以中有麝脐故也……"季无患挑了本书名看起来最为简单的《瓶史》读起来，竖排的繁体字让季无患读得小心翼翼，吃力不

已，心想李夫人怎么会喜欢这么沉闷的书。她一直读着，李夫人不说话，她也不敢停下来，心想这五十万真不好赚。

"砰砰砰"，门外响起叩门声，进来的是杨管家。

"夫人，时间晚了，要开始吃晚饭吗？"杨管家问。没有人回答，杨管家又加重了声音问了一遍。

"哦，是吗？今天的时间过得真快呀。真不好意思，我睡着了，人老了就是没用，不知不觉居然睡过去了，但最起码说明我和季小姐的相处很愉快呢，人与人的相处你若是能当她不存在就是最好的状态了，不是吗？季小姐，说明我们之间有了很好的开头呢。季小姐，你留在这里吃饭吧？"李小姐笑着说。

"谢谢。"季无患如获大释。心中感谢杨管家的及时出现，不然自己恐怕要对着空气读书到天亮了。

第六章　雨夜惊魂

　　杨管家领着季无患出去了，七拐八绕地走了大约十几分钟，再回过头，那幢中式建筑已经掩映在夜色丛林中一点都看不见了。杨管家带着她来到一幢两层粉黄色小楼前，楼房是典型的加拿大建筑，看起来有些年份，二楼有个套间，里面各种生活设施样样俱全。

　　"你今晚就睡在这里，待会儿有人会把晚饭送到你的房间里，你今天也辛苦了，请早点休息吧。"杨管家说。

　　"嗯，谢谢杨管家。"季无患望着这套比她整个家都要大出一倍的房间有些失神。

　　"对了，这里有电话，你有事可以用。客厅有铃，有什么需要你随时可以按铃。明早七点，我会准时来找你的。"杨管家说完转身出去了。

　　过了一会儿，晚餐就有人送来了，一样装束的佣人，却不是白天见过的人。放下就走了。

　　要维持这样的排场得需要多少人呀？而我与他们一样也是到这里来谋生的，对了，我还不如他们，我甚至还没有谋到生活。

　　季无患这样暗暗想，心中不免一阵失落。

　　送来的是西餐，一份深海虾玉米西红柿生菜沙拉，主食是烤羊排，一碗意式蘑菇汤，还有一小块黑巧克力甜点。银色托盘上

的白瓷瓶中插了一枝白玫瑰，季无患拿起玫瑰来放到鼻子边嗅了一下，真香呀，虽然在这里是佣人，但生活条件比做学生好太多了。她看了看钟表已经快六点了，忙给打工的快餐店打了个电话请假，并且在快餐店老板的骂声没有止住前就挂了电话。她又打了个电话给母亲。她经常不在家吃饭，有时会在打工的餐厅蹭饭，所以母亲也不大关心她的去向，只要开学时不向家里伸手要钱就行，想到这些季无患就有无限的烦恼。终究还是饿了，午饭没吃，所以菜虽然有些凉了，季无患还是吃得很欢，富贵人家的饭就是好吃，她在心中称赞。按铃让佣人把吃完的餐盘收拾好。这时手机又响了，是李明雨的信息。

"你在做什么？明天要不要一起去看毕业班排的话剧《茶花女》？我很想你，现在要见你一面都不容易。刚去过你家了，伯母说你出去了。"

季无患把手机朝床上一扔，整个人横在床上。

"累死人了，茶什么花女，谁像你有那么多的闲情，赚钱都快没时间了。"季无患想着有些赌气，恨李明雨什么忙也帮不上，只会添乱，就不愿回信息。

夜晚这里静得出奇，这么多的人好像平空消失了一样，没有一点踪迹和声响。季无患原本以为这样的大宅子晚饭肯定会有很多人一起吃，起码开十几桌。又一想，也许因为自己是外人，又是来应聘佣人的，所以才没有被邀请。她一个人这样胡思乱想着。本来想再出去走走，但天上忽然下起雨来。洗漱完，躺在床上开始思绪万千，想到今天的所见所闻，一切都是那么的不可思议。又想起以前在香港的时光，有时放学和李明雨两个人坐公车会特地在浅水湾下车，在海边散步追逐、看夕阳，有时两个人会坐上一元的电车没有目的地看风景，好像只是为了多点时间在一起说些白天的见闻，周末李明雨还会带她去赤柱亲戚家，去蹭饭，吃渔家的海鲜……是呀，两个人在一起有过那么多美好的时光，现在怎么就有些烦他呢？也许是烦他不理解自己，可是自己也没有把自己的真实情况告诉他呀！也许觉得没必要，这一切自己都可以处理得来吧。他还是那样的他，改变的是自己，又也许自己也没有变，只是现实压力太大了。在这样一个美丽的地方如果能和他一起手挽手看夕阳该有多好，像以前那样。我们有多久没有手挽手走在沙滩上了？其实加拿大温哥华有很多美丽的沙滩，但是现在为什么再也没有去过呢？也许等我赚到那50万就可以经常去了吧，但是现在看来可能性不大，今天可能就是我在这里的第一晚，也是最后一晚吧。而我就像一条主人家收留的可怜的流浪狗。季无患又在心里深叹。电话是免费的，但拿起话筒又不知道该说什么，一切都还没有头绪，又怕李明雨担心，于是就在手机上简单地写下："母亲让我去办事，过几天就回来，不要担心。"信息发出去，半天没回音。看看钟已经十一点了，这么晚了，季无患迷迷糊糊地睡着了。

　　半夜大风把门窗吹开，一道闪电和惊雷把季无患从梦中惊醒，她披衣起床关窗，却看见大雨中远处昏黄的路灯下红色玫瑰花环绕的草地上站着几个人，手中拿着铲子在挖土。季无患吓了一跳，忙把身影掩在窗帘后。其实这么大的风雨她不这么做也不会有人会注意到她。雨中的几个人穿了黑色的雨披，挖好土后，却都站着不动，在凄厉的夜雨中犹如鬼魅。这时时钟敲响了，指针指在了半夜十二点，吓得季无患一个激灵。几人对着土地默默地鞠躬，然后从土中挖出一个盒子，用黑布盖好，有人打着伞，恭恭敬敬地捧着，一行人离开了。这时一道闪电划破夜空，季无患的眼神刚好和杨管家回身扫视四周的目光对上，吓得季无患后退了三步。

　　季无患回到床上，心情兀自不定。真是奇怪的地方，什么事

情要大半夜做，还要冒着大雨？看来这50万也不好赚，不赚也罢。季无患虽然很累，但还是睡得很浅，断断续续地做了些梦，早上很早就醒了。七点吃过早饭，杨管家准时到来。

"恭喜你，季小姐，李夫人正式请你做她的私人秘书了。"杨管家说着喜讯，但脸上没有丝毫喜色，倒像是来拉人入陷阱的。

"啊。"季无患很吃惊这样的结果。

"如果方便的话，今天就开始上班吧。"

"可是我还没有拿行李。"季无患感觉千头万绪，一下子找不到托词。

"小广场有直升机，可以送你回去拿行李，其实这里什么都有，你不用拿什么东西。你知道李夫人的时间很宝贵。"杨管家这样说着便领季无患往楼下走。

白天才看清楚这幢小楼的周围种满了玫瑰，都是大红色，红得像火，艳得像血。虽然步履匆匆，但季无患还是忍不住偷眼朝昨晚有人挖土的地方看去，奇怪的是那里种满了红玫瑰，和边上的玫瑰连成一片，颤巍巍的碧绿叶面和红丝绒的花瓣上除了阳光下分外晶莹的水珠，好像什么事也没发生过。

第七章　墙后的秘密

真是有钱好办事，一个上午季无患就把所有的琐事都办好了，家里的、快餐店的、男朋友的，这所有的一切在50万加元面前都靠边站。现在还是春天，本来季无患只想找份暑期工，但请假一个月就能把所有的学费和生活费都解决了，而且还能大大改善家里的生活，以后也有时间和李明雨在一起了，想到这些季无患还是很高兴的。她想，等我拿到钱他们一定都会理解支持我的。她坐在红色的直升机上看着碧蓝的海景，昨天早上看到并羡慕不已的海边别墅此刻就从自己的脚下掠过，人生的机遇真是奇妙。

好在留给她感慨的时间很短暂，飞机很快就在残暮花园降落了。在接下来的一个月里，季无患每天早上七点上班晚上八点下班，工作的地点就在那幢中式的建筑中，基本属于埋头苦干。唯一趁白天看清的是这幢建筑的大门外有块老旧的木匾，上面写着"寂照"两个灰绿色的大字，字很清秀，季无患对中国书法的所知有限，看不出好在哪里。不过这样的豪富之家，大门口用的字自然是极好的。季无患这样想。一天中李夫人都在空气中指挥着她，她永远都是一个人在工作。季无患想，这日子是够寂寞的，真成了寂寞的写照，寂照寂照，名字取得不错。交给她的工作也很奇怪：把李夫人在世界各地的不动产、动产、股票、债券等各

　　种资产分门别类地输入电脑，另外，李夫人也会把一些公司年终的报表交给季无患让她看完后提意见。季无患虽然是读国际贸易专业的，但是并没有实际工作经验，所以有些看懂了更多的则是凭自己的主观判断硬着头皮得出结论。好在李夫人好像并不在意，只是在一旁听。季无患暗自奇怪这些资产得来也不是一天、两天了，难道以前都没有记录吗，而且钱分分钟又在生钱，这样的数字要来也不准确。季无患每天都在一刻不停地干，晚上回去都是累得倒头就睡，但李夫人对于这样的进度还是不满意。

　　这一天，临近傍晚，季无患连口水都没来得及喝。当她一边看着电脑一边伸手去拿玻璃茶杯时，只听"啪"的一声，什么东西应声落地。季无患吃了一惊，再往地上看时，原来放在桌上的一个花瓶已经碎成了一堆。

　　"碎了就碎，人生到这个时候没有什么东西是不能舍弃的。"李夫人的声音幽幽传来。

　　"真对不起。"季无患暗自说这桌上的瓶瓶罐罐也太多了。

　　"这个明代的梅瓶也算是件难得的佳品，你也不用说对不起，东西与人一样都有它的命数，回头从你的工资中扣10万元就好了，算是意思意思。"李夫人说得轻轻松松。

　　10万元，天哪，我都还没见到就这样打了水漂。季无患虽然不知道这花瓶值多少钱，但这样一分钟里自己的钱就少了10万还是非常心疼的，心想真是伴君如伴虎呀，接下来可要加倍小心，千万不要再犯同样的错误。她一边收拾地上的碎片，一边在心中称这位未曾谋面的李夫人为李巫婆，她可比学校里最难缠的教授还要难对付一千倍一万倍。

　　好容易挨到下班。李夫人第一天就要求她下班时关门要大声点，今天她也照例大声地关上了门，但是却鬼使神差地没有出门，而是又轻轻地回过身来躲在了门边一只高大雪白的北极熊标本的身后。这时屋里关着灯，月光从窗帘缝中洒进来，时间在一分一秒地过去。季无患屏住呼吸，额间渗出汗来，觉得进退两难。不知道过了多久，也许是半小时，也许更久，季无患不敢看表，忽然书房的灯亮了，东面的书柜连着墙从里面向外面打开，一个人影从门后走了出来。只见她穿着丝质的睡衣，满头花白的头发，有些稀疏，乱蓬蓬地缠绕在头顶，赤脚趿着一双绣花的拖鞋。她缓步走向书桌，当她拿起桌上的一本书转过身来时，季无患从北极熊弯曲的臂弯间看到了李夫人的脸。那是怎样的一张脸啊，一条巨大的伤疤横穿过整张脸，就像脸被整个破开又勉强接在了一起，人的注意力完全集中在了这道伤疤上，季无患甚至无法看清李夫人的五官究竟长得怎样。季无患吓得全身一震，不小心碰到了前面的北极熊，北极熊手中装饰的铜长戟应声落地，在寂静中发出一声巨响。

"是谁？"李夫人厉声大斥放眼过来。

"是我。"季无患这一刻已经不能再躲藏，极不情愿地从熊后面挪了出来。

"嗯，我想也只能是你。"李夫人看了她一眼，好像马上没有了惊奇。她转身坐到就近的一张 18 世纪拿破仑时期的金色雕花红丝绒织花高背椅上。

"你呀，就是好奇，现在看到了吧？我不让你见我，也是为你好，平白的看见恶心你。不过这可是你自找的。"李夫人理理睡衣点了一支烟，白色的烟圈从翡翠烟嘴中升腾而起。

"对……对不起，李夫人。"季无患站在那里两个眼睛无处安放，细看李夫人还缺了两颗门牙，说话时嘴巴黑洞洞的有些像吸血鬼，季无患不禁打了个寒战。

"不用对不起，这么多年来，我从来不见人，也没有人敢违背我的意愿。这样吧，还是从薪水中扣十万吧。"李夫人和上次

一样地处罚她，季无患听了简直要晕倒。她在心中又骂了自己千百遍，真是好奇害死猫呀。

"哎，这可能也是缘分，剩下的这几天里我们相处起来反倒更轻松了，你说呢？"李夫人轻描淡写地说。

我的50万呀，现在只剩下30万！季无患心疼得一晚都没睡好，该死的韩巫婆，不会到了一个月后我不但拿不到钱还要贴钱吧？早知道就不来了！季无患呀季无患，你什么时候才能学聪明点。季无患就这样辗转反侧了一夜。

第八章　晨妆

第二天一早，七点不到，季无患就到了书房。李夫人还没有来，女佣敬枝和往常一样在和书房相连的一间储藏室里挑选擦拭花器。四周的墙上陈列着各种花瓶，材质有瓷、金、银、铜、锡、陶、紫砂、竹、木、藤、漆、角、牙、玉、水晶、珐琅、玻璃……"敬枝，真难为你分得这么清楚。"季无患由衷地佩服。每天更早的时候，另外的女佣会从外面花园里采摘各种鲜花分送到每个房间，李夫人对插花最有兴趣，所以她们也从不敢怠慢，有的时候很多花还要等李夫人亲自来装点。

"时间长了，夫人喜欢什么也就知道个一二。"敬枝从架上取了个商代长颈鼓腹的青铜壶来配插玻璃瓶中早上送来的几枝馥郁的暗红牡丹。季无患走上前，但见此壶耳生双环，壶身上有鹤、龙、魑虎等立体动物形象，下腹部内收，圈足微外撇，底部小巧而稳重，显得秀丽灵巧。这样的青铜器以前在香港的博物馆中季无患见过一些，不知道这件是真是假。

"敬枝呀，我怎么觉得杨管家和别的男佣长得都很相似呀？"季无患帮忙把青铜器牡丹插瓶放在钢琴上，嘴也没停着。

"我也才来两年，我听说这里的佣人都干不长，一般最长的也就干个五六年，李夫人好像只喜欢二十几岁的，超过三十岁都会被辞退呢。"敬枝看了看周围小声说。

"谁又在说我的坏话?"李夫人的声音不知道从哪里冒了出来,把季无患吓了一跳,敧枝也垂手退了下去。不过好在李夫人今天的心情似乎不错,她好像对满室的牡丹很满意。

"这青铜器配这醉颜红刚刚好。"李夫人今天穿了一身湖绿的真丝套裙,外面披一件嫩绿的羊绒毛衣,翡翠的扣子,脖子上高低的几串锃亮硕大的珍珠,带着深棕色的波浪短假发套,去掉了睡衣,单从背后看完全是一位优雅美丽的女士,脸上化了妆,但那道巨大的伤疤依然触目惊心。

"早上好,李夫人。"季无患努力保持平静,"今天你的气色看起来不错,李夫人,哦,你的衣服也很漂亮。"

"谢谢,我的小可爱,你来得正好,正好帮我看下戴哪条丝巾更合适。"李夫人示意季无患和她一起往里走。这时季无患才发现墙的后面别有天地,简直是另外一个王国,里面也有书房、更衣室和卧室,满屋子古董。季无患看得呆住了,下意识地把裙摆往中间拢了拢,省得一不小心又碰坏了哪件古董,她剩下的30万可没几次好赔的。这里面的每间房都能直接通向外面的院子,院子的一面有高大的围墙,与残暮花园的其他部分分开,一面向着海,围墙上有个圆洞门,里面隐约有另一个中式的园林。季无患心想真是天才的设计呀。她头还没来得及扭回来,眼睛又快要掉下来了,这是穿衣间吗?事实应该是其中的一间穿衣间,里面墙上是白色的大理石,有一层层白色的架子,架子上放了各种围巾、披肩、紫貂的、粉貂的、狐狸毛的、羊绒的、绣花的、蕾丝的、钉珠的、羽毛的,最多的还是丝绸的,按色系分好,高低有序地摆放着,犹如一个彩色的绸缎瀑布,面积很大,有多大,季无患想起码有篮球场这么大,在几个巨大水晶灯的照耀下熠熠生辉,这样的场景足以让每个女人心动吧?在季无患还呆若木鸡时,李夫人已经从架子上熟练地取下了三条丝巾,一条湖蓝色,一条粉红色，一条白色，可见李夫人是穿衣搭配的高手，这三条配今天的衣服都很完美，是不同的风格。

"这粉色真美，我当年怎么会喜欢这样的颜色？"李夫人拿着粉色的丝巾在脖子前比画。

"这几条都不错的，夫人，不过春天里带粉色显得气色要好些呢。"季无患还是提了建议。

"气色？哈哈，除了你没有人能看到我的脸。我的老天，好吧，那就听你的，就要粉色了。哦，我忘了，你把我放在里面房间梳妆台上的绿色帽子拿来，上面有孔雀毛的，我在这里还要选下戒指和手镯。"李夫人说着按下了入口处的密码锁，白色的墙上又一道门打开了，里面是棕色的木质墙面，立着很多高大的保险箱，应该是用来放珠宝的。季无患没有再看，急急地向里间走。

里面的应该是卧室，陈设却再一次出乎季无患的意料，她以为外间的书房、穿衣间都是那样奢华，卧室肯定要更胜一筹，最起码也要与之相配，事实上这里却更像一间茅草房，只是包着水泥建筑的外衣，窗上挂着竹帘，简约的明式粗木家具，有花瓶，上面插着一枝开了花的柳枝，还有一个乳白色的莲花状的香薰。没有床，正中间摆放着一艘小木船，两边还有桨，船身很小，能并排坐两个人，里面铺着锦被，放着几个华丽的丝绒靠垫，还有个青花的瓷坛子，不知道里面装了些什么。难道李夫人夜里就睡在船里？季无患想，真是个奇怪的人，那个帽子就放在梳妆台上，湖蓝色的，在这样空旷简洁的空间里很容易被发现。拿在手上，帽子里面是麻的托，热天也透气，外面湖蓝的真丝底子，上面缝着孔雀的羽毛，发出幽绿微金的光，还有十几朵七彩螺钿做成的梅花点缀在上面，帽檐下面配着浅一号的湖蓝色面纱，上面绣着散落的梅花瓣，花心是闪闪的钻石，只这一件就是无价的工

　　艺品。等季无患回到外间的书房，李夫人显然已经等了一会儿了，手上多了一只七彩的宝石戒指。季无患看不出那是什么做的，等李夫人接过帽子戴上并放下湖蓝的面纱，面纱上欲飞的梅花正好遮住了大半张脸，隐约可以看到李夫人逼人的目光，坐在那里就像一幅神秘端庄的画，看不出年龄，也看不出悲喜。

　　"亲爱的，今天的天气不错，你陪我到花园走走吧。"季无患来这里这么久，李夫人还是第一次邀请她陪她散步。她们一路出来，门口站着两个女佣，手中各拿着一条披肩。

第九章　姹紫嫣红的玻璃温室

李夫人和季无患一起来的这个花园，季无患以前从来没有来过。事实上，除了书房和自己的卧室，季无患也没有去过别的什么地方。准确地说，这是一个巨大的玻璃温室，温室里略显闷热，却弥漫着一股异香，花园中间有座中式的凉亭，孔雀蓝的琉璃瓦在一片姹紫嫣红的牡丹中更显夺目。

"《开元天宝遗事》中记载杨国忠曾用沉香为阁，檀香为栏，以麝香、乳香筛土和为泥饰壁，无患，你觉得我的珊瑚台与之相比哪个更好？"李夫人采了一枝粉色的牡丹递给季无患。

"名花国色笑微微，常得君王看。向春风解释春愁，沉香亭同倚栏杆。"季无患没有答话，手里拈着牡丹，忽然在亭边连比带划地唱了几句。

"你居然会唱昆曲。"李夫人一时没有反应过来，呆了一会儿方才道。这几句正是昆曲《长生殿·惊变》[泣颜回]中杨贵妃在沉香亭边的几句唱词。

"哈哈，家母以前在香港时喜欢听昆曲，我也就会不多的几句。"季无患心中有些佩服自己的机智。

"好，好，不错不错，我很久没有听过昆曲了。"李夫人显然心情大好，拉住季无患的手在花海中巡游。

"赵世学以前写过一本《新增曹州牡丹谱》，说单是山东曹州

就有牡丹240种，可惜我这里只有98种——哦，看这里，这株牡丹已经一百多年了，是我叫人从嘉兴移植过来的，怎么样，很美吧？"

"美！"眼前的牡丹如残雪一片，花瓣也很单薄，季无患不知道好在哪里，不过老板说好就是好。

"这牡丹取名呀都有讲究，像姚黄、牛黄、左花、魏花都是以姓氏命名，青州、丹州、延州红是以古代的州命名，寿安、潜溪绯又是以地名命名，鹤翎红、朱砂红、玉板白、一撇红又是以色命名……"李夫人絮絮叨叨地说一路采一路，季无患怀中的牡丹也铺将出来。

从温室出来的前面有一座太湖石的假山，两人盘山而上。在半山腰有一处紫萝掩映的山洞，在山洞中绕行半天，黑暗处有丝丝寒气袭来，身后的女佣已经将紫貂的披风给两人穿上。洞中白雪皑皑，一片白梅正在怒放，季无患抬头看，顶上是透明的玻璃，雪自上面洋洋洒洒地飘落下来。

季无患忍不住把手伸出来去接那落雪。季无患想起初来时的白梅，怪不得春天里还有梅花，真是奢侈到了一定程度。

"只有和这些花相处，我的内心才是平静的。"李夫人站在花下，这几株白梅枝丫扭曲如龙桑。

"台阁，照水，你们给杨管家说一下，这里的温度还可以再低些。"两位女佣应了一声是。

"这一片玉蝶龙游梅都是移植自杭州的超山。"李夫人又像是在自语。

"你可以走了，今天你到市里帮我办点事，杨管家会交代你的，明天再回来。"静了半天李夫人对季无患挥挥手。

"好的，夫人。"季无患如获大赦，鞠了个躬退了出来。

028

第十章　突如其来的大火

　　市里的事很容易办，但等人花了点时间，过程显得很无聊，但又有什么办法，人家有钱就能买你的时间，不叫你上刀山下火海就已经很好了。等第二天回到残暮花园已经下午三点左右。车子还没到大门口，季无患就觉得空气有点异样，往日冷清的空气此刻显得有些热闹，门口停着几辆警车，再往里走空气中弥漫着一股焦土气，远处还有浓烟，季无患立即叫司机加快速度。杨管家在不远处站着，他在这里专门等着季无患。

　　"杨管家，怎么了？"季无患和他一起坐上小车，季无患来这里的时间不算久，但心中明显有些关切。

　　"到了你就知道了。"杨管家今天依然一身黑色长衫，广眉括目，白色的袖口放下来，衣服有些微皱，配着倦怠的神情更显得冷冰如水。

　　等车子停在寂照时，眼前来往的都是人，一片混乱，几辆消防车还在往里面喷水，整个寂照已经化为一片焦土。火已经扑灭了，残存的烟雾还不曾散去。季无患记忆中的美景已不复存在，周围一大片的玫瑰也焦黑死亡，可见当时的大火有多猛烈。

　　"李夫人呢？"季无患居然有些担心。

　　"你跟我来。"杨管家轻叹一口气，开车把季无患领到了另一幢建筑前。这幢建筑很高大也很古老，厚重的深棕色珊瑚墙体，

门口种了整排高大的棕榈树，若不是空气中依稀可以闻到的烟味，这里的安静祥和会让你觉得好像到了另一个地方，厅中也是深色的实木雕花墙，水晶吊灯，黑色大理石的台阶，上二楼，推开厚重的铜门，里面是一间会客室，浅蓝色的墙面，深蓝的丝绒垂幔，浅棕色镶铜的家具，明丽的色彩让人心情稍稍放松一下。

"这位是约翰律师，这位是季小姐。"杨管家介绍。

"哦，请坐，季小姐。"约翰大概六十多岁，高大的身材，黑色竖条纹的双排扣西服，浅银色的衬衫，大红的领带，一头灰白的银发，红润的脸颊，全身散发着活力和一抹淡淡的香水味，好像开在月色中的红玫瑰的清香。

"我是李夫人的老朋友了，唉，很不幸，李夫人已经在昨晚的那场火灾中身亡，但这是她自己的决定，我们也要表示尊重，愿上帝保佑她吧。这些是李夫人留给你的。"约翰从桌上取出一个棕色樱木的大盒子。

"你可以慢慢看，我的孩子，然后做决定，三天后的这个时候我会再来。"约翰说完起身告辞。杨管家开门送约翰。季无患打开眼前的盒子，盒子很精致，里面衬着黑色的丝绒，有几件珠宝，样式有些老旧，看起来很普通，最上面是一张50万的支票，下面有一本厚厚的笔记本，黑色的封面，右下方印着一枝白梅。还没等季无患打开它，杨管家就回来了。

"恭喜你，季小姐，从今天起，你就是李夫人的继承人了，当然这一切还要看你做怎样的决定，包括残暮花园在内的所有财产都将属于你。"

"你在说什么，我不明白。"季无患很清楚那意味着什么，因为这一个月来她都在不停地整理着李夫人的资产，那是多么庞大的一笔钱啊！

"没关系，你还有三天时间慢慢地搞明白，想清楚后再做决定。但是从今晚开始你就是这里的女主人了。"杨管家说。

"我想再见见李夫人。"季无患忽然有些忧伤。

"当然。"杨管家领着季无患来到另一幢房子,"丧礼会在三天后举行。"杨管家在一旁垂手站立。大厅里放满了白色的玫瑰,中间放着一个白色的棺椁,透明的盖子。季无患走近了看,里面并排放着两个青瓷坛子,季无患忽然想起,这坛子昨天早上她还在李夫人的床上,哦不,是船上看到过,只不过现在一模一样的又多了一个。天哪,这究竟是怎么回事?

季无患稍稍用了点晚饭,就回到卧室休息,当然,以前的房子是不能住了,寂照也已经毁于一旦,杨管家安排了另一处住所,靠近海边,推门就是大海,海上的夕阳此刻如血。这里还在残暮花园内,私人沙滩,很安静,绝对没有人会来打扰。海边停着一艘白色的邮轮,随时等着主人的命令起航,佣人随叫随到,但在你不需要的时候又绝对不会出现,屋子的墙上开满了白色的玫瑰,室内的一切奢华至极但又颜色明媚,和季无患十八岁的年纪很相称,不知道是不是李夫人预先准备的。季无患一个人在沙滩上散步,海风穿过高大的椰子林发出沙沙的声响,地上散落着几个成熟的椰果。海的那头黝黑静寂,充满了未知。季无患迟迟不敢打开那本笔记,李夫人将告诉我些什么呢?春天的海水还有些凉,一不小心打湿的裙角贴住人的皮肤寒意十足,回到房中季无患打开灯,开始静静地一个人翻看那本日记。

第十一章　先听我讲一个故事

上面的字很娟秀，毛笔的小楷，看样子花了很多时间。

季小姐，当你打开这本日记的时候我已经不在人世了。首先我要向你道歉，谢谢你允许我在人间的最后一个月中再任性了一回。50万的支票你先收好，扣的20万只是和你开的玩笑，看得出来你很大度，这样的年纪很难得。我死后会将我所有的资产都留给你，当然也有一个条件，在说这个条件之前，希望你有耐心先听我讲一个故事，故事是这样的：

那是在20世纪初的中国，一座江南的小城嘉兴，也是和现在一样的春天。秦无意一早就和往常一样到河边钓鱼，江南的早春，天气还很凉，河面上飘着一层轻烟，河岸上的柳树开始发芽，嫩绿色的小芽显得分外娇嫩，白梅开得正艳，林间有小鸟飞过，又是一个美好的早上。这是一个四面环水的小岛，在嘉兴的郊外，离城里还有一些路，平日里没有外人上岛，十分清幽。秦无意来到了亭子前，刚想放下鱼篓，却看见河岸边横卧在水中的柳树旁似乎有什么东西，白色的，在晨雾中看不清楚。他壮着胆子走过去，水中漂着的居然是个少女，白色的衣服，苍白的面颊，一头黑色的长发飘散在幽绿的水中，加上周围漂浮的薄雾，画面诡异万分。秦无意用鱼竿碰了一下少女，没有反应，不知道是死是活。在这样的非常时期本来不应该再惹麻烦,但是又不能见死不救,秦无意还是跳下了水去。河水冰冷刺骨,少女浑身也是寒冷异常,等把人救上岸,秦无意摸摸少女的心口还有几分热气,但气若游丝。秦无意也顾不得渔具了,背起少女就回到自己的住处。他给少女做了人工呼吸,又把她肚子中的水压出来不少,但少女还是昏迷不醒,她的腿上肩上有些擦伤,还在流血,这样的情况最好是把她送到医院去,但是自己是不能离开这个岛的,怎么办?秦无意很为难,少女浑身湿透,岛上又只有他一个人。他拿来自己的衣服给她换上,又给她上药,把伤口包好,他起身给少女煮了点姜汤,但少女却始终双唇紧闭,他无奈将姜汤含在嘴中,然后将少女抱起来嘴对嘴地把姜汤喂下去。直到晚上少女都没有醒来,秦无意的竹榻很硬,因为是临时住所,再加上他从小练功,身体非常好,所以夜里只盖一条薄被。他怕少女受凉,夜里就把少女抱在怀中,少女脸上已稍稍有了一点血色,头发也干了,黑色的长发柔软如丝般的瀑布,身体还是微凉,不过去掉了因为寒冷而造成的青白之气。这样近距离地看这少女算得上是绝色,十八九岁的年纪,月光下雪白的肤色,长长的娥眉,高挺的鼻子,丰润的嘴唇,眼睛应该很大吧,现在看不出来,吐气如兰。秦无意不禁又把她抱紧了一些,她在怀中是这样的柔弱无助。这段时间的秦无意经历的都是血雨腥风,这一刻的温柔连他自己都从来没有感受过,这个少女就像是一个儿时的柔软玩具,无条件地陪伴自己,清寂的春夜忽然显得那样短暂,真希望时间能在这一刻停住。秦无意忍不住把手拂向少女的脸颊,软软的很细腻。"你叫什么名字?你又从哪里来呢?你醒来会不会马上就离去呢?"秦无意对着少女轻声地温柔地发问,这样痴傻的语气连他自己都觉得不可思议和好笑。秦无意长时间都无法入睡,披衣起身,他生怕自己一睡着少女就会消失不见。他坐在竹

榻旁，看着熟睡的少女，你不会是狐仙吧？他又想伸手去摸少女的长发，手在空中硬生生地停下来，他有些害怕了，才相处了这短短的一天，自己怎么会变得如此脆弱和依恋另一个人，现在的自己是绝对不能有这样的情绪的。他叹了口气，推门出去，外面是一片竹林，竹林外有如水洗的月色，竹影摇动。耳边有虫儿的细鸣，院中有几株白梅，在月光下分外皎洁，秦无意望着白梅出神，今夕何夕？

第十二章　我是谁

第二天一早，秦无意煮了稀饭，自己在院中练剑。这时少女醒了，她撩开被子坐起来，看到自己穿了一身长衫，抬眼望，这里是一间竹屋，很宽大，空荡荡的，有几件简单的家具，桌上放着的碗筷还在冒着热气，墙上挂着剑鞘，白瓶中插着一枝白梅。她起身来到门边，院子里有一个人在舞剑，身材高大，身姿挺拔，动作很快，看不清相貌，剑过处汲取白梅芳魂无数。

"这无数白梅死在剑下岂不可惜？"少女推门而出，声音如燕。

"不是无数，昨晚这白梅还有一千零一朵。"秦无意听到问话停下身来。

"你醒了。"秦无意收起剑，笑着向少女走去。刚刚练过剑出了一身汗，靠近时周身冒着热气。一种阳刚之气扑面而来，笑容又好像是老熟人。

"你是谁？"少女问，一脸迷茫。秦无意打水洗脸。

"秦无意。"秦无意洗完脸转身回来，少女这时才看清他，二十出头的年纪，短发，灰色长衫，高额朗目剑眉，十分俊朗，身材高出自己一个头还要多。

"那我又是谁？不会是你的爱人吧？"少女娇羞地低下头，她这样一问自己也有些不好意思，因为两人同处一室。

"哦，不是的，昨天我在河边救了你。"秦无意忙解释，同时也奇怪她怎么不知道自己是谁，心中又有几分暗喜，也许少女不会马上就离开自己。

"是你救了我？那我怎么会到河里去呢？这里又是什么地方？我又是谁？"少女看看身上的衣服，"我又怎么会穿着男人的衣服呢？"少女满心的疑问。

"别的问题我也很想知道，你的衣服是我帮你换的，当时你受了伤，我也实在是出于无奈，还请小姐原谅。"秦无意一躬身。

"既然这样我还是要谢谢你，哪里谈得上原谅呢？"少女没有一般女子的扭捏作态，很是通情达理，秦无意松了一口气。

"我的衣服呢？"少女问。

"哦，在院子里晾着呢。"秦无意忙把衣服都抱过来。少女换上自己的衣服。这身衣服晾干了其实是灰白色，做工很不错，但稍显陈旧，袖口和领子上都绣着精工的梅花，可惜肩部划了一个大口子。少女有些尴尬，就让头发继续披着好遮住肩头的破洞。秦无意很自然地在院中采了一朵白梅递给少女，少女将它插在了耳际，清雅中多了几分妩媚。

"谢谢你的花，也谢谢你的救命之恩。也许我应该走了。"少女起身告辞。

"你现在失忆了，不知道自己是谁，遇到坏人就危险了，不如在这里将就几天，也许马上你就能想起来。"秦无意急忙挽留。

"那好吧，只是又要麻烦你了。"少女迟疑了一下说。听到少女这样说，秦无意的心中大喜。

吃完早饭，秦无意陪着少女在岛上散步。

"这里是什么地方呢？风景真美。"少女采了几枝嫩绿的翠柳在手中把玩。

"这里是放鹤洲，在嘉兴的郊外，你以前没有来过吗？"秦无意走在她身后。

"没有,我也不知道,也许来过,也许没有吧。"少女思索了一下,轻轻摇着头。

"这放鹤洲四面环水,唐德宗时,宰相陆贽曾建宅院于此,因园中有放鹤亭,所以那时称鹤渚;唐文宗时,宰相裴休又在岛上建别墅,所以又改名为裴岛;南宋时,词人朱敦儒寓居嘉兴变裴岛为放鹤洲。"秦无意说。

"嗯。"少女点头。

"我是清都山水郎,天教懒慢与疏狂。曾批给雨支风券,累上留云借月章。诗万首,酒千觞。几曾著眼看侯王。玉楼金阙慵归去,且插梅花醉洛阳。"少女吟了一首朱敦儒的词,"他常以梅花自喻,不与群芳争艳,所以放鹤洲这样清幽的所在很合适他。"少女接着说。

"曾为梅花醉不归,佳人挽袖乞新词。轻红遍写鸳鸯带,浓碧争斟翡翠卮。人已老,事皆非。花前不饮泪沾衣。如今但欲关门睡,一任梅花作雪飞。同样是梅花,不同时期的花感受却不同,就像这清幽的放鹤洲,在没有遇见你之前我更觉得这里像是一个牢笼,现在和你在一起,我却觉得这静静的日子再也没有了。"秦无意说着将眼睛望向少女,而少女的眼神这一刻也正好对着他,两人四目相对似有千言万语,红云泛上两人的脸颊,又慌慌的,同时将眼睛移开。

"你又为什么一定要待在这个岛上呢?"少女接着向前走,这一段路在两个荷塘中间,细细窄窄蜿蜒的一段,边上一株粉桃一株翠柳,池水中映出两人的身影,春色无限。

"嗯,因为我不爱读书,岛上有家中的产业,父亲就命我来这里静心读书。"秦无意迟疑了半刻讲。

"这样呀,那我来了倒耽误公子的学业了。"少女扔了柳枝采

桃花。

"一日半天不妨事，这岛上有明朝太守朱茂时的遗存，你要不要去看看？"秦无意来了兴致。

"真的吗？那当然好。"少女高兴地拍手。

第十三章　荒废的晓园

明太守朱茂时在岛上建有园林，古称晓园，现在已经荒废了。晓园在岛的南面，中间隔了一条河，宋代时曾有僧人在这里建有一座石桥，现在年代久远，石桥的一端已经断裂，桥身的大部沉入水下，只有一部分还在水上，几个石雕的栏杆狮子浮在水面上，在桃红柳绿中形成一种奇幻的风景。

"这里就是了。"秦无意用手指着对岸。从岸边到石桥有五六米远，秦无意轻功很好，轻轻点地飘身来到石桥上。少女呆住了。

"那我呢？"少女急得高叫。

"你也跳过来呀。"秦无意伸出手。少女知道他是开玩笑，嗷起了樱桃小嘴，一汪秋水盈盈。不等少女说话，秦无意又回到岸上，一把抱起少女就来到河中央，还没等她反应过来又来到了对岸，站定了，秦无意却依然抱着少女。前天也是这样的身体接触，心情却是完全不一样的，周围的风好像静止了，河水停止了流淌，粉的绿的景物都从眼前消失了，眼中只有对方，柔情在两人心中荡漾，这时的少女是活动的柔媚的，粉色的脸颊更红了，有梅花沾在发间，忘了过往其实是很难得的机会，两人在这岛上的感情迅速升温，忘却礼教和家庭世俗，完全听从自己内心的想法，单纯地互相喜欢。

"放我下来，你不打算带我去看晓园了？"少女打破了这种静止。

"当然要看。"秦无意还真有些不舍。

两人开始往前走，这里应该已经有很多年都没有人来过，树木茂密，景致富有野趣。穿过树林依稀是个寺院，颓垣断壁，只有几段残存的黄色院墙证明这里以前的确是个寺院。两人小心地穿过半塌的高墙，里面有几株古老的白梅，身姿遒劲，横斜着，花影寂寞但畅快地在暗黄斑驳的墙上留下千古佳作。少女喜欢极了。

"太美了，这孤傲的梅花也只有在这千古寂寞之地才能这样的自然畅快。"她待在原地。过了好久才转过身，看见秦无意微笑着背着手看她。

"我的脸上有花吗？"少女假嗔。

"你比花美多了。"话一出口，秦无意也有些吃惊。他平日里是个言语不多甚至是无话的人，这几日却一反常态，举动轻佻、说话风趣。

"啊，那是唐代的经幢呀。"少女指着秦无意身后的两个经幢一路小跑过去。

"想不到嘉兴还有保存这么完整的唐代经幢，太不可思议了，我以前只在图书馆里见过。你看这上面的佛像，这莲花底座，上面的经文，真是太美了，虽然我不信佛，但是对这完美的经幢我还是愿意拜上两拜。"少女很虔诚地下拜。唐代的经幢，图书馆，秦无意心中很疑惑，她究竟是谁呢？只半天的接触就知道她肯定不是乡野的村姑。来这里这么多次，他都不知道这两堆破石头出自唐代。

"里面还有很多东西呢。"秦无意拉着少女起身。寺后有个院子，建筑已经不存，地上散落着一些莲花石柱石，根据这样巨大的石柱石可以判断当年的寺庙规模应该不小，空地上有四棵古柏树，或直或斜，巨大的树干扭曲着，有一棵应该曾经遭遇过雷劈，焦黑的枝干旁又重新长出了新的枝干，因为长时间没人管理，所以身形以各种不可思议的方式展现着。

"哦，多么奇妙的生命呀！这样的古树我以前只在美国的大峡谷看见过，但树冠没有这里的长得好，这样的树龄起码有两千年了。"少女在柏树丛中穿行，连声发出赞叹。秦无意彻底疑惑了，怎么她说的话我居然都听不懂了，是她疯了还是我疯了，莫非她真的是狐仙？晓园紧邻寺院而建，看来当年的太守也喜清静，园门在何处现在已经看不大出来，有个水池，水早就干了，池底满是淤泥树叶，边上有假山，经年累月上面覆了很多土，土堆上种满了竹子，这个季节长了好多粗壮的春笋，也没有人来采摘。下方有个石洞，秦无意拉起少女的手，向洞口走去。入口一直向下，路很窄，地上湿滑，长了些青苔和绿色的蕨类。两人一前一后，里面黑黢黢的不见日光。少女忽然一声惊呼，秦无意急忙去拉少女的手，好在路不长，很快就到了出口，秦无意回头，原来少女脸上挂了一层蛛网，怪不得她要惊呼连连。他小心地帮她把蛛网取下，黑暗中握着的手索性就不放开了，两人就这样一直十指相扣地前行。出了洞依然是在这座假山中绕，不知不觉中似乎来到了一座小山的顶上，在这里透过树影可以看到清丽幽碧的西南湖和远远的嘉兴城，假山下不远处有个废亭。废亭外有大半段残塔，这时已近傍晚，夕阳落在塔前熠熠生辉。

"这座寺庙就是东塔寺，这座塔就是东塔。"秦无意十指扣着少女的手，春风中的夕照是这样的美妙。

"嗯，嘉兴历来就以七塔八寺著称，以前听说过东塔，但是从来没有来过，想不到荒废至此，真是可惜呀。我们快下去看看吧。"少女对这些古迹兴趣很浓厚。

残塔已经露出了里面的青砖，这些砖在当年应该都是定做的，所以比起一般民居的砖来要大也要厚，砖上覆了一些泥，年复一年，泥上又长出各色的小草小树，残塔也严重倾斜了。少女随手拿起地上的一块塔砖，长方形，窄的一面印着浮雕的"东塔"二字，宽的一面还用朱砂写着某某善男某某善女于哪年哪月哪日捐了多少钱，很多砖上都有这样的记载，有些是直接刻在上面的。少女蹲在地上看砖，夕阳把少女灰色的衣服和黑色的长发都染成了金色，越发出尘如仙，秦无意喜欢极了，要怎样才能留住这一刻的美？

第十四章　好可爱的小刺猬

　　少女看完，放下砖拍拍手对着秦无意妩媚一笑，忽然厚厚的树叶中有一阵沙沙的响动，把少女惊得忙躲到了秦无意的身后。
　　"肯定又是那些家伙。"秦无意很淡定，他拨开树叶，原来是一只棕色的小刺猬。
　　"啊，好可爱呀。"少女马上又惊喜得跑过去，拿了根小树枝逗着小刺猬玩。小刺猬也不怕生，原地吃着自己的手。
　　"哦，太可爱了，我们把它带回去吧？"少女扭头可怜兮兮地看着秦无意。现在的秦无意对于少女的一切要求都是照办的，只是这只刺猬满身是刺，怎么抓？秦无意皱皱眉。
　　"求你了。"少女嘴噘得更高了。
　　"唉，真拿你没办法。"秦无意索性从长衫上撕了一块布下来，把刺猬整个包起来。为了眼前的少女真的也是豁出去了。
　　"自己拿着。"秦无意把刺猬递给少女。
　　"人家没有手了。"少女站起来晃晃手中的两片树叶。秦无意摇摇头，心想你真是我命中的克星。
　　再往前应该是东塔的大殿，建筑也已经残毁，有几段残碑躺在地上。秦无意以前来看过，他见少女喜欢这些，所以特地领着她来看。
　　石碑湖石质地，共有三块，上面的大字很工整，令人望之心

043

生敬意。

"菩萨布施，等念怨亲，不念旧恶，"少女开始念，"乃是诸佛，菩萨大人之所觉悟，精进行道，慈悲修乘……"少女边读边摇头，可惜看不清了。

"你念的第一句完整的应该是'觉知贫苦多怨，横结恶缘；菩萨布施，等念怨亲，不念旧恶，不憎恶人'。后面的那句是'如此八事，乃是诸佛、菩萨大人之所觉悟。精进行道，慈悲修慧，乘法身船，至涅槃岸；复还生死，度脱众生。以前八事，开导一切。令诸众生，觉生死苦，舍离五欲，修心圣道。若佛弟子，诵此八事，于念念中，灭无量罪，进趣菩提，速登正觉，永断生死，常住快乐'。这些佛经出自元代高僧雪庵和尚所书《八大人觉经》。"

"哦，你对佛经很有研究呀。"少女也有些好奇。

"略知一二。"秦无意答，他心想这段时间自己经历生死，早已看破红尘，只是大事未了，一口气强撑在那里。

"那这雪庵和尚又是谁？"这时天色已经暗了，少女显然没有察觉秦无意内心的纠结，他俩手拉手开始往回走。

"雪庵和尚其实是他的号，他姓李名溥光字玄晖，大同人，自幼为头陀，深究宗旨，好吟咏，善真行草书，尤工大字，与赵文敏公孟頫名声相埒，一时宫殿城楼匾额，皆出两人之手。亦善画，山水学关仝，墨竹学文湖州。大德二年（1298年），文宗降旨，来南阐扬教事，椎轮葛岭。后诏畜发，授昭文殿大学士、玄悟大师，有雪庵长语大字书法行于世。雪庵尝题息斋李衎《墨竹》云：息斋画竹，虽曰规模与可，盖其胸中自有悟处，故能振迅天真，落笔臻妙。"秦无意说着，两人已回到了河边，秦无意抱起少女越到河中央，落地时秦无意绑在腰间的刺猬吱吱一阵叫唤，身上的刺扎到了秦无意的肉里，疼得秦无意重心不稳，两人一起掉进了河里。少女不会游泳，秦无意费了好大劲才把少女拽上岸。两人都像落汤鸡一样，腰间的刺猬也不见了，不知是死是活。两人坐在地上互相看着对方狼狈的样子，少女率先将袖子上的水甩向秦无意，秦无意也不示弱，两人在泥地草丛中滚作一团，一身水一身泥粘着青草。月色下少女的脸是那样诱人，秦无意很想贴近她，但是却不能，因为现在的自己无法给她未来，甚至自己也没有未来。就这样两人一时僵在原地。

"回去吧，小心着凉。"秦无意把少女搀了起来。

第十五章　一起看星星

两人吃过晚饭,秦无意一人来到码头边,那里停着一艘小船。

"林管家,外面情况怎么样了?"秦无意靠上去。

"不大好呀,少爷,这里恐怕也非久留之地。"林管家六十多岁,身材魁梧,黑色的长袖长裤,他说着从船上搬下一些蔬菜粮食和油。林管家这段时间每三天来看秦无意一次。两人分开藏身在嘉兴,也是为了不引人注意。林管家系好了缆绳,就要帮着秦无意把东西搬向草房。

"不用了,林管家。前天我在河边救了个女孩,你去不大方便。"秦无意在夜色中红了脸。还好林管家看不到。

"少爷,不是老奴多嘴,你真是太糊涂了,现在都什么时候了,我们已是自身难保,你怎么能留一个外人在岛上呢?你……你明天就让她走。"林管家闻言,气得放下了手中的东西。

"我知道,林管家,但她受了伤,等她伤好些,我马上让她走。对了,林管家,下次来你再多拿些食物,另外明天一早再帮我买些女式的衣服和首饰,城里福万楼的银饰不错,如果有梅花造型的你也帮我买些来。"秦无意说着讨好般地拍拍林管家的肩膀。

"唉,少爷,都什么时候了,你这是妇人之仁,你忘了老爷临终的嘱咐了吗?少爷,我可是看着你长大的,万一你有个三长两短,叫我怎么对得起死去的老爷和太太?"林管家有些痛心。

"好了,林伯,我自有分寸。"秦无意对着林管家笑笑。林管家无奈,只能扭头就往回走,上了船。

回去少女正在院子里看星星。今夜的月色清朗,天空中有无数的星星。

"外面有些冷,小心着凉。今夜的月色真好呀,你在看星星吗?"秦无意挨着少女坐下。

"是呀,这些星星在遥远的天际,看似永恒。"少女用手托着头。

"永恒?"秦无意有些神往,这一刻的宁静能永恒吗?

"哦,这些星星看起来很永恒,其实它们也很顽皮的,它们不但在四季有变化,而且每天也在不停地变化,它也会像太阳月亮一样慢慢地向西方移动。"少女忙说,她显然会错了意。

"它再好看也没有你好看。"秦无意话一出口又有些后悔,这几日很多时候说话都冒冒失失,每句话都是直接从心里出来不经过大脑。

"这星星呀几颗一组都是有名字的,江南的春天只能看见一部分,像狮子座呀仙女座呀巨蟹座呀,你看那里就是狮子座。"少女用手指着天上的几颗星星比画着连起来。

"像不像一只狮子?"少女一只手拉住秦无意。

"狮子座?真有趣,我还是第一次听说天上的星星都有名字。"秦无意握紧了少女的手。

"嗯,那当然,天上的星座有88个,其实还有更多,是无穷尽的。这个狮子座代表的是面对挑战者直来直往单打独斗的王者风范。"少女讲得津津有味,秦无意听得云里雾里。

"狮子座,你为什么知道得那么多,连天上的星星你都知道

名字却偏偏不知道自己的名字，你到底是谁呢？"秦无意抓起少女的手放到自己胸口。少女眼神迷惘。

"梅，以后我就叫你梅好不好？"少女的肩头发际飘落着几片白梅，秦无意看了动情地说。

"梅……"少女也很喜欢这个没有姓氏的代称，用梅这个名字过一辈子倒也不错呢。

"你这里的白梅真漂亮呀，是我见过的最美的了，可惜已经开到最盛时，几场春雨花就不在了。"梅有些伤感。

"最好的梅花其实在杭州超山，中国有晋、隋、唐、宋、元五大古梅，而超山就有其二：唐梅和宋梅。别的地方的梅花只有五瓣，唯独超山梅花有六瓣，甚是奇怪。"秦无意话一出口又后悔了。

"唐梅宋梅，还是六瓣的，我还从来没有见过，真想去看一下。"果然此话引起了梅的兴趣。

"等以后有机会我陪你去吧。"秦无意觉得有点难收拾。

"为什么要等以后呀？春雨不等人，我看明天就去吧，好不好吗？"梅见秦无意没有反应，又拉着秦无意的手臂大力地摇起来。

"哎，明天就去，真是怕了你了。"秦无意也豁出去了。真是最难消受美人恩哪。

夜里，秦无意帮梅换药，肩头的伤口有些愈合了。月色下梅裸露的雪白肌肤又令秦无意心神荡漾，秦无意强自收住心神来到窗台边，在案头的南北朝洪州窑博山熏炉中点了一些沉香，梅远观此炉通体白色，上半部分像重峦叠嶂错落有致的山脉，其间有小孔，香烟从小孔中袅袅散布室内，宛如仙境。秦无意看着窗外的竹影，他弹了一首《湘妃怨》。梅躺在榻上，看着月光中的白袍背影，很自然地唱出了词：

落花落叶落纷纷,终日思君不见君。
肠断断肠肠欲断,泪珠痕上更添痕。
一片白云青山内,一片白云青山外。
青山内外有白云,白云飞去青山在。
我有一片心,无人共我说,愿风吹散云,诉于天边月。
携琴上高楼,楼高月华满。
相思弦未终,泪滴冰弦断。
人道湘江深,未抵相思半,海深终有底,相思无边岸。
君在湘江头,妾在湘江尾,相思不相见,同饮湘江水。
梦魂飞不到,所欠唯一死,入我相思门,知我相思苦,长相思兮长相忆,短相思兮无尽极。
早知如此绊人心,何不当初莫相识。
湘江湘水碧澄澄,未抵相思一半深,每向梦中相见后,令人不觉痛伤心。

一曲幽幽而终,秦无意回过头来与梅四目相望,似有万语千言。经过这几日的耳鬓厮磨,秦无意在心中已经把梅看成是自己的妻子,无论梅到底是什么人,自己将来会发生什么事,他心中都已认定。只是现在没有讲,也不方便讲。

第十六章　超山探梅

第二天两人很早就起身，码头边有林管家准备的几身女式衣服，还有一个木盒子，里面装了一套银制的首饰，一些胭脂花粉。梅大喜，穿戴好了出来。等秦无意回头时，只见一个绝色的美人靠在翠竹边，一身浅蓝的衣裙，头发挽起，脖子上戴着银色的梅花项链，七八朵梅花连在枝头，梅花的镯子、耳坠，脸上薄薄地扑了一层粉，粉色的胭脂更衬得肤色似雪，嘴唇更红了。秦无意想到那樱唇的味道，自己反倒先红了脸。

"梅，你真美。"秦无意迎上去，他今天还是灰色的长衫，带了个斗笠，微微低头就能遮住半边脸，腰间别着一把手枪，那是一个西方的传教士所赠，为了以防万一。他的神情还是很轻松，称赞也是由衷的。

两人从放鹤洲小岛上撑了船一路由水路出西城，河两岸是一望无垠的田野，阡陌上高的是金色的菜花，低处有紫色的紫云英花，几树嫣红的粉桃从农户的院墙上探出身来，有农妇在河岸边的草丛中挑野菜和马来头，农家的小孩在田头烧野米饭，远远的河边还有几座石牌坊。出了西丽桥就是岳王祠，这座祠堂最早由岳飞后裔岳元声建于明代万历年间。接着是血印寺。再远处是三塔，三塔始建于唐代，清光绪二年（1876年）重建，是有名的嘉禾八景之一。这时三塔前锣鼓喧天，有几艘船横排在水面上，岸上人头攒动。秦无意暗叫不妙,他忘了今天刚好是农历三月十六,为蚕神生日,每年这个时候四乡八里的蚕民都会摇船云集三塔塘前举行踏白船的比赛。这踏白船古称"摇快船之戏"。据说其名由来与宋将岳飞有关,宗泽因赞赏岳飞的才能与忠勇,任其为"踏白使",为鼓励赛船者以岳飞的无畏气概参加竞渡,故称。每条船上插着对应金、木、水、火、土五行的红、黄、蓝、白、黑五色牙旗,场面煞是好看。梅显然是被吸引了,人已然探出了船舱。秦无意连忙起身将她拉回船舱,匆忙间头上的斗笠被打翻在地。

"你怎么拉我呀?"梅有些不高兴。

"外面风大,而且船马上要靠岸了,还是坐下安全点。"秦无意拉起梅的手坐下。外面响声大作,比赛开始了,只见几条船急摇而来,水花四溅,岸上叫声一片。他们的船也只能停在原地等着比赛的船先过。梅只能隔着竹帘看,心中有些失落。

"刚才的血印寺你有没有去过呀?"秦无意明显是要转移话题。

"我不记得了。"梅的眼睛还是看向远去的农船。

"血印寺前的石柱上有个和尚的血印你见过没有?据说明代初年倭寇来犯嘉兴,抢掠了数十名妇女关在岳王祠,但被祠中的和尚全部放走了。倭寇知道后怒极,便将那和尚绑在石柱上活活烧死了,不料那和尚的一腔鲜血沁入石柱,火经久不灭。"秦无意的故事果然将梅的注意力成功转移了过来。二人等了好半天看客才陆续散去,运河中等待了许久的商船也开始重新出发。码头上各色人等依然十分繁多,秦无意领着梅来到边上的茶楼,将一块腰牌交给茶博士。不一会儿茶博士就领着两人由边上的弄堂行至后院,这里停着一辆马车,车上有个赶车的老者。两人坐上马车一路向西去杭州。路上走走歇歇,到超山时已经傍晚了。秦无

意不时地把头探向窗外，好在没有发现有人跟随。梅好像没有发现秦无意的反常，只是陶醉在春色中，同样撩开帘子不时看着窗外，伸出手去感受春风的和煦，把头靠在秦无意的肩头说些花事情事。秦无意自从离开了放鹤洲，整个心都是紧绷的。夜里投宿在超山脚下的妙喜寺，出于安全考虑，秦无意要了一间厢房，梅也习惯了，没有反对。半夜梅从梦中惊醒，却发现秦无意不在身边，披衣起身，发现秦无意正在门外一个人打坐。梅望着月色下清寂的背影，心中无端生出一股寒意。

"无意。"梅轻声叫，不知从什么时候起，她开始去掉了他前面的姓，是因为心中对他产生了依恋吗？

"怎么不睡了？"秦无意忙过来，"看你手都凉了。"秦无意很自然地用手环住梅。

"你不在我害怕。"梅将头靠在秦无意的怀里。他怀中有寺院独有的淡淡香烟气。

"傻瓜，我不是在这里吗？好吧，我陪着你。"秦无意以前很喜欢在中午或者午夜打坐，这也是他克制心魔的一个方法，现在看来是不行的了。两人抱着待了半夜，直到天光放亮。梅后来睡了一会儿，秦无意一直没有睡着，满脑子的刀光剑影不能散去。

两人很早就上山，早春山中气温偏凉，晨雾缭绕。超山历代广泛种植梅花，所以是江南著名的三大赏梅胜地。山中的气候要冷一些，所以梅花开得也晚。刚到山口就有一大片的白梅，枝丫向下垂扭着，如片片残雪挂在枝上，开得刚刚好。秦无意采了一枝白梅迎上前。

"古人云，花有一品九命：兰、牡丹、梅、蜡梅、细叶菊、水仙、滇茶、瑞香和菖阳，我觉得有你在，任何鲜花都要失去它们的颜色。"秦无意凑到梅的身前，这时鼻间有梅花的阵阵幽香，更有梅身上独特的体香，秦无意情不自禁地吻向了梅。如果说上次的吻是为了救人，心中多少有些负累，也得不到回应，那么这时的吻就已经是两情相悦，情到深处，得到的回应带着几分娇羞，更多的是热烈。管它什么明天什么未来，我有这一刻也不虚此生了。秦无意完全豁出去了。这时的唐梅、宋梅完全成了两人相拥的借口，所谓风月都是为爱人增色添彩罢了。唐梅还是很有些特别，在一株枯死的老树干中又顽强地生出一红一白两枝梅花，盛开的红梅白梅一枝向左一枝向右，各有各的方向，又互相缠绕。

"无意，你看这唐梅像不像我们两人，并蒂同根，枯荣与共，生生死死，千秋万代。"梅在花前看痴了。

"像。"秦无意答。这算不算是一个诺言呢，在梅看来是的。

超山有很多的景点，这时已经中午，上山赏梅的游人多了起来。秦无意有些担心，所以两人选了一条幽静的小道下山，回到嘉兴放鹤洲时已经傍晚了。

第十七章　逃命要紧

夜里秦无意像往常一样都要到码头转一下,这是他和林管家在这一非常时期约好的联络方式。等秦无意来到岸边,远远地就看到一艘小船疾驶而来。来者正是林管家,不等秦无意反应过来,林管家已经把秦无意拉到了船上。

"你这是要把我带到哪儿?"秦无意站在摇晃的小舟上问。

"少爷,先不要问那么多,我们现在逃命要紧。"林管家将船掉头就走。

"等等,那不行呀,梅还在岛上,我要和她一起走。"秦无意看船已经驶离岸边,急了起来。

"唉,少爷,都什么时候了你还儿女情长,仇家已经近在眼前了。"林管家并不停船。

"我……我……我的剑和书还在岛上呢!再说无论如何我都不能抛下梅。"秦无意变得语无伦次,转身就要向湖中跃去。

"留得青山在,不怕没柴烧,再说那姑娘离开了你反倒安全了。"林管家费了好大力气才把秦无意拉住,小船不住地摇晃。秦无意这才注意到林管家的背后渗出了丝丝血迹。

"林管家,你受伤了?"秦无意大惊,要知道虽然林管家在秦家服侍了几十年,但那完全是为了报答秦家太夫人的一段恩情,而他的另一个身份则是冷雨谷的谷主。冷雨谷在江湖中是个小门派,与世无争,除了剑术独步武林外,善于用毒和精通玄幻之术更是江湖中人对冷雨谷敬而远之的主要原因,所以很少有人见过冷雨谷谷主的真面目。而今天居然有人能使林管家负伤,可见来的都是劲敌。想到这些秦无意心底生出一丝冷意。

"不碍事,也是我太大意了,我在院子门外布下了障眼法,普通人根本不可能识破……前天我出门买米,看到一个青壮男子在当街殴打一名老者,其状甚是可怜,细问之下才知这老者居然是青年的父亲,真是天理难容,我一时气不过,便把老者带回了家。老者受了内伤,我又给他运功疗伤。岂知这时从外面闯进来七八个人,男女都有,他们一上来就用了暗器,并不敢近我的身。我顾及老者,一心要带他一起走,边走边退到后院,在翻墙时老者却忽然向我的身后连发三支银针。我避开了两支,另一支却没能躲开。我用真气护住心脉逼出了银针,针上涂的是穿心莲的毒,是镇江陈家的独门剧毒,想不到为了追杀我们,他们连从来不参与江湖争斗的镇江陈家也请来了。我已经用我冷雨谷的金丝绒之花暂时压制了穿心莲之毒,在逃脱的路上我又设了几道机关,能够暂时困住他们,但是他们迟早会找来的,昨晚我就来岛上找你了,但是等了一夜你居然没回来,也是天意呀,现在如果我的估计没错的话,那些人应该马上就能赶上我们了。"林管家的额头生出密密的汗水。

第十八章　追兵

　　这时的湖上阴云暗涌，仅有的一弯新月也隐入了厚厚的云层中，黑压压的林木将小舟隐没在了黑暗中，放鹤洲早已经看不见了，秦无意的眼前是一片不能预知的前路。小舟驶入一片密林，耳边只能听见几声蛙叫和点点虫鸣。林管家强撑在那里，忽然他看见林间有些白色的东西飘过，细细长长的，在黑夜中分外诡异，他马上用手去推秦无意。秦无意也看见了，那是几盏灯笼，却没有火，拖着长长的飘带，在黑夜中不知道靠什么发出磷火般的幽光。这时月亮又从云中缓缓地现身了，他们这才看清前面的河边上横着一棵大树，树干上立着两个人：一个女子，一身黑衣，脸上蒙着一层黑纱；边上一名老者，手中提了一个鸟笼，笼中空无一物，肩头却立着一只绿色的小鸟。这老者不是别人，正是前天暗害林管家的人，这时的他完全没了前面的羸弱样，腰板笔直。黑暗处岸上还站着七八个人，正是前天围追林管家的那几位。秦无意从船舱中出来，立在船头挡在了林管家前面，他一袭灰白长衫，在黑暗中犹如将皎洁的夜色穿在了身上，更显得脸色清冷，眉目如画。

　　"秦公子，真是百闻不如一见，公子真是玉树临风，风采非凡呀。"黑衣女子远远地就开口了，声音如莺，万般娇媚。"姑娘谬赞，还未请教姑娘芳名？"秦无意见对方言语客气，虽然有几分轻薄,但也欠身还了一礼。

"什么芳名不芳名,你又不打算娶我做老婆。"说着皓腕一翻,臂上的银铃发出一串清脆的响声,两根黑色的丝带也同时飞到秦无意的面前。

"公子小心。"林管家从身后用剑将丝带斩断。

"好你个糟老头子,我不过想与公子亲近亲近,你却来坏我的好事!"黑衣女子见丝带断裂,不禁娇嗔起来。

"左护法,你又何必与他们多费唇舌,还是让我们兄弟几个一刀一个来得痛快。"黑衣老者面带杀机,精亮的小眼睛在夜色中发出丝丝寒光。

"且慢,我有一事不明。你们是如何通过我设的重重机关这么快就找到了我?"冷雨谷的机关之术向来很少有人能破解,难怪林管家要有此一问。

"哈哈哈。"黑衣老者大笑。

"我们并没有破解你的机关,只不过你中了我的穿心莲之毒,此毒气味独特,我肩头的鸟名唤百里翠,它别无他用,却能在百里之外找到我所下的穿心莲之味。"老者说完将鸟关入笼中,人腾空而起向小船飞来。岸上几人也一起攻上。秦无意和林管家退回舱内,秦无意拔出腰间的手枪出其不意地将空中几人打入水中,老者身形一偏没落入水中,秦无意再要开枪时却发现枪里已经没有子弹了,老者猛地一个长身,飘到秦无意身前,伸手就向秦无意抓去。秦无意大吃一惊,忽听嗤的一声,一支毒箭从秦无意身后向老者射去。老者向右挪移半步,惊险地避开了毒箭,接着一掌又向秦无意的后心拍去。秦无意忙运气反击,砰的一声,两股掌风相遇,秦无意只觉胸口一阵窒息,哇的一声喷出一口鲜血,也是伤得不轻。除去被秦无意开枪打死的几人,剩下的四人已经将秦林二人团团围住。林管家见一击不中,挺起长剑唰唰两

剑向老者刺去，老者从腰间解下腰带竟是一根软链钢爪，林管家剑尖在空中一抖，一个剑花直刺老者左肩。老者一招"顺水推舟"，钢爪忽然合拢，居然将剑刃抓住。林管家大惊，却也不肯就此撒剑，急忙运内力回夺。老者左袖中忽然飞出一支袖箭，直入林管家的左心。以林管家平日的反应，这一击绝对伤害不了他，怎耐他中毒已深，这场激战又引发了他体内毒发。所以居然没有避过。众人见林管家倒地，便与秦无意激斗开来，秦无意自幼学武，功底自是扎实，但面对几大高手的围攻，一时间也是手忙脚乱。不一会儿的工夫身上已是几处负伤。黑衣女子一直在观战，没有动手，她见秦无意马上就要落败，在一旁大叫要活的。老者几人显然没有理会她，招招都是狠招。忽然从岸上抛来一团黑色的东西，刚落到船上就有一股黑烟向四周飘散，老者大叫不好，闪身便躲，躲得慢的有两人倒地身亡。秦无意趁乱跳入了水中。等到黑衣女子向岸上看去，隐约有一团黑影没入林中，再回过头向水下查找，哪里还有秦无意的身影。

第十九章　轧蚕花

梅在竹屋等了秦无意一夜也不见他回来,第二天又在放鹤洲岛上寻了一圈也不见他的身影,她在惊疑不定中在岛上度过了三日,油枯米尽,无奈只能划了船离岛。再次来到岸上时,过往几日的经历就如一场黄粱梦。她随身带的东西不多,多是秦无意送给她的衣物,又怕岛上一切无人照拂,所以把秦无意留下的一把宝剑和几册书也带在了身边。春日的阳光已经有些烈了,桃花正浓,粉的艳的在炽热的光下和垂柳的绿意中痴缠。梅却觉得前路茫茫,走了一段头便有些晕了。远远看见城墙,这里依旧是郊外,护城河边有一座高塔,塔前有一座庙,庙前摊肆杂陈,百货齐集,茶棚酒店,杂耍演唱,无不具备,热闹非凡。十几个农妇穿着蓝印花布的衣衫,头上扎着花布头巾,每人鬓间插着颜色各异的绢花,花上都爬着一条白白的软虫,栩栩如生,也有男性的老农把花插在帽子上。

"请问这位大婶,这里为什么这么热闹?"梅拉住身边的一个老妇。

"哎,姑娘是外乡人吧?这是我们一年一次的轧蚕花呀,我们这里的村民都养蚕,所以每年都要来这蚕神庙求蚕神和蚕花娘娘保佑沾点仙气,也带来一年养蚕的好运气,轧发轧发,越轧越发。"老妇一脸的喜气哈哈笑,说着还把一朵蚕花塞到梅的手中。

"来，姑娘，你也沾沾喜气。"老妇很热情。

这样一来，梅的心情也被这欢乐的气氛感染得好了起来。

蚕神庙中摆满了蚕农献上的茧圆、粽子、芽麦塌饼、米酒等供品，路上人们抬着童男童女装扮成蚕花姑娘或戏剧、传说中的人物，有做成旱船的，有做成高头白马的，护城边也围满了人，河中船上正在表演高杆船。高杆船是用一根十几二十米高的粗毛竹，插在船头的石臼之中，毛竹顶端套有一只形状像升箩的踏脚。表演的汉子身无任何护具，沿高杆爬到杆顶，依杆踏足，表演各种动作。时而端坐杆头，时而身体平躺，时而双脚倒挂杆上，时而顺杆快速滑下，动作很是惊险。梅一时的目光也被吸引了去，脑中电光火石，似乎想起了什么又不真切。对于这种乡间的活动，以前应该是听说过的，为什么以前都没有来过呢？

"挽云。"忽然传来一声叫声，梅还没有反应过来，一只手已经火辣辣的拍在肩上，随之而来的是一个热烈的拥抱和一阵香腻的暖风。梅来不及挣脱，来人已经双手拉起她的手转着圈地看。

"啊呀，我的好妹妹，不想真的是你呀，这么多日不见，你都快把我们急死了。"梅这才看清来人是个美貌少女，穿了一身玫瑰红的纱衣，绿色罗裙，身上绣满了金色的蝴蝶，缀满珠片，近得身来就如霞光万丈。

"你是？"梅有些狐疑。

"怎么，妹妹你连我都不认识了？我是锦云呀。"锦云说话间半嗔半怒，眼眉含怨，说不出的柔媚，尤其是那快要滴水的红唇连梅看着都有些心跳。

"哦，不好意思，我前几日失足落水，失去了记忆。"梅还是站在原地，保持着一段距离。

"失忆了？怎么会这样？"一个男子冲过来也拉住了梅的手。梅忙甩开，心想这些都是什么人。她这才注意到锦云的身边还站着一位公子，他一身白色西服，粉蓝的领带，短发，锃亮的皮鞋，面目清俊，也算是个翩翩公子。这几日蚕花会，前来踏春郊游的男女也不在少数。锦云的手中还握着一个泥人，是个红衣女子，戴着披风、白色翎毛，手持红梅，那公子手中是个男子，一袭长衫，握着风筝。梅略瞟一眼，心中多少有些清楚了。

　　锦云一把挽起梅的手，"你别理睬他，他呀，就是猫改不了吃腥，吃着盆里的想着锅里的，挽云呀，我可怜的妹妹，快随我回家去吧，你这一走可把伯母吓坏了。"

　　"瞧你说的，我每日里鞍前马后的，这下子倒有错了，真是好人难做。"公子听了也不生气，一只手从裤袋里掏了把梳子出来，象征性地梳了几下发，潇洒地黏着两人。

第二十章　重回品楼

　　梅心中疑惑，但还是随着两人坐着马车进了城。车子停在一座豪华的大院前，门前车马不绝，花团锦簇，朱红的大门敞开，两盏红色大灯上写着品楼。梅虽然失去记忆，但眼前的景物她一看就知道是一座妓楼。

　　"你先回去等我，我去去就来。"锦云软着腰肢对着那公子轻推一把。公子临走还不忘对着锦云抛媚眼，这媚眼落在梅的眼中却好像是在抛给她，她的心中一阵抽搐。锦云领着她向西走，转过品楼的高大院墙边是一条幽深的小巷，脚下是幽绿的青苔，过道上原来有个屋顶，现在瓦片却落了大半。妓院在这一面开了个后门，门边一堆垃圾，红红绿绿扔了一地，走近后一阵恶心的恶臭扑鼻而来。最里间有个小院，院子中乱糟糟地堆了些杂物和柴火，后院的空地上用木板隔了一间小屋。

　　"这里原来是品楼的仓库，院子空着也是空着，这不租金便宜嘛。"见梅在身后有些迟疑，锦云在前面解释道。

　　"别看前面人多嘴杂，这里还是很清静的。"门掩着没有关，锦云推门进去，一股霉味，梅忙拿手帕掩着嘴鼻。小屋不大，没有窗，即使是白天也显得暗沉沉的，几缕阳光透过木板的缝隙钻了进来，在金色中舞动的尘埃像是这里唯一的活物。

　　"伯母，你看谁回来了？"锦云口中叫得亲热，人却没有靠近。在黑暗中适应了一会儿的梅这才看清角落中还坐着一个妇人，粗布的裤子赤脚趿着一双破旧但华丽的绣花拖鞋，身上穿了一件斜襟大袄，明黄色，绣满花草，只是半个袖子不知去向，露出些破絮，一头凌乱的白发，和这个明丽的季节显得格格不入，像是一块放在锦盒中独自等着腐坏的旧日糕点。

"谁？"老妇慢悠悠地抬起头。

"嘿嘿，还有谁，你的挽云呀。你们先聊着，我前面还有客，晚饭我给你们送过来。"锦云眼看牵线搭桥成功，一刻也不愿多待，一阵风一样地消失在巷子里。梅向妇人走近，她这才看清妇人浑身在发抖，满脸的眼泪鼻涕，身体蜷曲着，打着冷战，十分痛苦。

"你有红土吗？求求你给我一点吧。"老妇人说着勉强站了起来就要拉梅的衣衫。梅吓得躲开。这怎么可能是自己的母亲，梅想夺路而走，但她的眼睛被墙上的几张照片吸引了过去。照片不大，但很清晰，金色铜制的外框配着玻璃，出现在这样破败的室内看起来像是个笑话。一张是在一个书房内，满壁都是书，一张宽敞的檀木书桌前坐着一个女子，手中持着毛笔，正在凝神。女子穿着缎面绣花的薄袄，脖颈间带着几层珍珠，齐耳的短发，手上戴着玉镯，指尖是钻戒，桌上摆着盆将开的水仙，一块太湖石，除了这雅致的环境显得陌生外，照片中的人却不陌生，与自己长得一模一样。边上另一张是位妇人，清秀的面庞穿着旗人的华服，满头珠翠，身旁立着几个佣人，在院中喝茶，身后厅轩隐隐，草木葱翠。最后一张是一家四口。中年夫妇穿着华丽的朝服，男子前面站着一个十多岁的小女孩，锦衣锦裤，外面罩着绣花小褂，戴着金锁、金镯子，细软的小辫上缠着玉石小花。一个小男孩被抱在手中，也是锦衣锦裤，头上戴着绣花的虎头帽。坐在堂前，黑檀家私，中间是高山流水的字画，桌上摆着西洋的金

座钟，一对明代的粉彩大花瓶。照片中的几人除了小女孩在笑，几人都是正襟危坐。这些又都是谁？梅的心中有万千疑问，身后几声急促的咳嗽把梅的思绪拉了回来。

第二十一章 猪一样的刘十三

梅等不到傍晚锦云送晚饭来,她逃也似的走出小屋想去找锦云。路很短,来到品楼的门口她却又犹豫了,毕竟一个好人家的姑娘是不会出现在青楼的。她迟疑再三还是鼓足勇气进了门,谁知道刚一进门就有一个小姑娘亲热地迎了上来。

"李姑娘,你好久没来了呢,妈妈天天念着你。"小姑娘十一二岁,粉色衫裤,岁数不大,人很机灵。原来我姓李,我居然是这品楼的常客,不会我也是这里的姑娘吧?想到这里梅的心中有些害怕,但又一转念,如果我是这里的姑娘,怕是进出没那么自由呢。

"嗯,我来找锦云姑娘。"梅低声地打着马虎。

"锦云姑娘现在有客呢,怕是不方便见你。这样吧,我领你到后院先喝个茶,一会儿方便了就来喊你。"粉色丫头答。

"这样劳烦姑娘了。"梅心中急迫,但也只能客随主便。

品楼算是嘉兴城中排名第一的青楼,面积很大,布置也精巧。前面是大堂,后面有几个偏厅,中间还有一个人工池塘,上面彩台高搭,经常变换节目供客人开心取乐,池塘的一端连着外面的运河,每到节庆,来接姑娘的画舫就可以从自家码头直接开到外河去,十分方便。后面有个园子,堆了些假山,种了四季草木。现在已经下午三四点钟,姑娘们要准备晚上的应酬,现在多

半在房中休息，寻欢的大爷这个钟点也多没有登门，所以这后院反倒清静得很。梅就坐在廊下看着池鱼打发时光。忽然身后有一双大手将梅整个人拦腰抱住。

"哎哟，我的美人，想死哥哥了。"梅忙扭头看，差点将脸迎上那张肥大的猪唇。那人满身的酒气，熏得人都看不清他长得何等模样，肥腻的身躯在这阳春三月隔着几层衣服都往外热气腾腾地冒着汗。

"你……你你给我放手，你再不放手我可要打人了。"梅真是感到受到了奇耻大辱，用力想挣脱开去，但那猪力大无比哪里挣脱得了。

"要打，好，打这里，打这里，我最喜欢被美人打了。"胖猪说着把脸往梅的脸上蹭。还好这时来了一位美貌的姑娘，用手来拉胖猪。

"我的爷，你说要醒酒，原来跑这里来了，害我一顿好找。快快快，我亲手做的野菜春卷这时刚刚在油里煎了端上来，你再不吃可要凉了。"美人不过十七八岁的模样，堆满白粉的脸上一抹有意描画的猩红的樱桃小唇，穿了明黄的宽大绣花旗袍，领间的扣子没有扣，这一用力拉扯，鬓发也有些散开了，露出雪白的半个胸脯，金坠子在耳际来回地荡。她边拉边示意梅快些走，看样子也是认得的。

"我不走，我还要同妈妈去讲，藏着这般貌美的姑娘不给我见，是不是瞧我没钱呀？告诉你，大爷我多的就是钱，你也不出去打听打听，我刘十三家中美人个个赛天仙，不过我现在要做刘十四了。"胖猪说着话依然用手搂紧梅，明黄女子索性一下子坐到了胖猪的怀中，一手揪住他的耳朵。

"你个没良心的，你刚才不是说要把我娶回家做十四姨太的吗？怎么这么快就变卦了！"明黄女子说着手上也并不放松。

"好好好，我的姑奶奶，你先松手，你做十四，这美人做十五还不行吗？"说着这猪唇又要来亲梅的唇，梅好容易抽出一只手，啪的一记响亮的耳光就甩在了胖猪的脸上，胖猪吃了一记耳光，酒也醒了一半，哇的一声吐了梅一身脏。

"我要去见妈妈，看她调教的好姑娘，居然真敢打大爷。"胖猪边嚷边将两人甩了向前厅跑去。

梅一身的腥臭，只能硬着头皮向粉衣姑娘先前指引的小院走去。来到门外，只见房门紧闭，她在门前侧耳倾听，只听里面床摇的吱呀吱呀。梅在门外不觉地羞红了脸，她这一身腥臭又实在无处可去，只能在院子的青石角落中坐下，心中万般滋味难以言说。她真想扭头就走，但自己又能去哪里呢？不知道过了多久，房门开了，锦云从里面走了出来，散着发，她见梅在角落蜷缩着，忙把她领进门。里面桌子边正坐着先前见到的公子，脱了西服，只穿了里面的白色衬衫，散着扣子，光着脚，两只脚架在桌子上，他看见梅的狼狈相，倒也不吃惊，独自拿着梳子梳头。锦云领着梅进里屋换衣服，回头仍不忘对着公子努努嘴，意思是让他在外人面前收敛些。锦云的衣裳都很华美，没有一件素淡的。梅拣了一件看起来最寻常的，却也是一袭深紫色的衣裙，镶着暗红花边，翡翠扣子，裙摆上绣满了粉紫色的卷云。锦云又帮梅稍稍梳洗了一下，化了淡妆。等到再出来时，那公子一时竟也呆住了，手中的梳子落在了地上都不自知。梅刚刚受了轻薄，心中满是委屈，对于身世又是满腹的疑惑，所以锦云成了她眼前唯一的知心人。她此时有满肚子的话要对她说，眼中蓄满泪珠，强忍着才没有落下来。

"不好意思，这一路都是一片忙乱，我都忘了你失忆了，这位是城中贺县长的二公子贺建邦，以前见过的，大家都是老熟人。"锦云拍拍贺建邦的腿，让他把腿放下，人依着贺公子坐下，

手搁在了贺公子的大腿上。

"哈哈，那是，当年我们一起留洋时还坐的是同一艘船呢，可惜李小姐一直不给我机会呀。"贺公子见惯了梅穿浅淡的衣衫，今日难得的华服使他来了精神。

"留洋？"梅更加迷惑了。

"不要谈那些陈芝麻烂谷子的往事了。锦云，我告诉你呀，昨晚我做了一个春梦，梦中有两美相邀，你看今天这梦果然应验了吧？这样吧，不如我们三人来玩挖花。"贺公子兴致很好。梅在一边幽幽怨怨。

"算了算了，挖花怪吵人烦的，你也回去换身衣裳，晚上再来吧，我和挽云好些天不见，也好说说话。"锦云语气柔媚，手在贺公子的大腿上又狠力捏了几把。

"好了好了，你横竖看我都不顺眼。"贺公子低头在锦云发间一嗅，拿着西服就出了门。

"晚上早点来，上场前总要再对一遍戏。"锦云见贺公子走远了又喊。

第二十二章　前尘往事

　　两人索性关了门，床上一番春雨过后的乱象也懒得理会，锦云给梅倒了一杯茶。
　　"姐姐，这究竟是怎么回事？"梅所指的很多。
　　"唉，其实我认识你的时间也不长，平日里你话又不多，上个月你才好不容易答应了傍晚在这里教我弹钢琴，后院的房子也是我帮你们找的，伯母一直抽鸦片，听你说前面也戒过，差点要了命，所以一直供着。你白天在秀水的中学任教，好像是教英文，但这鸦片价高，特别是近来时有战乱，外国进口波斯产的红土、新山这样抢手的鸦片价格更是水涨船高。你年纪轻轻的拖着这样的老娘也着实不易。"锦云拿起红木圆桌上的香烟插在象牙的烟嘴中点着了，慢悠悠地向空中吐了一个圈。
　　"那这母亲是我的亲生母亲了？"梅被烟熏得有些轻咳，她不大习惯这样醉生梦死的生活。
　　"这是什么话，母亲还能有假？其实伯母脑子糊涂那是犯了烟瘾，一泡下去人还是很知书达理的。"锦云似被烟呛着，一阵咳，拿过一边的青瓷痰盂，痰中带血。
　　"姐姐，你要保重身体呀。"梅忙上前用手拍她的背，心中虽然还是迷惑自己的出身过往，但也知道问不出什么来了。
　　"我这样的人有什么好保重的，不过是活一天且笑一天罢

了。对了，眼前就需要你帮个忙，晚上有个富户季老爷要在明堂设个局，请的客人非富即贵，听说还有些西洋人，妈妈说了客人吃饭时要有钢琴伴奏，我跟你学的时间不长，前面你又好些日子不来，我肯定是丢不起这个脸的。妹妹少不得还要帮姐姐一回。"锦云掐了烟拉住梅的手。

"姐姐你是知道的，进这青楼我也是迫不得已，我是从来不公开演出的，刚才在池塘还平白招惹些是非。"梅说着把刚才在池塘所遇也一并和锦云说了，差点又掉下泪来。

"好了好了，我又不让你白忙，这样吧，你帮我这一回，我立刻给伯母送上好的红山烟泡一个，你也能解燃眉之急。"锦云好生安慰，开出的条件也让人无法抗拒，而梅的遭遇在她看来根本算不得什么，在男人身上根本没有吃亏二字，关键是要看付出了有没有收获。

"好了，你先把烟泡和晚饭给伯母送去，就这样定了，晚饭时分你就过来吧。"锦云不等梅拒绝就起身从箱子中拿了东西塞到了梅的手中。

这时天色已经晚了，梅从锦云的房中出来向外走，品楼中处处华灯初上，更把一所金色宅院衬得像琼楼玉宇。梅低着头一心想快些走出这品楼，却不想走得急撞在了一个人身上，梅急忙连声说对不起。

"你这姑娘怎么这样冒失，撞坏了我家老爷你可担待不起。"一身穿华服的中年人上前呵斥。

"我……我实在没看见。"梅抬起头，眼前居然有一群人，个个穿戴整齐华丽，长袍马褂，西装笔挺，被撞的男子约摸四十多岁，蓝色团花的长衫，黑色皮鞋，戴了金边眼镜，白净的面皮，身形稍胖，气度非凡。

"算了，下次当心点就好。"他弯腰捡起地上梅被撞落的东西交到梅的手中，眼神在梅的脸上稍作停留。梅忙抽身退到一旁，那群人又谈笑风生地过去了。

"抓住他，抓住他。"忽然内院人声大作，一个白衣西服男子在前面逃，几个龟奴在后面追，男子还是动作慢了点，不一会儿被几个龟奴扑倒在地，妈妈也闻风赶来。西装男子礼帽落地，一头瀑布般的长发倾泄而下。

"你闹够了没有？还不带小姐回去。"说话的正是刚才和梅迎面相撞的蓝色团花男子。女子被人推着骂骂咧咧地出去了，看客见没有热闹看也就散了。

梅听身边的丫鬟议论说这位是季家的二小姐，居然来妓院和红姑娘抢男人，真是天下奇闻也。梅没心思打听这些花边新闻，转身入小巷，靠记忆回到小屋。里面昏黄一片，她摸索半日好容易找到半根蜡，点燃了。小丫头随后送来饭，老妇没有看一眼，显然没有食欲。等梅拿出烟泡，老妇人一下子来了精神，蜷在木榻上独自抽了起来，动作娴熟。梅匆匆地吃了点饭，忙又赶回品楼，明堂内人声鼎沸，明堂是品楼最大的一间大厅，装修却是阿拉伯的风格。据说点子还是留过洋的贺公子出的，刚布置好时简直是全城轰动，人们都觉得新鲜，时至今日，即使是达官贵人也要提前三天预订才行。梅站在门边隔着大红的纱幔往里看，中间是张蓝色的玻璃长桌，桌上是金色的器皿、白色的玫瑰、绿色如炬的铜烛台。顶上从中间向四周斜垂下红色的布幔做底，外面一层白色的布幔上是各色花朵，中间缠绕着金色的枝叶。门是拱形的，四个角上立着巨大的粉色水晶，如柱如剑地向四面发散开来。空中悬浮着透明的气泡，每个气泡中有飞舞的蝴蝶。这一切把不可能变成可能，真如梦幻世界。梅有些出神，锦云眼尖，把她拉到一边的更衣室，给她补了妆，本想再给她换身衣衫，梅却觉得很好，于是就在头上添了几件钻石头饰，夜色中显得闪亮

些。两人回去明堂时刚好上来第一道菜，锦云坐在贺公子的身边，梅走到一边的钢琴前开始弹起来。她也没有准备，好在失忆后这些技能像是潜在心底，用时自然涌上心头。她弹了肖邦的叙事曲、苏格兰舞曲、玛祖卡舞曲等，心想无非是助个兴，也不会有人认真听。她眼角的余光看向大厅，刚才被撞的中年人居然是主角，桌上谈些时事，转而又是风月，接着又是各国趣闻。在座的十几人中两个是外国人，另几位是嘉兴和上海工商界及政界的头面人物，每人的身边又都坐着一名花样女子。品楼的姑娘是分等级的，容貌出众而且技艺出色者方为一品，接下去自然就是二品和三品。要培养一个一品的姑娘，其实也要花费大量的时间和金钱，在这次重要的宴席上动用的自然都是一品的姑娘。今天的菜肴是西餐，主要也是照顾外宾的胃口，几个老爷其实并没有吃饱。甜点上过后，宾主移步至池塘看戏。

第二十三章　一曲《长生殿》

夜色中的池塘和白天看见的又完全是两个天地，听说又是贺公子设计的。这贺公子是嘉兴城中南门巨富的二少爷，曾在欧洲的几个国家留过学，经济学得怎么样世人并不知道，但他把各国的所见尽数带了回来。他家中还有两个兄弟，这兄弟三人都喜欢昆曲，平日里吃着老本不务正业，把姑苏全幅班中的名角都请到府中，着实也学了几出戏。嘉兴老百姓中喜爱昆曲的人不少，也有一帮文人自组了昆曲社，定期搞些活动，但只是坐着拍曲自娱，并不登台演出。这贺家公子几个家中有的是钱，故而行头齐备，经常在城中登台娱人。这贺二公子更把品楼当成了自己的家，将一生所学都用在了这里，自己设计舞台、戏服，乐在其中。

池塘中的水起初是满的，随着古琴声起，有艘小舟从远处划了过来，高力士在船头吹箫，有几个宫娥从西面的水面上飘飘然地登上小船，池塘四周有些高低的山石林木，各色牡丹依次开放，等到小船来到池中央，台下忽然升起宫墙华厦，繁华处贺公子和锦云登场。今天两人唱的是《长生殿·惊变》中的[泣颜回]。贺公子好排场，大把银子没处花，所以这贵妃和皇上头上的金冠都用上了真钻，所以华灯下一片光彩，而贵妃的衣服也是为了适合青楼风雅而特别设计的，都是薄纱，音乐除了传统的笛

子管箫等，又加入了很多西洋乐器，所以两人一登场四面掌声就起。刚才西餐没吃饱的，这时早有人端上了各色中式的夜点汤锅，美人在怀好不惬意。其中几个一品的姑娘这时都被叫去登台候场，所以一时季南城身边居然没了人。

本来梅要走，妈妈却在一旁叫住了她，希望她能去陪季老爷，当然酬劳也是不菲，还是一个红山。梅再一次妥协了。她不知道以前自己多少次做过这样的妥协，所以妈妈也是对她很有把握。她勉强坐在了季南城的边上，季南城还是很有礼貌地对她点头示意，边上还坐着个洋人，另外还有个富绅。这时一位身形发福的男人跑过来向季南城敬酒，他一眼便看到了坐在边上的梅，脸色顿时有些微变，梅在心中也暗叫不妙，原来来者正是下午在花园对她上下其手的胖猪。胖猪敬了季南城一杯，然后道："我就说最近好久没有看见南城兄，原来是到这里做起了新郎官。"季南城显然认识胖男人，他端着茶道："十三兄玩笑了，不过是生意上的应酬罢了。""是吗？那太好了。"那胖猪借着酒意索性把矮几上的茶盘用手往地上一推，顿时碎作一堆，他自己一屁股坐在了茶几上，一边是季南城，一边就是梅，他借势抱住了梅亲道："南城兄说了今夜他不是新郎，那肯定新郎是轮到我来做了。"说着又要去摸梅的大腿，吓得梅大叫起来。季南城也没想到这厮这样无赖，嚯地站起身来，身边的洋人也站了起来。妈妈听见响动，早带了两个壮小伙一同赶了过来，人没近身已经高叫："刘老爷，您叫我好找，说今儿您做东，自己怎么跑这儿来了，留下满屋的姑娘苦等。"边说边对壮小伙使眼色，三个人好不容易才把刘十三请走。几人走后，大家依旧看戏，好像什么都没有发生过。季南城也只是象征性地用眼睛询问了一下梅以表示关心，然后依旧和洋人说话去了。梅竭力忍住内心的屈辱和悲愤，但眼泪依旧像断了线一样地往下流。台上现在正说的是唐明皇和杨贵妃在宫中清幽小饮，唐明皇对那些梨园旧曲不爱听，便问杨贵妃那年在沉香亭赏牡丹，曾命翰林学士李白做了《清平词》三首，又命李龟年谱成新谱贵妃可曾记得，台上锦云答妾还记得，于是开始歌舞。那台上的景物在梅的眼前一片模糊。台上升平台下几个姑娘忙着布菜斟酒，富绅旁边的姑娘已经被拉着坐到了腿上，那富绅七十多岁了，平时走路都要人扶，这时却开怀畅饮，衣扣也松了，眼睛也斜了，花白的长须沾着鱼翅。梅扭过头呆坐当场。洋人在与季南城用英语聊着当下的经济形势。过了一会儿，梅终于泪止，当听到两人用英语讨论中外妇女地位之不同时，梅不禁用英语加入了讨论，两人先是一愣，不过三人很快就相谈甚欢，都忘了身在青楼，反倒像是三个老友久别重逢。梅主张女性也应该受教育，然后独立工作，有独立的经济，三人又谈到东西方的文明，越谈越高兴。远处斜靠在廊下的妈妈终于松了一口气，这些吃饭的大爷千万不能得罪，总要哄得高兴才是。妈妈也在心中暗暗盘算着如何才能把梅这棵招财树弄到手。

不知什么时候台上已经散场，两个洋人夜里留宿在品楼，照例要选个姑娘陪着。与梅聊了半天的洋人刚才还主张妇女解放，此刻却点名希望梅今晚能陪她，妈妈忙过来打圆场说这梅不是楼中的姑娘，梅才得以脱身。洋人有些失望，季南城心中却像是松了一口气。

梅回到小屋时，老妇还没有睡，精神也已经好了些。院中有个破水缸里面积着些雨水，梅用木盆舀了些水给老妇洗脚，水冰冷的有些刺骨，昏暗的烛光下梅发现老妇的脚指甲上居然还残留着一些艳红的指甲油，只是连日的风吹土磨使得这双脚已经有些粗糙，脚跟处裂着好几个口子能渗出血来，老妇的脚浸在水中，既不觉得疼，也不觉得冷。梅心中一酸，落下泪来。熄灯睡觉，老妇在木榻上，梅蜷缩在竹榻上，一翻身竹榻吱吱地响，真是太

累了，好不容易迷迷糊糊地睡着，半夜却忽然被风吹开门的声响惊醒。外面不知什么时候居然下起了大雨，静夜卧榻风听雨这样的意境与自己一点关系也没有，外面天黑森森的，院中唯一的小树枝丫被风吹得乱颤，外面下着大雨，屋中飘着小雨，梅到木榻上摸了摸老妇身上的薄被，都有些湿了，而梅自己身上的薄色紫纱裙同样已被湿气浸透，这时更显得寒冷刺骨。我到底在坚持些什么？梅问自己，她此时真想放声大哭，但天地间居然连一个可以放声大哭的地方都没有。

第二十四章　遗忘有时也是一种解脱

梅一觉没有醒来,高烧不退,再醒来时已是两天后。她忽然记起了以前的一切,那些痛心的往事,或许正因如此,所以在劳累过度失足掉入河中后她的大脑自动选择了遗忘。遗忘有时也是一种解脱,可是现在偏偏又让她想起了过往。中午锦云来看她,梅连忙起身道谢。锦云真是不愿意踏进这个门,一股的霉味,她用手帕掩着口,手帕上有浓重的香水味,梅闻着差点吐出来。

"你也不用谢我,谁让妈妈喜欢你呢,我给你的一切你都是要回报我的。妈妈可说了,现在红山货价太高,你若是想让伯母保住命,就得早下决心。"锦云又把一个红山烟泡轻轻放在桌上。

"容我再想想吧。"梅勉强用手支着床,原来自己早就是半条腿迈入青楼的人了,梅想起了一切。

"妹妹,其实你也不用再犹豫,想你家以前也是一番荣华,不是说败就败了?还有你那个弟弟把房子输了个精光,那时哪里又想过你们母女的活路?老太太以前也是享惯了福的人,你又怎么忍心见她受苦?妈妈说只要你答应了,今后还你自由身,赚了钱大家分,哪里去找这样的好事?还不是看在妹妹你年轻貌美,又有些洋墨水,客人都觉得新鲜。这女人的青春短暂,过些年你想卖还没人出价呢!这爹亲娘亲还不如钱最亲,你说是不是?"锦云一个人在那里滔滔不绝,忽听门外一声男子的轻咳,她回头

住了声。

"沈校长,您来了,嘿嘿,那我就不打扰了,妹妹我改天再来看你。"锦云显然认得来人,讪讪笑着,扭着腰肢出去了,只留下空气中一缕香风挥散不去。

"挽云,你回来了,好几天没看到你,真是把我急死了。"来人二十多岁,身材高大,一身亚麻长衫,略皱,短发,戴着眼镜,有些清瘦的脸上挂着关切。手中拎了一袋米和一些菜。

"沈校长,你坐。"挽云的母亲接过来人拿的东西,起来把小屋内唯一的一张椅子让给他,自己走到屋外。

"孟和。"梅听着他叫自己的名字还有些不习惯。

"快躺好,你看你都瘦成什么样了,回来那么多天也不来找我。"来人帮挽云盖好被子。

"我只是不想给你添麻烦罢了。"挽云说着泪就下来了。

"瞧你说的,你我之间哪里还有什么麻烦不麻烦的!"来人听着着急起来,情不自禁地握住了挽云露在被子外的手,这时的挽云脸色苍白,樱唇如剪,眉目含泪,越发惹人怜爱。

"你不要这样。"挽云一把把手抽出来。

"是,是,是我唐突佳人,可是我对你的心你也是知道的,你来我们学校任教这段时间我对你怎样?我一直都想向你求婚,可是,可是一直找不到机会。"沈校长说到激动处,额头的青筋都暴起了。

"以前是以前,现在我们家的处境你也不是不知道,我母亲每日鸦片不断,兄弟又不知道跑到哪里去了,以你教书的收入又如何能够维系?"挽云说着也哭起来。

"我,我纵然不能养活你,家中好歹还有几分薄地,大不了卖了就是了。"沈校长又来拉挽云的手。

"唉,你又何苦把一家人活命的东西来填我这里的无底洞。

我也累了,你先回去吧。"挽云开始送客。

　　沈校长走后,母亲就来埋怨她话说得重了点,现在雪中送炭的人少。挽云却没有在听母亲的絮叨。李挽云,她在心中默念这个名字,当年父亲在福建做道台时曾写过一首诗:

独鸟冲波去意闲,坏霞如赭水如笺。
为谁无尽写江天,并舫风弦弹月上。
当窗山髻挽云还,独经行处未荒寒。

　　她的名字就出自此处。父亲也是很风雅开明的人,所以当年才把她和弟弟都送到美国留学。母亲曾是豫亲王懋郭的小女儿,后来王室风雨飘摇,王爷一家逃亡日本,父亲曾是豫王爷的得意门生,经常来王府走动,母亲一见钟情,不顾一切下地嫁给父亲,到头来父亲在病故前又另娶了两房夫人,所以以前母亲也常常念叨这世界上唯有感情是最不牢靠的。现在想这些又有什么用?吃过午饭,母亲就让李挽云去当铺转转,挽云不觉得家中还有什么东西可以变卖,母亲就翻出了秦无意送给挽云的一套银饰和一把剑,挽云推说这是人家的东西,母亲却不依不饶,说这眼下命都顾不了了,还管其他的,母亲从小受名师教导,也曾是金枝玉叶,但这烟瘾一上来就像变了一个人,稍有不顺就大发雷霆。这时又开始大骂父亲的薄情寡义,听得实在烦了,李挽云想出去走走也好。

第二十五章　卖剑

　　下午的城中还是一片春日气象，繁花谢了，如云般的早樱挂在枝头。挽云手中拿着剑和银饰，大病还没有好，全脚下都是虚的，这春风拂面，好像人就走在云端。泰升号，这是城中最大的当铺，也是她最近去的次数最多的地方。父亲去世后，本来就坐吃山空，开销又大，加上几处房产被弟弟一夜之间输尽，房子是越搬越小，府中原来值钱的东西也渐渐都变卖给了泰升号，所以去到泰升号的路闭着眼睛都能走到。

　　"李小姐来了，李小姐可是多日不来了，我就说嘛，这瘦死的骆驼比马大，你们李府的宝贝怕是再卖上个一年半载还有得卖。"伙计在高台后说着不咸不淡、略带嘲讽的话。这样的话挽云也听多了，所谓人在屋檐下，不得不低头。她把东西高高地放在台上，心中默默道：秦公子，今日多有得罪，情非得已才把你的剑卖了，总有一日我会赎回来的。这样想着，身后有个声音响起。

　　"无礼的奴才，李小姐来了也不看座。"来人长袍八字胡嘴中叼着烟卷，见了李挽云很热情。这人正是泰升号的老板。

　　"陈老板好。"李挽云微一施礼。陈老板号称陈半斤，说的是无论什么东西到了他这里都能挤出半斤油来。这段时间因变卖家产，没少受他的气。

　　"叫什么陈老板，多见外呀，叫我福生好了，哎哟哟，怎么

080

几日不见李小姐，都瘦成这样了。来来来，外面风大，我们里间说话。"陈半斤凑近了在挽云脸上看看，心疼地发出啧啧声。他回头又招呼伙计把东西拿进里面的会客室。会客室很清静，一扇小窗对着一株桂花，花叶绿绿的长满了树，伙计送了茶，转身把门带上。陈半斤拿起银饰看了一眼丢到一边，又拿起宝剑来看，但见这宝剑的剑身及剑茎都刻有精细的云纹、云雷纹、窃曲纹，为"失蜡法"浇铸，其中镂空、透雕工艺十分高超，剑体蓝色、寒光凌凌，并镶嵌着绿松石。陈半斤以前是这里的一名小伙计，因为勤快，又嘴滑，终于做了上门女婿，而他的父亲又恰好是打铁匠，小时候耳闻目染，加上这些年经手的好东西也多，他当下就判断这是一把不可多得的古剑，但究竟是什么年代的古剑，出处又在哪里，需要以后慢慢考证。他从头上拔了一根头发下来，发丝还没靠近剑身，已经轻轻飘落断成两段。他当下不动声色，回头看见挽云低着头不作声，玉雕般的脸颊上青丝滑落，长长的睫毛柔弱无力，与先前的明丽相比生出更多凄楚。他长叹一声，见四下无人，就挨身到李挽云的身边坐下，一只手搭到了她的椅子扶手上。

"李小姐有什么好为难的，其实以李小姐的才貌，要什么不都是简单的事？你这样总是拿了东西来我心里也很不是滋味呢，说起来我和李老爷也算旧交。"陈半斤说着手又近了些。

"这剑？"李挽云欠了欠身，将身体挪远了些。

"剑是好剑，但眼下时局不稳，也没人要这些个破铜烂铁，倒是枪呀炮呀很是紧俏，嘿嘿。"陈半斤干咳两声，"不过我也没这门路，既然是李小姐拿来的，我们又都是旧识，东西总要收的，价格吗总是往高里走。你看小姐一番人间极品，身上连件像样的首饰都没有，真是美中不足，我在郊外有幢别院，倒想送与李小姐，不知……"那陈半斤话在嘴边还没说完，窗外已经响起

一声炸雷。

"谁要送别院呀？"不等陈半斤反应过来，门就被撞开。来人像一团风一样滚了进来，她瞧了一眼李挽云，伸手就劈头盖脸地给了陈半斤一巴掌。

"好你个陈巴佬，要不是老娘可怜你，你能有今日？这屁股都还没捂热呢，就在家里勾搭起狐狸精来了？"妇人又矮又胖，一个眼睛发白，头上稀疏几根头发，眉眼歪斜，这时发起飙来浑身赘肉直颤，就像母夜叉。

"哎哟，冤枉呀，我哪里有想着别人，你这好好的不在后屋养病，跑到前院来生什么气？"陈半斤的头被母夜叉按在身下，就差没撞到地上了。

"生病，你巴不得我死了好让狐狸精进门呀！我今天就和你拼了。"母夜叉哇哇直叫。挽云见两人扭打成一团无暇顾及她，忙抓了桌上的剑和银饰逃出门外。陈半斤看到快到手的宝剑又飞了，心疼钱，又加上往日里低三下四受的气，和那母夜叉竟也真打起来，一时倒有些不可收拾了。

李挽云又一次徘徊在街上，这次真的是漫无目的了。前面的樱花树下有几个摩登的男女在拍照，自己以前也曾是像他们这般不谙世事，赏花谈心，可以感受风是媚的，青春是无限的，理想是虚无的，感情可以选择的，一切都像玩儿一样。宽大的玻璃窗里面有一对对的情侣在喝咖啡，时光在他们眼中就是用来打发的，他们的惆怅可能是今天晚上到哪里去吃饭或是跳舞，又或者是谁家的姑娘衣服居然和自己新买的一样，这样的闲愁挽云也有过，但现在没有了。她现在唯一关心的是今天过完明天要怎样过，以前教书的生活显然是不能负担母亲的开销的，品楼的生活则是再往前一步就今生不能再回头，今天的宝剑又没有卖掉……这么想着思绪纷乱。

第二十六章 相请不如偶遇

"Maggie。"忽然肩上被人拍了一下,挽云吓得剑差点掉在地上。

她回过头看到身后站着两个少女,一个穿着粉色洋装长袖套裙,粉色遮阳帽,手中拿着把伞,另一个斜襟的鹅黄色绣花长袖上衣,湖蓝色百褶裙,短发,像是学生的模样。

"果然是你,我还以为认错人了。"粉衣少女有些微圆的脸上充满笑意。

"你是?"太阳下挽云有些迟疑。

"哎哟,我的李小姐,我是Selina,我们在美国威斯理安女子学院是同学呢,只是你上了三年学就回国了。好久不见你了,真是太想念你了,你看你现在都瘦成这样了,我是怎么减都减不下来,好羡慕哦,是不是,表妹?"她推了推边上的鹅黄女生,两人笑作一团。

"哦,你是上海的黄美丽,你怎么来这里了?"挽云想想自己朝不保夕,她却夸自己瘦,心中真是五味杂陈。同学分别也不过数年,黄美丽读书时一头短发,貌不惊人,而今一身华服,都差点认不出来了,自己却再也回不去以前的生活了。

"我来参加Rose的婚礼呀,怎么她没通知你呀?真是的,我在上海还远些,你们反倒是一座城市的。"Selina大惊小怪。

"我搬了几次家，想来是不好找吧。"挽云淡淡地说，其实这富在深山有远亲，贫在闹市无人问是最简单的道理，李挽云并不愿点破。

"那真是相请不如偶遇，你就和我们一起去吧。"Selina 的富家小姐脾气耍惯了，抓了挽云就往停在路边的汽车上送。

"我这礼物都没有准备。"挽云还想不去。

"要什么礼物，我送不就是你送，再说了，你人能去，Rose 肯定开心。"车门关上了。

"我衣服也没换。"挽云还想下车，说实在的在这小城中各家的情况多少都知道一些，这样子见面难免会尴尬。

"换什么换，我们李大小姐那是穿什么都好看。"身边的两个少女开心地大笑，好像做成了一件顶满意的事情。

Rose 夫妇都在美国留学，据说是同学，只是不是一个系的，一路上 Selina 叽里呱啦地说些两人相识相恋的往事，挽云却一点都想不起来。两家都是大户望族，傍晚时在城中新建的天主教堂行西式婚礼，由意大利籍神父韩日禄主持。而眼前这座嘉兴城中独一无二的哥特式大教堂也是韩神父亲自设计建造的，因为韩神父本身也是意大利著名的建筑师，从选材购置到工程施工都亲力亲为，还专门从法国进口了水泥、钢材、松木、彩色玻璃、彩色地砖等许多先进的建筑材料，墙体用砖则指定由嘉善干窑镇烧制，他对待工匠也十分严格，总共花费 8 万银元才建成这座宏伟的教堂。今天是这座教堂竣工后举办的第一场婚礼。婚礼虽然不对外开放，但是这样的新鲜事在嘉兴城中还是引起了轰动。听说这新娘不穿凤冠霞帔，穿了白色的纱裙结婚，白色在中国向来是不祥的色彩，所以礼堂外拥满了来看热闹的市民。婚礼后在教堂外的草坪上还放了无数的鸽子和彩色的气球，人们看到新娘露着胸和脸在草地上奔来跑去，一些年纪大些的大妈大婶都骂起不要脸的东西，一些老学究则气得浑身发抖，直喊世风日下民心不古。Selina 欢快地在人群中穿梭，和昔日好友打招呼，这是属于她的时代，挽云在开始见过 Rose 后便缩在了一旁。Rose 今日是众星捧月，根本没有时间去顾及她。

晚上是中式婚礼，在 Rose 家中举行，金家大院办喜事，排场自然小不了。挽云勉强坚持到吃完了晚饭，她就先告辞出来了，Selina 忙着和帅哥起舞也顾不得她了。挽云心中满是后悔，今天自己不过扮演了一次路人甲，作为昔日的同窗，今天的失败者在这里见证繁华不过是又一次羞辱自己已经残破脆弱的心。她走出院子，今天她一身素衣，这身浅蓝的衣裳还是秦无意送给她的，手中还提了把剑，在这灯红酒绿的人间胜景中自己更显得像是一个笑话。外面忽然下起大雨，江南的春天就是多变，真是屋漏偏逢连夜雨，挽云心想着，忽然有一辆黑色的轿车在自己前面停住，车窗摇下一小半，里面坐着的正是前几日在品楼摆宴的季老爷。

"上车。"雨大，季南城马上又摇上了车窗。挽云有些迟疑，但又不想雨淋湿了衣裳就坐到了车上。

"这么巧，季老爷。"挽云坐在后排位置上，看不清前面坐着的季南城。

"不巧，从教堂到现在我都看了你半天了，可惜你没看见我。"车中放着爵士乐，季南城这次说话倒有几分俏皮。

"哦，季老爷你也来参加婚礼呀？"挽云礼貌地问。

"是呀，我与金家是旧交。你也不要叫我什么季老爷，你可以叫我季先生。"路不远，车在品楼停住了。

"你住在这里？"季南城有些好奇。

"谢谢你。"李挽云摇摇头，又点点头，匆忙中开门冲进了夜雨中。

季南城看着她的背影不禁一声轻叹。

第二十七章　打网球

第二天李挽云醒来却发现昨晚的剑和银饰忘在了季南城的汽车里，她并不知道季南城住在哪里，就到品楼去找锦云。她见门没关就推门进去，但见锦云半裸着躺在桌前，桌上一堆的颜料，贺公子口中叼着一支画笔正目不转睛地在锦云的胸前画牡丹。锦云和贺公子见李挽云进来也不觉得有什么，倒是挽云因为自己的一时莽撞闹了个满脸通红，她真恨不得一生一世都不要来这个地方了。说明来意，锦云告诉她这个时间最好到通源洋行找季南城。

通源洋行就在嘉兴轮船码头，杭嘉湖包括内地的很多货物都从运河经这里运到海外。李挽云上了二楼，这是一幢红墙青砖的西洋建筑，职员把她领到里间的办公室，让她在门外坐着，上了茶。李挽云远远地就听见里面在大发雷霆，过了半个多小时才见门开了，季南城气呼呼地从里面出来，衬衫领口也松着，西服一手甩在了肩上，好像有人欠了他大笔的钱似的。他经过李挽云时一把拉起挽云就大步往门外走，李挽云一时没搞清楚状况。她被拉着坐上了汽车，汽车飞一样地驰向郊外。

"唉，你这是要把我带到哪里去？我是来拿我的剑的。"车开出去好一会儿李挽云才回过神来。

"到了你就知道了。"季南城没理她，一路继续向前，嘉兴并不大，车很快就出了城，经过三塔向西来到了新塍，这里是挽云祖父母的家乡，她小时候也经常来这里玩，倒也很熟悉。车子在一个高大的围墙前停住，有仆人小跑着过来开门。高墙内是一幢西式的建筑，明黄色的墙，粉绿色的百叶窗，这纯美式风格的建筑和周围粉墙黛瓦的江南建筑很不协调，好在养在深闺，一墙之隔，各自精彩。

"这房子很漂亮。"李挽云礼貌地称赞。

"有眼光，李小姐，你看，这里的土地地势比别处都要高，这里可是风水宝地呀，你知道是为什么呢？"季南城得意地问。

"不知道。"李挽云答得很干脆。

"村民在这地下发现了一大段的石头，像是龙背一样，硬是把土地拱起裂开，风水先生说这里有帝王之气呀。"季南城更加笑意满面地看向李挽云。

"什么帝王之气，这新塍包括嘉兴很多地方，甚至是崇明岛都是天目山的余脉，这是再简单不过的地理常识。"李挽云头也不抬，面无表情。这一般人都能好奇敬仰的话题，想不到被这个小姑娘三言两语就说得透彻明白，季南城显然有些意外。季南城拉着她的手来到屋后，后面居然是个标准的美式网球场。

"来，陪我打网球。"季南城把西服扔在球场边的座椅上，挽起袖子，潇洒地拾起地上的球拍把其中一个扔给李挽云。

"我没时间也没兴趣奉陪。"为什么这有钱的一个个都可以这样任性。李挽云将拍子放在地上。

"为什么？"季南城对着她喊。

"因为我要去赚钱。"李挽云回头就走。

"多少钱？我出双倍。"李挽云没有停下脚步。

"三倍——四倍——五倍——十倍。"还没有人能拒绝他季南城。果然，李挽云站住了，这世界上没有不能成功的买卖，只有

不能成功的价格,这是季南城的人生格言,而且这些年来在商场也是无往不利的。两人在球场上隔着球网相视而笑,颇有些相见恨晚又有些难得知己又或者臭味相投的味道。

网球在美国威斯理安女子学院是必修课,所以几场下来挽云居然也没有落下风,但这网球全场奔走毕竟是极耗体力的事,而且她连日劳累,又大病刚好,最后也有些不支,好在季南城及时主动喊停。他也累得直接躺倒在地上,挽云好心去拉他,他却顺势把李挽云也拉倒在了地上,两人滚作一团。挽云忙不好意思地坐起身来,季南城却哈哈大笑说好久没有这样开心了。

第二十八章　蟹叉三的小馄饨

"谢谢你，这个球场造好一段时间了，却一直找不到人来打，我果然没有看错人。那晚在品楼我就看出来你和一般姑娘不一样，识大体，能忍耐。"季南城笑着坐起来。

"那你拿什么谢我呢？"挽云将手一伸。苍白的脸上因为运动有了点血色，额头挂着晶莹的汗珠，胃却剧烈地疼起来，她强忍着，嘴角浮现出一抹淡淡的笑。

"你说，你只要说出来，我就能办到。"季南城话说出口，心里却有些后悔，以他的身份年纪脾气，说话从来都是圆滑且留有余地，今天怎么夸下海口，有些像少年时的冲动。

"我还没想好呢，不过你倒可以先请我去吃饭。"李挽云站起身，没有刁难他，他在心中松了口气。如果这小丫头要我去死，我去是不去，想到这里他笑笑。

"因为我不常来，所以这府里的厨子手艺也一般，不过如果李小姐你不嫌弃，倒也可以试试。"季南城伸出手来邀请她。

"这新塍镇上的小吃很有名的，小时候我常来吃，不如我们去吃小吃吧。"挽云没有将手递过去，反倒把手背在了身后。

"好，就依你。"季南城和挽云冲了凉，两人散步出了门。正值暮春时节，柳树已经碧绿，满天都是飞舞的柳絮，两人沿着河走，柳絮时不时地飞上脸颊。前面黄色的院墙，正是新塍镇上著

名的千年古寺能仁寺，寺院历经千载，几经兴衰，屡废屡建，殿宇宏伟，气势雄浑，四周环水，很是清幽。

"你既然在这里建了宅院，这千年的古寺可曾来过？"李挽云手中折了根柳枝，枝叶间开着黄色细花。

"国家现在正是风雨飘摇之际，我辈自当励精图治，实业强国。这些和尚每天吃饱了饭没事干，如果国人人人都像他们这样，中国不就完矣？"季南城的鼻子中发出哼哼声。

"哦，我有位舅父就住在能仁寺边，每日诸事不管，最喜欢兰花，他每年都会带着自己种的新品种坐了船到盛泽等地去给兰友品鉴。"李挽云对于季南城的观点不很赞同，毕竟每个人都有自己的活法，佛教存在了那么多年总有它的道理，但她很会看眼色，立即就转移了话题。

"我可没有你舅父这样的好命，每天一睁眼就有一群人等着问我要饭吃，烦心事又这么多，也没有人为我分担。你看这自然界看起来很美丽，实则是弱肉强食，动物要在其间生存必须绝对的自私，绝对的狡诈，绝对的残忍，不容任何的慈悲。而人类要挣脱地狱，自建天堂，就必须不断地创造。而我们又是生活在这样的时代，百废待兴呀，首先就要发展科技，做实业，满足物质需求，而后可满足精神需求，以转化损人利己之本性，使人能互助、互敬，再其次才是发展艺术，让人得享生活乐趣。"季南城脸色更暗。他说个不停，李挽云却被前面小蓬莱半圆拱桥上站着的一人所吸引，一袭灰色长衫，面向湖面，背着身子，柳枝像帘幕一样将他框在了画中，柳絮像轻烟一样模糊了李挽云的视线。是他吗？那个总在心头徘徊的名字。

"当心，在想什么呢？"眼前三级下坡的石阶，若不是季南城出手扶着她，她一定跌坐当场。好在这时桥上那人也回过了头，不是他。李挽云在心中一声轻叹。

　　新塍最出名的小吃就是蟹叉三的小馄饨，店面不大，过了小蓬莱就只有几分钟的路程，据说每天一早就有很多人来排队。两人到了小店却不见有客人，李挽云想还是来晚了，问了下季南城时间都中午十一点了，怪不得。一般这家小店不到早上十点半小馄饨就会卖完的。

　　"唉，看来只能下次来吃了，好在这新塍最多的就是好吃的，不如我们去吃猪油大饼，噢，这羊肉面也不错，或者鸡蛋糕也很好吃。"李挽云叹了口气就要和季南城往回走。

　　"为什么要下一次来吃，人生的每个下一次都有更有意义的事要做，我就要今天吃。"季南城转过脸对着老板叫。

　　"老板，我要两碗小馄饨。"

　　店老板夫妇年纪很大了，弯着腰一看就是实在本分的小生意人。

　　"客官，实在抱歉，小店的馄饨今天卖完了，客官明天请早点来吃吧。"老板一边用油腻的抹布抹着桌子一边说。

　　"我不管这些，我的时间宝贵，我让你在半小时之内给我先包两碗小馄饨出来，我出十倍的价钱。你如果不愿意做呢，从明天开始你也不用再做了，我双倍的价钱买下你的小店，自然会有人接替你继续做。"季南城说话毫无商量的余地。

　　"好吧，客官，你稍候，我这就给你去做。"老板娘很有些眼色，做这小本生意很不容易，开门做生意三教九流的人都能遇到，总是息事宁人的好。

　　"这原本是留着我们自己中午吃的，客官你先用着吧，你看要不要再来点香菜？"她很快就端上两碗小馄饨，服务周到殷勤。小馄饨一个个如吹了气的面皮泡泡，浮在青葱蛋丝的汤面上，十分诱人。季南城边吃边对李挽云挤眉弄眼，意思是你多学着点。

李挽云对他的这种强势手段有些不习惯。两人吃完小馄饨又去买了四个现做的肉月饼,等到季南城提议每人再吃一个猪油大饼时,李挽云已经投降了。

第二十九章 工作伙伴

"我不能再吃了。"李挽云拍着自己的肚子做呕吐的姿态,"我再吃要变得像你一样胖了。"李挽云有些放松过了头,此言一出立马后悔了。季南城的身材稍稍有些发福,但在他这个年纪应该已经算是保养得很好了。

"所以才需要你来照顾我管住我嘛。"季南城上前拉住了挽云的手,索性装起无赖来。

"这样吧,从明天开始你就来我的洋行上班吧。"季南城进一步道。

"请我上班可以,但我的薪水很高的。"李挽云一时没有挣脱他的手。

"你开个价。"季南城胖胖的手心中都是汗。

"我要500元一个月。"李挽云在心中暗暗算了一下母亲和自己的开销。

"我,我答应你。"要知道一个普通的职员一个月的工资不过是20元左右,500元无疑是个天价。

"我家里……"李挽云见季南城答应得这样爽快,心中反倒不好意思起来,她想将家中的情况略略和他讲讲。

"不用说了,我都知道。"季南城一把将李挽云揽在怀里。

"你调查过我?"李挽云尴尬地让季南城抱在怀中,一股热气

扑在面前。

"不错,我只关心想关心的人,我从来不会浪费时间。"季南城将她在胸前紧了紧。

"你不怕看错人,到时赔了本?"李挽云有些戏谑道。

"我愿意赌上一把,我相信我的眼光。"季南城很有信心。

李挽云第二天就到通源洋行上班了,而且预支了一个月的薪水。新来的员工都要从单证员做起,有些甚至做了几年还在做单证员,而季南城却是亲自教李挽云打单证,这些在公司是绝无仅有的。两人上班下班都在一起,很快公司里就满是李挽云的小道消息,那些女职员个个都是羡慕嫉妒恨。李挽云的聪明也令季南城很满意,她仅用一个星期就掌握了别人常常要一年才能完全了解的工作。她在美国学的就是国际贸易专业,以前还有一年就毕业了,缺少的就是实战的练习,现在整个流程熟悉后,她马上就能融会贯通,举一反三,所以季南城马上又把她升做自己的秘书。

这一天季南城带着李挽云到嘉兴下面的海宁县城中去视察新建的达生纱厂。李挽云是第一次来到纱厂,季南城带着她来到纱厂的办公楼公事厅内里,工厂的经理一脸笑容地向季南城汇报着一件奇事:

"老板,前些天城里另一家纺纱厂的老板黄得财跑路了。"

"为什么?"季南城知道黄氏纺织厂生意向来还可以。

"我起先也不知道,后来来了个美国人,我才知道黄老板一年前出口给这个美国人一批棉花,为了牟取暴利居然在棉花中掺杂了大量的砖块,他以为美国人这次带了人来找他是为了砖头的事向他问罪,吓得跑到上海躲了起来。他哪里知道,海上运输棉花容易潮湿,把砖块放在其中,棉花中的潮气被吸收殆尽。美国人带了一个大订单却找不到黄老板,经人介绍就找到了我们,你说是不是天下一等一的奇事？"经理邀功般地笑着。

"嗯，这生意呀，还是要以诚信为本。"季南城又向工厂经理询问新从德国进口的纺纱机的运行情况，同时也向李挽云仔细地介绍整个纱厂的前世今生。李挽云感到这里的每间工厂季南城都倾注了大量的心血，他的手拂过每台机器像是在轻柔地抚摸着自己的孩子。李挽云看到公事厅的墙上贴着《厂约》，一共二十条，阐明了办厂的目的、动机，对纱厂各主要负责人的职责权限、利润分配、奖惩赏罚、工资福利甚至职员的伙食标准、徒工学习等都做了明确具体的规定。墙上还有几张手绘的厂徽图，图画用隐喻的手法讽刺了办厂过程中故意刁难、捉弄他人的几人。他也和挽云讲了如何从养蚕种桑到变成一件成品的衣服。他们穿梭在纺纱机中，季南城向她说明哪些是美国制造的维宝纺机，哪些是沙克洛威尔纺机，哪些是勃拉脱纺机，这些都是挽云以前不知道的，她听来觉得有趣。季南城于她更像是一个和蔼的老师，在她父亲去世后也第一次有人重新给了她可以依靠的感觉，可惜她也知道季南城并不只是想做他的师长这么简单，他的目光有时是炽热的，让她无从躲避。在他的言传身教下，现在看着缫丝女工浸泡在水中赤红的手已经没有任何感觉，她的心在日渐坚硬，就像是躲进了层层丝中，没有人再能看到她的初心。初心也好真情也罢，在这冰冷的世界上又值多少钱？一文都不值。

傍晚忙完了一切，两人在夕阳下、在工厂的空地上散步，季南城对李挽云说这家纱厂只是他几家纱厂中的一家，而作为纱厂的上下游产业，他还设立了染厂、蚕桑学校，让学员学习选种、育秧、栽桑、养蚕知识，同时还要造蚕灶、设茧行。为了确保棉花的收成，自己还要有大面积的垦区，垦区又要进行大规模的兴修水利、改良土壤工程，而大部分的土地仍出租给当地的农民，以收取地租，少部分雇工自耕。靠海的土地上还进行了改革传统

的煎盐方法，腾出沿海的滩地来种棉花。他们也成立了盐业公司。而这盐业公司学习国内外的经验，进行了多种生产方法的实验。季南城早年还亲赴日本考察日本的制盐法，那就是板晒，它的优点是不用草煎，也不需要草灰吸卤，成本低，但缺点是对天气的依赖性大，产量也还不稳定。在金色的阳光下，两人携手相视而谈，热爱工作、对工作全情投入的季南城在李挽云眼中有着别样的魅力，而一般的女性对这些工作上的事都是不感兴趣的，李挽云不但愿意听，往往还能在各方面给出自己的意见，这番交流都使两人有种相见恨晚的感觉，这种工作上的默契，像是久在一起共甘苦的老友。不知什么时候季南城像变戏法一样从身后掏出一个白色的小圆球，李挽云定睛一看，居然是一个蚕茧，白白绒绒的软壳上用黑色水笔画着一个人脸，画技很拙劣，歪歪斜斜，齐刘海，大大的嘴巴一抹笑意。

"喜欢吗？我刚在办公室画的，像不像你？"季南城一脸的玩味。

"丑死了，我哪里是这个样子。"李挽云假装不喜，心中却有一丝甜蜜，毕竟季南城是理工生，以前对她说过平生最不会唱歌、跳舞、画画和逗女孩子开心，这次算是破例吗？在爱情面前人人都会变成傻瓜吧。李挽云将蚕茧放到袋中。

第三十章　愿不愿赌一把

回到嘉兴天都黑了，李挽云还是只让季南城送到品楼外，她一个人走进巷子。这一次，季南城没有走，他让车子停在巷子口，自己一个人在黑暗中偷偷跟在了李挽云的身后。他看到现在小屋昏黄的灯光下坐着一个白发的老妇，李挽云出来在破缸中打水，家徒四壁……季南城忽然一阵冲动，大步上前就抱住了李挽云，木盆跌落在地上，水洒了一地。

"你是来看我难堪的吗？"李挽云大惊，继而大怒，"好了，你现在什么都看到了，知道我为什么需要钱了，对呀，我就是一个爱钱的女人……"李挽云变得歇斯底里，不可收拾。季南城一个热吻堵住了她的嘴。季南城好半天才停下来。

"你说，你爱我什么？"李挽云泪中带笑。

"爱你喜欢钱呀。"季南城大笑。

"那你有多少钱？"李挽云眼泪鼻涕一脸索性无赖起来。

"你跟我来。"季南城拉起李挽云的手就向外跑，昏暗的小屋被抛在了身后，两人一口气跑上嘉兴城中唯一的小山瓶山上。季南城已经很久没有这样发足狂奔了，好像找回了年轻的感觉，冲动不顾一切，这就是爱情吗？季南城在心里问自己。两人站在山顶，这时的嘉兴城夜幕笼罩，万家灯火。

"你知道我为什么叫季南城吗？"季南城气喘吁吁地看着城中

的灯火问。

"不知道。"李挽云很老实。

"因为我出生时家里就已经拥有了几乎整个南面的嘉兴城，我们家的生意遍布嘉兴的大街小巷，所以家父就给我取名季南城，而现在这一切就在你的脚下。"季南城抱紧了挽云。挽云终于笑了，她在心中下了个决心，既然没有爱情，有钱也是好的，她忽然想起锦云常说的那句话。在挽云眼中，夜色中的嘉兴城从来没有这样美丽过。

季南城很快就给李挽云和她母亲买了一幢大宅院，珠宝首饰更是无数，他几乎每夜都来挽云这里过夜，这样的日子过了快两个月，已经是夏天了。这一天李挽云又来找锦云，锦云是她唯一可信赖的朋友，有时互相利用的朋友远比吃喝玩乐的朋友可靠。

"我们两人虽然在一起快两个月了，但他却从来没有说过要娶我的话。"李挽云对锦云说出了心中的苦恼，虽然开始就不是冲着爱情去的。

"这倒是个问题，开始呀姐姐还挺羡慕妹妹你，夸你有本事，一出手就把城中最大的金龟婿给钓到了。哈哈，你也是想通了其中的道理，天下男人都一个样，唉，这男人呀最新鲜就是头三个月，三个月一过他的心可不一定在你身上了，再说了，他虽然有钱，关键要看他对你用了多少钱。"锦云对李挽云倒是一片好心，实话实说。

"姐姐，那怎么办？"李挽云对这花中魁首还是很有信心。

"好办，看你愿不愿赌一把。"锦云眉头都没有皱一下。

"好。"李挽云答应得很干脆，人生本来就是一场赌局，何况这场赌局已经开始，她从来就不觉得自己要过平顺的一生。

在接下来的日子里，贺公子总在中午休息时约挽云喝咖啡吃饭，再过几日，城中几个佳公子晚上又来约挽云看戏跳舞，季南城几次来了，人都不在家，有些懊恼，但也没有发作。他尽量克制着，显得大度民主。在生意上挽云已经渐渐能独当一面，现在她当了几个部门的主管。前些日子季南城要买下品楼附近的几幢房子，下面的管事出面谈了几次都没有成功，挽云主动请缨，季南城给了她十天时间。李挽云跑到品楼找锦云，锦云给她推荐了品楼的保安队长石佛金刚云中龙，据说他的一套大力金刚掌出神入化。品楼中人蛇混杂，这样有真材实料的江湖能人也是少不了，而且云中龙和社会上黑白两道也多有接触。李挽云出手大方，两人一拍即合。只用了三天时间，那片土地上的建筑就变成一片瓦砾，这样神速倒是季南城没有想到的，因为平日他毕竟还是用的正经经商手段，不知道也不想用一些旁的手段。不过他一向是个只重结果的人，对挽云的办事能力还是大加赞赏。这天下午，李挽云从公司出来坐在黄包车上，远远地看见沈校长在街边买水果，他也看见了她，眼中依然有千言万语似的。她没有停车，这个人已经走出了她的生活，她也不想再有什么联系。她去品楼把剩下的酬金给云中龙。快到品楼时她看见两边的店铺都已经化为乌有，有一对母子坐在瓦砾上放声大哭，她认出来这是包子铺的老板娘吴氏，她还记得自己以前饥饿难耐时经过包子铺时他们向她投来的鄙夷的目光，于是她的心中没有半丝同情，甚至有些快意，这就是在社会上生存的残酷法则，起码这一刻她是胜利者。她抬起眼，刚好看到以前住过的小巷墙上开着黄色的无根花，明丽的颜色是这样动人。

第三十一章　大事不好

夜里季南城照例还是到李挽云的住处来，这处宅院以前是盐商的别院，雕梁画栋自是气派非常，府中虽添了仆从，但还是显得有些空荡荡的。李母恢复了以前的生活自然十二分的满意，把季南城当菩萨一样供着，其实她的年纪和季南城也差不多，季南城见了她也不知道如何称呼，每次都含糊过去，不过谁又会去计较这些。今晚季南城似乎特别高兴，送来了城南蜜饯铺的房契给挽云，李挽云心中大喜，脸上却没有任何表情，只把纸头在桌上随手放了，转过身看着大理石壁炉上红木玻璃罩子中当日季南城送的白色蚕茧说道："我更喜欢你送我这样的礼物。"季南城笑了，显然很满意李挽云这样的表现，在他看来这就是真爱了。毕竟人太有钱是很难分清什么才是真爱的。

第二日下午，季南城在餐馆陪客户吃饭，忽然锦云的丫鬟来送信说大事不好，李挽云被刘十三抢走了。季南城闻言大吃一惊，也来不及通知旁人，只带了个随从就往刘府赶。说来这刘十三的府邸他也是常客，两家在生意上有很多往来，所以刘府仆人见他气冲冲地闯进来居然也没有阻拦，他一路大叫着："刘十三你给我滚出来！"仆人也来不及通报，半领路半拦着来到了刘十三的卧房，只听里面哭声淫笑声不绝。季南城怒火中烧，抬腿踢门就进去了，只见床上横着一人衣衫不整，不是挽云又是哪个,而刘十三光着膀子正要下手,身边还有几个半裸的妻妾在旁助兴。季南城上去就把刘十三扑倒在地,跟来的随从也来帮忙,直把刘十三打得满地找牙,吓得几个妻妾四下逃散,刘府众人见主人不呼救,倒也愣在了门外,李挽云从枕头下取出早就准备好的小软刀对着自己的手臂狠狠地划了上去,顿时血流如注,边上几人都在酣斗,没有人注意李挽云的这一举动。

"住手,季兄,你这是干什么?好端端地跑我家中吵闹,还动手打人。"几人打累了都坐在地上,刘十三才万分委屈地问。

"好端端?我问你这床上的女子是谁?"季南城好不容易才扶着桌子站起来。

"这是我新买的小妾,品楼的挽云姑娘呀。"刘十三理直气壮。

"品楼个屁,她是我未过门的夫人。"他见床上挽云倒在血泊中气息奄奄,禁不住又向刘十三扑了过去。

等到挽云再醒来已经在自己的家中,眼前的季南城手中握着一个红色的丝绒盒,里面是一枚巨大的钻石。

"嫁给我。"季南城说。李挽云大哭起来,她在心中却大笑了,她知道她又赢了。

"你到底是答应没答应?"季南城有些着急。

"嗯。"李挽云点头,"那你究竟几岁,三十?"

季南城摇头。

"四十?"

季南城又摇头。

"五十?这么老,我不是亏大了?"她见季南城没有反应,将他拉倒在了床上。

这刘十三在品楼付了钱买了挽云,自己签的卖身契,事后又赔了一大笔钱给季南城,季南城势大,他两面吃了亏,也只能忍住没有发作。

第三十二章　睡公子

秦无意觉得耳边有水声和人说话的声音，眼睛却怎么也睁不开，身体似乎在轻微地摇晃。我这是死了吗？他想抬手，手却不知道在哪里，甚至整个身体也不知道是不是还存在。这时有柔软的物体覆在他的唇上，有液体流入他的口中，他无力反抗，渐渐地他轻微的意识又陷入混沌。

这一天秦无意终于睁开了眼睛，月光从窗户中透射进来，有一个全身裸露的女子这一刻正背对着他，柔美的曲线，洁白的肌肤，显然是一个妙龄少女。外面锣鼓喧天，人声鼎沸，秦无意刚想把眼睛闭上，少女却在这时转过脸来，美好饱满的身躯上却是一张花脸。两人都没有防备，不约而同地叫出声来，但少女马上又收声，慌忙拿起椅子上的一件白色衣服挡在胸前。

"你终于醒了。"语气中充满惊喜，脸上飞起红霞，好在妆厚看不清。"你先把眼睛闭上。"少女扭捏地说。秦无意刚才眼睛扫过这个空间，好像是个狭小的船舱，他忙把眼睛又闭起来。就听见一阵窸窸窣窣的穿衣声。过了好长时间，少女才让秦无意把眼睛睁开。这时少女已经点了蜡烛，换上了一套鲜艳的戏服，脸上的油彩泡了水都化开了，她显然急着赶时间，匆匆收拾了妆容，又胡乱将珠花头冠中的水用力朝窗外甩了甩，上面黑白的两根长羽毛还在滴水，她也顾不了那么多，就戴在了头上。"等着我回来呀。"她临走时扶着门框交代道。等她走了秦无意努力地支起身来,将身体挪到窗边,他果然是在一条船中。船的不远处岸边有个戏台,水中停了很多小船,灯火点点,台上灯火通明。孙悟空手持金箍棒在台上上蹿下跳,这时少女上场,她演的是铁扇公主,两人打将起来,牛魔王在一边喷着火,台下传来阵阵掌声和叫好声。这样子闹腾了许久,等一切安静下来,少女又回来了,同来的还有一群人。

"姐姐你今天演得好棒哦,明天你教我《刺虎》开场的那一段吧?"

"姐姐明天到了魏塘镇可要请我吃穿心饼哦。"

"去去去,你们都一边去,姐姐忙着要服侍他的睡公子呢。"那是一群略带稚嫩的女声,她们互相开着玩笑,声音也渐远了。这时又有一个男子的声音在门外响起,"师妹,快进去,让我帮你看看伤在哪里了,这一跤摔得可不轻,大意不得。"男子说。

"不用了,师兄,一点小伤没事的,今天你也累了一天了,早点休息吧。"少女将身体挡在门口,男子摇摇头,无奈地离开了。少女见他跳到了前面的船上,在最后一箱东西搬上船后,船头有人喊"开船了",四艘小船首尾相连缓缓地离开岸边,少女这才放心地进了船舱。她见秦无意斜靠在床边,忙过来叫他躺下。

"我睡了多久了?"秦无意问。

"差不多有两个月了。"少女熟练地把戏服脱去,这时已经是夏天了,一场武戏演下来,汗已经湿透了里面的衣服。她接着又卸妆,拿起粗糙的草纸往自己脸上擦,黑色的油彩特别难去掉,少女习惯性地往草纸上吐了两口吐沫,又见秦无意看着她,很有些不好意思。这两个月中秦无意都在睡眠中,所以即使是两个人在船舱她也不觉得难堪,这时他忽然醒了,时时处处都显得不方

便。"两个月前我们在嘉兴郊外的十八里桥演出,夜里演完戏在河中把你救起,当时以为你是个死人呢,浑身都是伤。我们演戏时受伤也是难免的,所以伤药倒是有的。我父亲心肠好,就把你留在戏班里,谁知你外伤好得差不多了,人却迟迟不能醒来,我的那些妹妹都取笑你是睡公子呢。"少女说着就笑了。

"原来是这样呀,姑娘还未请教你的芳名呢。"秦无意说。

"你叫我沈月兰好了。"沈月兰终于卸完了妆。

"沈姑娘,那你带我去拜见下沈老先生,我也好当面谢谢他的救命之恩呀。"秦无意说。

"别别,那个,今天太晚了,公子你刚醒来,身子弱,就先再睡一晚,明天早上再去也不迟。"沈月兰其实是怕他父亲如果知道他醒了是绝对不允许今晚他俩同处一室的。

"那也好,沈姑娘,我们现在是要去哪里?"秦无意看到自己身上隐隐发黑,知道那日晚上还是中了那团黑色烟雾的毒。他从小精通医术,他父亲就是远近闻名的名医,而且还通晓很多外来的医术,这种毒他也曾听父亲说过,正面接触立毙当场,他沾染了少许,所以才沉睡了两个月,而且要用药才能痊愈。

"过几天就是端午节了,我们每年这个时候生意都是最好的。今年父亲接了两单大生意,一单是庙会,一单是徐家老爷出钱请的,都在魏塘镇上,从这过去还有五九水路,明天一早就到了。"少女想到明天早上可能就要和面前的公子分别,心中竟然有些不舍,毕竟这两个月中都是自己亲自照顾的他,有时还要擦身洗脸,想到这里沈月兰的脸更红了。

"我叫秦无意。"秦无意说了两遍,沈月兰居然都没有听见,两人在各自的心事中辗转一夜。

第三十三章　戏班

　　一早，船就靠岸了，远远地可以望见城门。除了这个戏班的几条船，还有一些装着稻米蔬菜等货物的货船，以及南来北往的商船，十分热闹。沈月兰拉着秦无意下船来，在一片空地上几个十岁左右的小女孩在互相追逐，也有在甲板上梳头的，生火的，还有几个男子赤了膊在搬箱子，一个老者背对着他们。

　　"爹。"沈月兰小跑着过去。老者回过头来。

　　"你终于醒了，年轻人。"老者一头灰白的头发，眼睛炯炯有神，眉毛像覆了层脏雪般压在眼睛上面，稀疏的小长辫子绕在脖子前，粗布的短衣襟长裤，手中拿着旱烟袋。

　　"多谢老丈救命之恩。"秦无意深深一礼，老者将旱烟杆往前一托，沉稳有力地将秦无意托起。

　　"不必行此大礼。不知公子今后有何打算。"老者问。

　　"唉，不瞒你说，我父母双亡，现在又被仇家追杀，也是走投无路呀。"秦无意心想敌人不知身在何处，自己身体又中了毒，如果就此离开无疑是死路一条，而混在戏班中仇家可能就不容易找到他。

　　"都是天涯沦落人哪，这年头要讨条活路也是不易呀。这样吧，公子你大病初愈，如果不嫌弃的话就在我这里休养几天，等病大好了再做打算也不迟。"老者说。

"太好了。"沈月兰高兴得跳了起来。老者瞪了她一眼。大家在船上简单地吃过早饭，一个男子和一辆马车朝这边走来，男子手中拿了一朵粉色的绢花，走过来递给沈月兰。

"师妹，这是我在城门口的杂货摊买的，漂亮吗？"男子二十多岁，一身精肉，短发，高个，虎虎有生气。

"谢谢大师兄。"沈月兰答应着，手却不自觉地放在背后。有个小女孩从河边采来一截荷叶的茎和几根芦苇交给老者。老者点头道了声好东西，这荷茎他用来抽烟，这芦苇则是笛膜的好材料。

"好了好了，大家起身吧。"老者招呼大家搬东西，大红的木箱和刀枪棍棒装了一整车。沈月兰接过了花，眼睛却不由自主地瞟了秦无意一眼，秦无意没有在看她，正望着繁忙的河面出神。

一行人进了城门，城中百业兴旺，商铺林立。这时秦无意看到路两边各有一座石制的高塔，外形古朴，十分特别，他不禁驻足观看，老者走到他身边。

"这是阿育王塔，相传建于三国吴时，据说以前用来藏经用的。以前还有五凤钟楼和慈云禅寺，可惜都毁于战火了。"沈班主向他解释，魏塘他来过好几回了，当然都是来讨生活。秦无意心中想起梅来，她喜古，这样的建筑她若是见了一定欢喜。事实上自从他醒了，脑中无时无刻想的不是梅，这一刻她又在哪里呢？想到自己的处境，心中不由得感伤。他缓缓抬起头来，刚好迎上在一旁地摊上看小玩意的沈月兰的目光，她和几个小女孩已经雀跃地在各个地摊奔来跑去，烈日下的沈月兰满头是汗，但依然没有掩去她的青春娇颜，脸上有自然的红霞，脸稍圆，五官立体，和梅是完全不同的两种美。在秦无意心中除了梅，别的女子都不那么重要，他从昨晚开始甚至没有仔细看沈月兰到底长什么模样。沈月兰看他直视自己，马上一声娇笑地把头低下，人也藏入女孩中间。

晚上的演出在魏家牌楼前，魏家牌楼是魏塘人民的骄傲，建于明天启年间。魏塘人魏大中父子和阉臣魏忠贤争是非被迫害致死，皇帝追封魏大中父子为"忠臣孝子"，特地立了此牌坊。整个牌坊通体为洁白的汉白玉，高大华丽，雕刻精美。这时牌楼下都是来赶端午庙会的人，他们一行又赶着大车，好不容易才跻身来到了戏台边，牌楼后面有个魏家祠堂，今晚戏班就在这里歇脚。

"少玢呀，前些天在平湖李村演出时给村里的无赖偷去几件戏服，夜里演《打面缸》《水斗》时都要用到，你去花园弄的张家估衣铺借几条，价格还是老价格，早去早回，不要耽误了晚上的演出。"沈班主等一切安顿好，把那虎头虎脑的大师兄叫到身边吩咐道。大师兄没事做的时候最喜欢给人画画，他从小就喜欢画画，但家里穷，从来没有请过正式的师傅，而学戏不用钱，总有口饭吃，所以这些年他都是自己琢磨着画，尤其喜欢画人物速写，街头的百姓、班子里练舞的师兄弟们都是他画笔下的人物，时间长了，倒也练就了一两分钟就能把人物画得栩栩如生的本领，当然他最喜欢画的还是他的师姐沈月兰。

"知道了，班主。"大师兄朱少玢收起一张躲在柱子后面画了一半的师姐侧面，像答应一声一阵风一样地出了门。

"你知道要哪几件吗？你和他说借四条就算三条的钱，别忘了，你也换件衣服再去。"沈班主在身后喊。

"放心吧，班主。"声音回荡在空中。

朱少玢并没有直接去到花园弄张家估衣铺，而是绕路来到不远处的一条小巷，七绕八拐，推门是个小院，院中有位垂须老者正在作画。

"师父。"朱少玢很亲热地叫道。

"和你说了多少次了,不要叫我师父。"老者头也没抬。朱少玠不好意思地挠挠头。

"又和你师父来镇上演戏呀?"老者终于停下笔,在一旁的榉木圈椅上坐下。

"师父,您这幅山水画得真好。"朱少玠看着笔墨未干的画纸有些爱不释手。

"唉,我这画哪里算好,我在苏州西园寺修行时主持无相大师的乌墨山水才叫真的好。他常对我说外师造化,中得心源,可惜我的一身病体大川大水都不得去,终日困在这方寸斗室之内,如何画得出好画。"老者有些懊恼,他站起身来,踱到画前。

"我们看那杏花疏影里,吹笛到天明,似乎很美了;一弹流水一弹月,水月风生松树枝,应该很静了;师旷鼓琴,玄鹤起舞,已经很妙了;伯牙调弦,子期知意,也已经很深了,但这一切美好都不及无声之乐。少玠呀,你知道这无声之乐说的是什么?"这老者是魏塘镇上出了名的画师李托鱼,也是个不得志的老学究,平时一心向佛是位居士。

"我想是画吧,师父。"朱少玠虽然书读得少,这李托鱼文绉绉的话有时也不能尽懂,但是脑子好使,反应很快,每次来魏塘演出他总爱跑到李托鱼这里学几笔。

"不错不错,孺子可教也。画画画风声难,画水声难,最难的还是画心中之声。你看你在舞台上当要表现悲伤时,示人以背而不露愁容,或以手掩面,表现苦思难判之状,也不示人以脸面眉宇之貌,而以背摇动乌纱翅来暗示人物的内心世界。这就是不取直言而用遮言,得言外之余意。"李托鱼这样形象地比喻朱少玠好理解很多。

"你看这山,山的感觉给人是无尽的,是难以言说的,千山千姿,万山万态,人们说高山如猛虎,说苍山如海,说春山如笑,用这么多的比喻还是因为这山的形象难以说尽。有象即有息,这象已经这样难以描摹,这息就更是说它不尽,这息是生命,在不断生长,是活的。而这水也是活的,水的形是不定的,随方就圆,随曲就弯,老子曾说上善若水,似乎已经把水的好处说尽了。无相大师也说这理与事,菩提与烦恼,一与二,无非即是水与波,如全一大海,在一波中,而海非小。如一小波匝于大海,而波非大。同时全遍于诸波,而海非异,俱时各匝于大海,而波非一……"李托鱼的这番长篇论断朱少玠在一旁听得似懂非懂,看来这师父又要发起呆来了。朱少玠在心中暗念,看看天色马上就要吃午饭了,李托鱼家境也不宽裕,他就想起身告辞。

"急什么,这画你拿去,临摹好了下次拿来我看。这里还有一本我新买的画谱,你也一并拿去吧。"李托鱼对朱少玠还是非常不错的,教画不收分文,倾心相授。朱少玠一看是一本光绪丙申蒲夏中浣上海慎记书庄石印的画谱,他忙喜滋滋地揣在了怀里。

第三十四章　庙会

这时刚到中午，沈月兰拉着秦无意去看庙会，十几个小女孩也跟着，叽叽喳喳地好不热闹。本地最有名的小吃就是城隍庙前山凤轩的穿心饼了，昨晚小女孩们就吵着要吃，这批苦命的孩子都来自浙江慈溪、嵊泗等乡下，本来正是长身体的时候，来到戏班却有时连饭都吃不饱，上次来这里跑码头时偶然吃了一次穿心饼就惦记了几个月。秦无意从小出生在富裕人家，虽然这几个月也受了不少苦，但在物质方面却没有这样切身的感受。

"出炉了……"随着一声高扬的叫喝，一炉烧饼被小姑娘们一抢而空，这就是她们今天的午饭了。两文钱一个，每人一个，秦无意也得了一个，对她们来说这真是一件很奢侈的事情呢。

"谢谢大师姐。"一个小姑娘穿了红色的褂子满嘴芝麻对着沈月兰献媚地笑。见秦无意低头看大饼，沈月兰说："这大饼呀用的是面粉加红糖，不加别的发料，冷热都一样，香脆松甜。不过总还是热的好。"

"我听说这城隍庙里的菩萨两个眼珠都是宝石猫儿眼做的，这肚内心呀肺呀又都是黄金制造的，不知道是不是真的？"边上的小女孩吃完了饼又有了别的主意，于是都涌到庙里去看菩萨了。秦无意站在庙门外等着，早上他脱了长衫换了大师兄的粗布短衫，和平日判若两人。外面的庙会如火如荼，这时有一支游街的队伍从远处走来，开头的是马牌、肃静回避、封位牌、牛头马面、黑白无常、勾魂使者、五道七伤、万民伞，各色彩旗。城隍庙庙会的重头戏叫扎肉提香，只见两边各有十几个壮汉赤裸着上身，穿着黄色的阔腿裤，头上扎着红色的布带，用两头都是钩子的大铁钩一端扎在人的手臂脉息部皮上，一端挂上铜锣或者香炉，铜锣要边走边敲，香炉则重达三十多斤，见者骇然。后面还有农民因疾病或其他灾祸来许愿的，自己穿上红色衣裤做犯人状，刑期自己定，还有夸张点的直接在背后插个斩字牌，而且身上还要点上肉身灯，中间放上菜油，用灯芯草点着，少的七个，多的四五十个，灯的另一端直接插入皮肉中，鲜血直流，犯人不能喊疼。那副惨状看得沈月兰就势扑到了秦无意的怀中，围观的人群看到惨状却发出阵阵叫好声，沈月兰在秦无意的怀中闻到了一股阳刚又略带药味的体香，直到身后传来女孩们的笑声，她才不舍地离开秦无意的胸口。秦无意有些无奈。

晚上的演出也在魏家牌楼边的戏台上进行。为了顺应热闹的气氛，今晚演的前三出昆曲的戏《打面缸》、《借靴》、《花鼓》都是些玩笑小戏。《打面缸》说的是妓女周腊梅到县衙请求从良，县官将她许配给差役张才，当晚故意派张才到外地公干，自己趁夜前往张才家调戏腊梅的故事。这些故事情节恶俗，已经远离了昆曲最初的阳春白雪的故事，一切以观众的喜好为转移。中间还要加些灯彩和杂耍戏法，观众在台下看得倒也起劲。最后压轴演的是《白蛇传·水斗》，也是场精彩的打戏，但临到上场才发现青蛇的戏服找不到了，朱少玠记得自己去借衣服的时候明明借了的，没办法，最后青蛇只能穿着《打面缸》里妓女周腊梅的衣服上了场。好在乡下地方，大家也就看个热闹，这穿错衣服也没有人在意。

第三十五章　月下补衣

演完戏，戏班的人分男女在祠堂的两间厢房休息，秦无意现在醒了自然再不能和沈月兰住在一起。当初在船上，四艘小船中两艘分别装了几个女孩和行头，一艘住着沈班主和两个师兄，只有沈月兰独占了一艘船，而且女孩子心也比较细，秦无意又一直昏迷着，所以才让他和沈月兰住在一条船上。今晚他们四个男人打通铺，大师兄和二师兄显然没有要睡的意思，兴奋地谈论着这几天的事情。

"昨晚师妹也太不小心了，演着《借扇》人居然就一个筋斗翻到河里去了，还好没什么事。"大师兄朱少玠一边画着，一边和他对面在压腿的师弟说。

"是呀，吃我们这碗饭也是没有办法，没个替补，掉到水里自己爬起来还得接着演。不过这乡下的台也太小了点，光线又不亮，哪里比得了以前在上海跑码头时的风光呀。"二师兄是个十八九岁的少年，名叫张少茗，长得很清秀，眉眼间有些沧桑感，和他的这个年纪很不相配。

"是呀，现在上海流行看京剧，这昆曲已经没有了市场。想当年沈班主的武生演得那是一绝呀，可惜有一次从三张桌子上一跃而下，为避让地下的三师弟而折断右腿，但他依然屹立舞台不倒，直到大幕落下，但是祸不单行，在治疗时庸医又接歪了他的腿骨，沈班主得知后毅然将自己的腿在铁床上磕断，延医重接，后来再上台也不能再演武生，只能跑些龙套。"朱少玠回忆往事颇有些唏嘘。

"三师弟，呜呜，那年三师弟当红时只有十六岁，却染上了烟瘾，最后死在了上海的马路上，还有四师弟，那次剧院起大火，后来也不知道流落到了哪里。"张少茗说到伤心处不禁哭起来。秦无意以前从来没有接触过戏班子，现在听着他们诉说往事也不禁有些同情。他不想再听，轻轻地推门出去，走到了广场上。祠堂里明月当空，一只乌鸦飞过黑色高大的银杏树的剪影掠屋而过。西面的厢房里有着灯光，他来到窗前，见几个女孩在玩耍，沈月兰在烛光下缝补着衣服，这一刻的她甜美而安详。他绕到屋后，这里有个废弃的荷花池，几方湖石，倒也清幽。这两日秦无意还是觉得使不上力气，剑也不在身边，便顺便打了一套罗汉拳，只是随意地活动下筋骨。两遍下来，全身都是汗。夏日里荒草边蚊虫很多，一小会儿的工夫身上起了好几个包。

"秦大哥。"有人在身后低叫。回过头是沈月兰，她不知什么时候站在了身后。

"你的衣服洗好了，有个破洞我也补好了。"她捧着衣服递给秦无意。这是件灰色的真丝长衫，下摆和胸口有几处口子，都是那天夜里划破的。现在口子上面用灰色的线缝了几片竹叶，针脚很细，倒也雅致。

"谢谢。"秦无意说。

"谢什么，可惜我没有灰色真丝的线，白糟蹋了这样的好衣服。"她说着就跑开了。沈月兰敲门进了东厢房去拿两位师兄的换洗衣服连夜到河边去洗。

"哼，尽不干好事，不过这几日的生意着实不错，刚才我又被县大老爷的管家叫去，让我们后天去演戏，哈哈，真是时来运

转。"沈班主春风得意。

"那太好了,师傅,其实我们很用心的,你看我们连夜在研究剧本呢。"二师兄打开面前已经发黄的一本昆曲工尺谱。

第三十六章　徐家花园

第二天一早，小女孩们在白地上练身段，下腰、倒立、马步，也有练刀枪的，秦无意坐在沈班主身边。

"沈班主，我有一事不明，我以前也看些昆曲，但演戏的都是些男子，你怎么收了这么些女孩子呢？"秦无意问。

"是的，现在像上海这样的大城市没什么人听昆曲了，生意难做呀，为了活命，只能另辟蹊径。这些小女孩家里都穷，在老家除了做童养媳，就是做童工，比较起来还是唱戏最不错，而且她们嗓音清新稚嫩，再培养个一两年我打算带着她们去上海，没准那里的老爷太太看着新鲜能喜欢。兰儿呀，"沈班主对着沈月兰喊，"叫你大师兄把昨天租来的衣服上午拿去还了，过了中午又要算一天的钱。还有叫他下回仔细些，还好那件不见的衣服后来又找见了。"沈班主每日为生计而发愁，毕竟要养活这几十口人也不是一件容易的事。

下午的演出在徐家花园。徐家老爷是魏塘镇上出了名的大善人，每到端午这一天就把家中的花园对外开放，让人来参观，所以在魏塘这个江南小镇，端午除了吃粽子、插蒲艾、烧苍术白芷、赛龙舟外，最有雅意的活动就是游徐家花园，当地人把它叫作游义园。

戏班从后门进园，园内很大，游人如织。园中有座建于明代

115

的古戏台，精巧绝伦，三面环水。今天这第一出戏还是一出大戏，大师兄演哪吒。朱少玠在生活中特别喜欢留心观察生活百态，并将其化为舞台动作，因此他往往能突破固有的招式的限制，比如他为了演好活泼好动的少年神仙，夜不能寐，后来他在上海的马路上看见一辆黄包车脱落了一只轮胎，忽发奇想，最终苦练出了将乾坤圈滚出复又滚回的绝技。这时台上演的是他的成名技，四面掌声雷动。

戏班的人要么在候场，要么在帮忙，秦无意倒成了闲人。戏一直演到夜间，游人渐散，他独自观赏起园子来，一圈下来，他不禁赞叹院子的布置合宜："夜雨芭蕉，似杂鲛人之泣泪；晓风杨柳，若翻蛮女之纤腰。移竹当窗，分梨为院；溶溶月色，瑟瑟风声；静扰一榻琴书，动涵半轮秋水，清气觉来几席，凡尘顿远襟怀。"秦无意想起了远在姑苏的自家花园。现在物是人非，有家归不得，这样的日子不知何时才能到头，想到此心中有些感伤。

"兄台好雅兴，何不上来一同对月饮茶。"楼上花窗轻启，一位老者探出头来。秦无意应约来到楼上。楼上两位老先生正在喝茶，室内摆设清洁高雅，青花瓶中插着一枝白莲花，室内檀香袅袅。秦无意不禁深吸了一口气，这样的氛围真是久违了，仿若再世为人。

"两位前辈在下这厢有礼了。"秦无意微一施礼，举止文雅，一身灰色长衫，气质不凡。

"嗯，来者就是客，小老儿这个东今天做得很是愉快呀。这位是城南王家老爷，年轻人不必拘礼，刚才我听你在月下吟诵的可是明代计成的《园冶》？"园主徐老爷问。

"不错。"秦无意答。

"计成乃是一代造园名家，小老儿很是崇敬，可惜隔了百多年。不过我这院子却是请了吴江的造园名家计成的后人计剑化造的。"徐老爷颇有得意之色，一旁的王老爷也随口附和。

"这园是好园，但据晚辈所知，计成并没有后人，并且世上原无计成此人，他其实是吴江人周永年的化名。"秦无意语出惊人。

"哦，愿闻其详。"徐老爷从未听过这样大胆的推断，要知道明朝人计成以及他所著的《园冶》一直被后世推崇为造园典范。

"徐老爷你一定知道这计成按他自己所说少有绘名，又是出自举人门第，与他同一时期的吴江人只有一个叫周永年的符合这两个条件。计姓是周永年的高祖母的姓，周永年著有《邓尉圣恩寺志》一书，里面的文笔与《园冶》几乎一样，而且后人为周永年写的《行略》所到之处也和计成所到之处多有一致。如果说造环堵宫时他是出于爱好，那么后来造寤园和影园则完全是其谋生的手段了。臆绝灵奇的周永年深知，出身名门望族，靠造园手艺为生在当时是不光彩的，所以他必须改头换面，隐姓埋名，所以他在营造寤园的间隙完成的流芳百世的《园冶》一书用的是他杜撰的计成一名。"秦无意说得确实很有说服力，徐老爷捻着须不住地点头。这时有仆人慌张地上楼来报说少夫人快不行了，徐老爷闻之大惊，秦无意因为精通医术自荐同往。

第三十七章 这病来得凶险

仆人引着几人来到后院,有一短发洋装男子一脸焦急地站在门外迎候。

"情况怎样?早上不还好好的?"徐老爷问。

"唉,钱御医的儿子方才看完病,正在偏厅喝茶。"洋装男子额上都是汗。这时索性把西服脱了交给仆人,袖子也卷起来。众人来到偏厅。钱医生五十来岁,站在桌前,见徐老爷来到,忙上前拱手谢罪。"徐老爷呀,老夫无能,行医这几十年竟然看不出少夫人所得何疾,前几日我还来给少夫人诊过脉,并无异常,这病来得十分凶险呀。"

"那可有药可医?"徐老爷一听差点站立不稳,因为少夫人身怀六甲,这可是一尸两命呀。

"徐老爷还是尽早准备后事吧。"说着钱医生就要告辞。徐老爷和洋装男子呆立当场。

"小生略懂医理,能否带我前去一观?"秦无意这么一说,徐老爷仿佛找到了救命稻草,马上命人引路。

屋内垂着纱帐,有丫鬟老妇站立一侧,床前放着一小桌和一绣花小枕,红漆描金衣柜边的绿玉珠帘后隐约站着几个满头珠翠之人。丫鬟将纱帐的一角撩开,将一只瓷白的葱手托出来在小枕头上放好。秦无意却没有去搭脉,而是要看妇人的脸。徐老爷有些迟疑，洋装男子立刻上前撩开纱帐，床上的少妇面如死灰，竟如断了气一般。秦无意又看了少妇的舌头，心中就有了数。他要来了银针，分别扎在面门和胸口处，约莫一刻钟的时间，少妇忽然坐起来，吐出几大口黑水来，人也活了过来。一家人大喜，徐老爷亲自陪秦无意到偏厅喝茶，秦无意又开了几剂药方。当徐老爷得知秦无意是姑苏神医秦林尽的儿子时，直呼是祖上积德，忙让洋装男子上前行礼。

"这是犬子徐永昌，来来来，还不快谢谢秦神医。"徐老爷拉着徐永昌来到秦无意身前。徐永昌倒身便拜。秦无意忙一把扶住。徐老爷命人奉上黄金一百两作为酬劳，秦无意坚决不收，并说自己遭遇强盗，幸得戏班搭救，但自己身上也有些旧疾，府上能施些药就可以的。徐老爷当即应允，但一百两黄金还是送给了秦无意。

众人散去，秦无意把徐永昌拉到一边僻静的角落。

"兄台家中可有火药或者类似的东西？"秦无意问。

"秦兄为何有此一问？"徐永昌大惊。

"尊夫人的病我当着众人的面没有说实情，她分明是中了毒。"秦无意一针见血。徐永昌见不能隐瞒，而且秦无意对他有救命之恩，便领着他穿堂过巷来到后花园中，这里的隐秘处堆满了瓶瓶罐罐，都是从德国进口的化工原料，用于做炸药，昨天少夫人和丫鬟在花园放风筝来仓库找风筝线，少夫人养的一只狗忽然跑来将仓库中的一个玻璃瓶打破了，少夫人抱狗时沾染了原料，这才在今天晚上忽然发病。徐永昌叙说了事情的经过。

"这就对了，这化工原料对普通人的危害并不大，但是少夫人本来就是过敏体质，又怀有身孕，所以导致毒发。"秦无意点了下头，"但是，徐公子你要这么多炸药又有何用呢？"秦无意一时很好奇。徐永昌沉吟了下，有些为难。

"算了，当我没问。"秦无意说着就往外走。

"秦大哥，我看你也是一条汉子，对我又有救命之恩，这样吧，你我就结成异性兄弟。"徐永昌上来拉住秦无意的手。秦无意自小就是独子，听到这个提议倒是很高兴。两人在花园中对月结伴，秦无意比徐永昌长一岁就是大哥。从此两人福祸与共。徐永昌将秦无意带到自己的书房，当晚两人秉烛长谈。秦无意接受的都是旧式教育，徐永昌的这套理论对他来说十分新鲜，但是心中觉得有些道理，加之同样是热血青年，当即加入了兴中会，自己一路被追杀，现在多些帮手也是不错的。徐永昌表示近日他们就要在上海发起一系列的反政府活动，希望秦无意也一起参加。但秦无意心中还是放心不下梅，想着身体好些再回嘉兴一次，所以徐永昌留了上海兴中会联络点的地址给他。

第三十八章 奉若上宾

因为秦无意救了少夫人的命，徐家把戏班都奉若上宾，夜里戏班要到县衙演戏，白天就留在了徐府。徐府还有三位小姐和太太都喜欢唱昆曲，趁着这样的好机会，上午几位小姐都各自在台上演了几出拿手的戏，下午几个小姐本来要练毛笔字习画和学工尺谱，这天也停了，大家一起听沈班主说昆曲。

"这昆曲的唱腔曲牌在每出戏中是按照引子、过曲、集曲、尾声这样的次序编排的，我们除了要唱出曲词原本的含义外，还要唱出曲牌本身所具有的理趣，像《玉芙蓉》、《玉交枝》、《不是路》等要急促，像《江头金桂》、《针线箱》、《黄莺儿》等要规矩中庸。"沈班主在台上讲。

"沈班主，小女正好有一事不明，想向班主讨教。"说话的是徐家的大小姐徐永静。

"小姐请说。"现在真心喜欢昆曲的人愈来愈少，所以来到徐家对着真戏迷沈班主都是每问必答。

"以前看汤公的《牡丹亭》中 [好姐姐] 之后的原作是这样的：

旦（小姐杜丽娘）：去吧。
贴（丫鬟春香）：这园子委是观之不足也。

旦（小姐杜丽娘）：提他怎的？【隔尾】观之不足由他缱，便赏遍了十二亭台是惘然。

"我以为这段写得极好，唱念余韵不尽。那春香指点莺燕，陶醉在单纯的快乐里，以为这园子玩赏不尽，而杜丽娘却不再有游园的兴致，这春天让人悲伤，所以她说：回去吧，即便赏遍了十二亭台也是惘然。春香在这里和杜丽娘恰成对比，她既没有察觉，也无法理解杜丽娘的感伤，这两者之间潜在的隔阂也正是这出戏的深度所在。前些时间我去上海看这出戏，他们却把这段改作：

贴（丫鬟春香）：小姐，这园子委实观之不足。
旦（小姐杜丽娘）：提他怎么？
贴（丫鬟春香）：留些余兴，明日再来耍子吧。
旦（小姐杜丽娘）：有理。

"这词改得倒也不多，但把汤公细腻的文理破坏殆尽，真是失之毫厘谬以千里。这要回去的是春香，杜丽娘却觉得留些余兴，明日再来的建议很有理。沈班主怎么看？"这徐永静显然是个昆曲迷，连这样细微的改动都不放过。

"哈哈哈哈，谁说昆曲后继无人？你看这昆曲自在人心中。"沈班主听了徐大小姐的话不作答，长笑几声后对着徐小姐深深一揖。

"只有时下的粗鄙之人才会对昆曲中的唱词胡乱修改。徐小姐，老夫觉得你刚才唱的【步步娇】中甜媚之音还可以再少些，因为这甜媚会把这些细腻、丰富、活泼的东西都抹掉。闺门旦要挺拔，不尚妩媚，不贵花巧，不事煽情，闺门旦的人物自有风骨，不是那争妍取怜的小玩物。"几位小姐姑娘听沈班主讲到动情处都鼓起掌来。

而一旁小池塘前的听月轩中现在正立着一对妙人。女的在画画，男子在一旁仔细地看。

"徐小姐这梅花画得真好，像是开了一样。"那男子正是画痴朱少玠，女的是徐家的二小姐徐永娴。二小姐喜静，就隔着水池远远地听戏画画，而朱少玠看到有人画画，也不顾男女有别不由自主地黏了过去。

"哪里算好，画画还是要下苦功，就好比摇橹弄船筏，一苇渡江都是讲技法，在苦中品求乐趣。这梅花我是去年姑苏西园寺的主持无相法师来我家小住时和他学的，但无相法师画得最好还是山水。"徐永娴这样说，她上的是新式学堂，人倒也落落大方。

"我听师父李托鱼提过无相法师，真希望有机会能见见他。"朱少玠由衷地说。

"你呀，现在不用急着去见无相法师，我看过你的画，你现在基础还不扎实，跟着我学就好了。你看那达摩不用芦苇也能渡江，而徐渭更是自负，他说从来不看梅花谱，信手拈来自有神。这些都是要用千万般的苦功做基础的。"徐永娴收起笔，拿了朱少玠的山水长卷打开来看。朱少玠忙躬身喊老师，引得徐永娴一阵娇笑。

"你这画呀，太平实，该冒险的地方还是要冒险的，你看你在台上唱戏不也有好些险腔？你这树呀要尽量地勾画，勾得越丰富越多越好，然后沿枝干加叶，才不显得贫乏。这皴擦最好干些，太湿者弱，太干者硬，这里也可以用湿笔再加一下。所谓干裂秋风，润含春雨，要刚柔并济，不拍碎就怕花……"徐永娴柔声地说，纸上的墨香盖过了满池的莲花。

而在这幽婉的昆曲声中谁也没有留意这时有位小姐已悄悄地

起身出去了,她走上前向张少茗使了个眼色,两人昨日下午台上台下目光交流就很多。张少茗略坐了下,也跟了出去,果然走出去不远,徐家四小姐在桂树下等着他。她将张少茗领到少人处,这里有个小池塘,水中粉色的睡莲开得正精神,两只鸳鸯躲在阴凉处。张少茗忙上前用衣袖将美人靠擦了擦,徐小姐微微一笑,示意张少茗也坐下。

"你昨日那《景阳钟》演得极好,那句'苔滑露重路崚嶒,身披白练气怎平,气怎平!'由底及高,连我坐在台下都觉得死神紧紧缠住了我的脖子呢,而且身段配得也好。"

"谢谢徐小姐。"张少茗十八九岁,还没有哪个人在他面前说过这样夸奖的话来,他听着脸有些红了。

"叫我永惠,徐永惠。"徐家兄妹一共四个,徐永惠排行最小。她声音低低的,头也低低的,手中拿着方白色的真丝绣花帕子绕啊绕,仿佛要把它团成形。

"永惠,哦,不,徐小姐,这里的身段我借用了《牡丹亭》拾画中柳梦梅的'苍苔滑擦'的身段,但崇祯是狼狈地走向死亡的,自然不能那么潇洒。"张少茗说到昆曲时又有了点信心。

"我自小也喜欢昆曲的,就是没有拜过师,不过是跟着几个姐姐胡乱地唱。"徐永惠说着偷偷看了张少茗一眼。

"你上午演的三个角色都挺好,杜丽娘为爱生为爱死,甄宓胜在气度,但多了几分悲剧色彩,《墙头马上》的李倩君大胆地为爱私订终身。"张少茗说到私订终身,眼睛向徐永惠飞快地扫了一眼,徐永惠刚好也看向他,两下遇见,又都慌忙躲开,"只是演杜丽娘时唱'雨丝风片'这一句,眼睛可以亮,但亮的时间不能太长,不能像丫头春香一样看什么都是兴高采烈的,所以眼神要很快变得迷离朦胧起来才好。"张少茗接着说。

"嗯,这样的细节以前没人告诉我呢,以后若能向你时时请教一二就好了。"徐永惠真心地说。

"请教哪里敢当,我自己也还在做学生呢。"张少茗更加不好意思。

"我正好还有一句要请教你,这《牡丹亭》嘉庆子中有一句'他捏这眼耐烦也天',此句做何解,我先次问别的戏班,他们说捏这眼就是眯缝着眼。"徐永惠说着还把眼睛眯起来,粉脸嘟嘟的,更显可爱了。

"这是大谬呀,这捏就是持,眼却是柳枝,捏这眼,就是拿着柳枝,古人诗赋中常称初生的柳叶为柳眼,苏轼词'困酣娇眼'说的即是柳叶,《紫箫记》中有'花转凤心,柳抬烟眼',《琵琶记》中有'香径里攀残柳眼,雕栏畔折损华容'。"张少茗娓娓道来。

"原来如此,我什么时候才能再见到你?"徐永惠终于问。

"这……我也不知道,今天晚上我们要去县衙演戏的。"张少茗自己也不能安排自己的命运。

"那你今晚能不能再来见我一面?我在后花园的角门等你。"徐永惠说到这里,正好有丫鬟经过,她慌忙地站起身,随着丫鬟去了,走远了又回头向张少茗一笑。张少茗待在当场,时间都停住了,眼前只剩下徐永惠慢慢消失的身影。等他清醒过来时发现座上有方白色的手帕,他刚想出声,徐小姐早就没了踪迹。他轻轻地将手帕打开,上面绣着一只可爱的松鼠,衔着一枝碧绿的松枝,放在鼻间,有淡淡的香。张少茗见四下无人,慌忙地把帕子收好,想着晚上如何才能和徐小姐再来相会。

第三十九章　血溅县衙

当晚红福班告别徐家来到县衙。这时的昆曲戏班在杭嘉湖地带都是以船为家，四处漂泊，哪里有戏演哪里就是家，即使是这样艰辛的生活，但有时候仍旧连温饱都不能解决。秦无意把徐家老爷送的一百两黄金尽数送给了沈班主，以报答他们的救命之恩，沈班主从来没有收过这样的大礼，推辞了几番，最后勉强收了，说是代为保管。他想演完县衙这一场就有本钱到上海重新登场开始全新的生活。等他们去时管家早就在后门迎候，"沈班主，你们终于来了，我们公子，不，我们老太太很喜欢看你们演的昆曲，可算把你们请来了。"管家说。见管家这样客气，沈班主本就有几分受宠若惊，这时更加谦卑起来。沈班主早就听说过杨知府当年从安徽来魏塘时只带了一把伞和一个小包袱，想不到这县衙里面如此的富丽堂皇。来到戏台，与徐家花园的小戏台相比更是天上地下，这座戏台上下共三层，金碧辉煌。这样华丽的戏台沈班主年轻时在京城看到过，但在南方很少有见过，看来管家说的这家老太太爱看戏总是不假，这县官肯定是大孝子了。这样的戏台在上面演戏音响效果特别好，一般像演玉皇大帝这样的戏在最高层，八仙、十二月花神等出现在中层，一般的角色都是在最下层演，最下层的木板一般都是全空的，可以储存道具，也可以让土行孙这样的角色从地下钻出来，而台底的中心又有一口大井,使整座戏台的音响效果更加完美。戏台的一面有一个水塘,上面有大孔拱桥,夏秋之际,若撑船入桥内,唱者卧于船上,可使曲声与拱顶相撞,然后再放散开来,别有一番韵味。戏台的另一面则是日常听曲的地方,植几株金桂,有一所半环形的建筑,外面有半环形的围墙包围着,围墙上都是各色花窗,秋日可以赏桂听戏,极尽雅事。管家带着戏班参观戏台的周围,沈班主到了后台更是把他所知详细地告知了众人,他们也是第一次在这样华美的戏台上演戏,千万不要出错才好。

好戏开场后,观者众多,却不见知县大人和老太太。管家解释说老太太一早偶感风寒,老爷在内室陪着,所以只有少爷和一众亲友在台下观戏,气氛十分热烈,特别是当沈月兰出场时更是叫好声连连,打赏也十分阔绰,沈班主一扫先前的落魄感觉。

演完戏,管家过来说,老太太虽然在病中,但听了外面的锣鼓声,这戏瘾就犯了,特别想请沈月兰姑娘去后室清唱几段。沈班主想陪去,但管家说老太太身子弱,外人多了怕加重病情。沈班主想起昨天在徐家受的礼遇,也就放心让沈月兰单独去了。戏班其他的人在外面喝酒吃饭。

秦无意余毒未消,所以不喝酒,吃了点饭就在花园僻静处练拳,这时听到假山后有人在说话:

"你明日到书房把东西都整理下,老爷后天就要从扬州回来了。"一人说。

"好,管家尽管放心,我明天就叫人收拾干净。"另一人答。

秦无意马上起了疑心,心道这老爷不是在后室陪着老太太吗,怎么这一刻又在扬州?秦无意这段时间行走江湖,警惕心比一般人高些,所以当下跟着这名小厮,四下无人时把他制住问询情况,那小厮答这家老太太早两年就已经去世了。秦无意大惊,当下把小厮打晕了藏在假山石中,也来不及通知戏班其他人员,

便一人上了房顶，来到后院。等他找到沈月兰时，那杨家少爷果然对她欲行非礼，秦无意大怒之下失手将杨家少爷打死，他本来想就此领着沈月兰逃走，但转念一想，戏班这么多人，尤其是十几个小女孩连功夫都不会，势必连累了她们，所以就收拾好了现场，又让沈月兰保持平静。秦无意让一个丫鬟去叫了县衙的护院进来，将其制服，并在其帮助下把县衙上下几十口人都捆在了地牢中。但这里已经成了是非之地，他们押了护院，连夜冒雨拉了马车逃走，好不容易才出了城门。夜雨太大，河边却找不到船。前面有一座圆拱的高桥，名叫罗星桥，在进城时秦无意就见过这座石桥，现在一行人又拉着马车，如何都过不去。无奈之下秦无意劝沈班主放弃这车行头，追兵随时都会赶到，毕竟留得青山在不怕没柴烧，再说有了那一百两黄金，东山再起也有了本钱。随即沈班主众人将红漆箱子中装上石头，并将护院一起都沉入了河中。他们连夜赶路，一刻都不敢停留，这样走了三天，雨也下了三天。

第四十章 夜雨

这样的劳累有三个小女孩先后病倒,发起高烧来。但他们目标太明显,也不敢住客栈和看医生,只能在野外或者破庙里停留片刻。这一夜,三个女孩实在走不动了,前不着村后不着店,沈班主看到前面有一座庵堂,他实在没有办法,只能上前去试一下。沈班主扣了半天门,门才开了,开门的是一位年轻的尼姑,面目清秀,在沈班主说明来意后竟然请了众人进庵。庵堂中十分整洁,而且少烟火气,这么大的庵堂,除了刚才开门的尼姑外,众人只看到另外一个尼姑朝这里看了一眼就远远地躲开了。开门的尼姑安排众人吃了饭,又领沈班主见过了住持师太。师太也很轻健,除了一双眼睛有些神采,整个人都很安静,她让尼姑给沈班主上了茶,又上了些熏笋、熏青豆、桂花糖等,都是她们庵内尼姑亲手做的,算是极高的待客之道。沈班主也付了优厚的茶资。众人在厢房睡觉,一墙之隔停了很多装了死人的棺材,但众人连日来实在是太累了,很快就进入了梦乡。窗外飘进来一阵奇异的香风,而隔壁的棺材也无声无息地打开了,有黑影从里面飘了出来。

众尼姑脱去外面的尼姑衣服,露出黑色的纱衣来,室内变得亮如白昼。

"启禀左护法,已经将他们全部迷晕了过去,加上前几天抓

住的人，一共已有五十人。"一个皮肤白净的女子说。这时的观音像前已经摆了一张红色的软椅，上面坐着一个面罩黑纱的女子，虽然看不到她的容颜，但是身材玲珑，腿上露出的肌肤白得胜雪。

"天堂有路他不走，上次让他逃走后，想不到这次他竟主动送上门来了，真是太好了。"黑纱美人哈哈大笑道。

"不错，左护法，你看这些人怎么发落好呢？"站在一边的老者问道。

"全部装木笼，那几个生病的小姑娘和老者拿去喂水池里的鳄鱼，只留下精壮的即可。"黑纱女子冷冷地说。

惜字庵，在外人看来是一处普通的庵堂，实则这里是一处贼窝。

清晨，庵门打开，一切又恢复了往日的模样。偶尔也有香客来庵中，只是前来的精壮男子却都神秘地消失了，没有一个人能再走出去。

黑纱女子打开荷花池假山中的一扇暗门，这里有一个地道，能通到地下的山洞。虽然是山洞，但是流水潺潺，有绿植遍地，顶上有一线天光，石阶上爬满了各种毒物，它们从洞中各个阴暗处爬到天光下一潭血色的水中，然后纷纷消失不见。黑纱女子盘腿在池水边坐下，然后催动内力，池中的血水向上涌起固化，化成奇异的花状，又在片刻间向黑纱女子的嘴中射入，女子在吸入血水后通体变得通红。这时从天光处缓缓放下一个木笼，里面装着的正是戏班的朱少玠。黑纱少女把朱少玠放到床上，朱少玠方从梦中醒来，他眼前的女子缓缓除掉面纱，露出一张绝代容颜，而且因为刚吸食了血水更显得红润光泽，有种说不出的媚态。

黑纱女子每日要杀一人，但这时不知为何突然走火入魔，全身血液逆走，她想杀朱少玠却是不能，全身如被火烧一般，牙齿更是咯咯作响。她一把抓住朱少玠,对着他的手臂就咬了下去,在吸了一口鲜血后觉得好了些,直到咬得朱少玠全身是伤,朱少玠对这位初次见面的女子是满心的喜欢,见她忽然发狂咬自己,居然也不躲闪,强咬着牙让女子咬,他感觉女子每咬一口动作就要缓和些,女子终于昏死过去。朱少玠忙将女子抱在自己怀中,并拿被子轻轻地将她盖好。女子绝代的娇颜一片惨白,混合着血迹,让朱少玠更加爱怜,你到底是谁?他轻轻地问,然后他的眼前一黑。

第四十一章　海上惊魂

尼姑庵的另一间密室内，黑纱女子与庵中的"住持"面对面盘腿而坐。住持源源不断地将真气输入女子体内，女子头上升起阵阵白烟，过了很久才悠悠醒来，哇的喷出一大口黑血来，脸色更是苍白得吓人。

"俞婆婆。"女子微弱地说。

"唉，念销呀，我也是看着你长大的，你的执念太深了，不该私拿那部秘籍《五蕴劫》，而且专练上面的邪术。你现在心中都是杂念，又急功近利，所以导致走火入魔，十分凶险，如果不是我及时出手救你，你此刻就是个死人了。"俞婆婆说着叹了口气。叫念销的女子没有说话。

"唉，你从小是个孤儿，是我一手把你带大，我又怎么会不知道你的心呢？人非圣贤孰能无过，你也不必对此耿耿于怀，并与天下人为难。你偷秘籍本来是死罪，教主却网开一面，让你戴罪立功，如今你也自己尝到了恶果。回头是岸吧。"俞婆婆好言规劝。念销没想到自己私拿《五蕴劫》的事教主早就知道，心中不断打鼓。

"这几年教主都在闭关，算时间教主也到了要出关的时间，这时绝对不能出什么差错，我明天带众人也要回去护法。好在秦无意已经抓住，这次交代的事事关乎皇室的未来，你务必尽快完成任务。"俞婆婆继续说。

"这秦无意审问得怎么样?"念销终于开口问。

"这秦无意真是和他父母一样,我们这一天用尽了各种办法也不能让他开口说话。"俞婆婆一声叹息。忽然门外传来了一声凌厉的呼啸:"不好,出事了。"两人同时冲出门去,大殿上有打斗之声,俞婆婆火速赶去,念销则看见院墙外树影一动,连忙追了出去。前面那人身上背了一人,脚下却依然相当快,念销始终不能将他追上。忽然迎面几道寒光,念销慌忙躲闪,还是有一道寒光射入了她的左肩,她知道对方功夫在她之上,当下也不敢恋战,撤了回来。回到庵中,俞婆婆手中握着一块黑色的腰牌,上面写着鹰司。

"想不到他们也出手了。"俞婆婆把腰牌交到念销手上,这近卫、九条、二条、一条和鹰司俗称五摄政,大东流一直效忠于近卫世家。念销脸上也凝重起来。

"看来留给我们的时间不多了,明天我们押着货物先回扶桑复命,左护法留在这里一定要不惜一切代价拿到教主要的东西。"俞婆婆最后做了交代。

等朱少玠再次醒来时发现自己被关在了一个黑暗的笼子里,若不是满身的牙印尚在他真怀疑自己做了一场春梦。和他同关在一个木笼中的还有张少茗,这让他心中多少有了几分踏实,只是不见了沈班主和其他人,身边另外还有很多的木笼分别也关着不少青年男子和女子,其中一人正是师姐沈月兰。过了一日,他们终于明白了自己是在一条船中,三餐有人会来送饭。张少茗想着徐家的小姐,而朱少玠则想着那山洞中妩媚的少女不知道现在怎么样了。夜里他们听到边上的木笼中的人在讨论这艘船是去往扶桑的,他俩也听说过扶桑,知道那是遥远的国度,想到今生都不能再见自己的心上人不觉如热锅上的蚂蚁。第二天,他们发现,

因为是在海上，无处可逃，所以防备其实不算特别严，他们趁守卫送饭时将其打晕弄到了钥匙，并开了锁。在逃脱时张少茗的腿上吃了一刀，众人奋力跳入了海中。张少茗最终因为失血过多，人沉入了海中，临死前他把徐小姐送的手帕交给朱少玠，并央求他有机会一定告诉徐小姐那晚不是他失的约。朱少玠趴在一块木板上，茫茫大海，除了海风还海浪，再无其他，那几个和他一起逃出来的男子和师姐沈月兰现在也不知是死是活。慢慢地，他也失去了知觉。

第四十二章　黑衣人

秦无意醒来时在一间草房中，屋内很简陋，秦无意浑身是伤，过了一个多月才能下床走动。这些日子中都有一个老人照顾他，老人佝偻着身体又聋又哑。这一天，黑衣人出现了，他戴着斗笠。

"这么长时间了，你体内的毒怎么还没有清？"他搭了一下秦无意的脉，有些诧异，他知道秦无意医术甚好，却不知道他这段时间的江湖漂泊经历。他见秦无意不回答，从身上取出一瓶解药交给了秦无意。

"恩公，我和你素昧平生，你为什么要救我？"秦无意先前几次遇到危险都是这个神秘的黑衣人出手相救。

"我不是在救你，而是在救我自己而已。这样吧，这几天你的伤也好得差不多了，明天我带你去一个地方。"黑衣人说。

"这里是哪里？"秦无意问。

"嘉兴。"黑衣人答。

"恩公，我能不能先去一个地方，再随你去？"秦无意心想怎么兜兜转转又回到了这里。

"随你吧，现在告诉你也没有关系，要我救你的是你的叔叔，你办完事务必到这个地方去一趟。"黑衣人把斗笠摘下来，露出满头灰白飘逸的长发，长发及腰用金环束着，脸却是朗目剑眉，

顶多二十几岁的模样。

"叔叔？"秦无意有些纳闷，他父亲从来没有和他提过他有叔叔，而眼前的这位高手也太过年轻，超乎他的想象。黑衣人留下地址跨上马自顾自走了。秦无意将地址收好，他想既然对方几次出手相救，要杀他更是易如反掌，可见对他没有恶意。所以等找到梅也一起去见一见就好了。

秦无意心中想着梅，度日如年，身体稍好些就出发了。走出去后一打听，他才发现其实是在嘉兴的郊外，他想当日他离开时是在放鹤洲，离开时梅也还在那里，现在转眼快半年过去了，不知道她会不会还在那里呢？这农庄离放鹤洲还有两日的路程，秦无意急着赶路错过了客栈，好在他遇到了一个寺庙。寺庙已经破败不堪，门前有块残破的木匾，上面写着"寂照寺"。这时夜色已经降临，月光下只有一个老僧，一般僧人都是晨起扫地，他却是夜里扫地，在清辉寂静中这样的沙沙声显得尤其响亮。

"师父，小生路过贵宝刹，想借宿一晚。"秦无意对着僧人行了个礼。

"施主自便。"僧人没有停下手中的扫帚，自顾自还在扫他的地。秦无意注意到现在是夏天，树木都在生长，其实地上除了一些杂草，并没有多少的落叶。寺内冷冷清清，除了那个僧人，连个小沙弥都没有。正殿是间低矮的房子，好像有些年份了，看上去只比一般的民居稍高一些，里面的佛像早失了金身。边上有间厢房，门上挂着锈迹斑斑的锁，墙上开着一个一尺见方的窗洞。秦无意探头向里面张望，见暗处坐着一人，手上脚上都带着铁链，头发纷披如雪遮住了整张脸。秦无意不想多事，依旧回到正殿，挨着大佛将就着睡下，他想这里总比荒草野地中好些。这样睡到半夜，蚊虫将他咬醒，他起身来到门外，月上中天，天闷热得很，除了几声蛙鸣，万籁俱静。他想起自己这段时间来，父母双亡，却不知道仇人是谁，爱人此刻也不知道流落在何方，在这乱世之中自己空有一身本事却不能立业安家救国，不禁感慨，对月一声长叹。

"施主有何烦恼？"一个声音从身后传来，正是扫地的僧人。秦无意这时才看清这个僧人也不过四十几岁，面容清瘦，留着黑色长须，看上去显得老些。

"世事无常，我心中想求清静的生活，却总是事与愿违。"秦无意一腔烦恼，却又不知从何说起。

"放下即心安。"僧人双手合十道。

"放下？这烦恼如影随形，又如何才能放下呀？"秦无意又叹了一口气。僧人不语，请秦无意到房中喝茶，僧人让他拿着一个茶杯，然后就往里面倒热水，一直倒到水溢出来。秦无意被烫到马上松开了手。僧人说："这个世界上没有什么事是放不下的，痛了，你自然就会放下。"秦无意听了若有所思，"你看到那厢房中坐关的和尚了吗？他与外界隔绝坐关，受尽饥饿、寒冷、酷热、蚊蝇、蛇虫的折磨，其实困住他的并不是锁链，而是他自己的心。"僧人的话让秦无意也愣住了。

第四十三章　荷诞日

第二天一早秦无意向僧人告辞，下午时分他就回到了放鹤洲。他在岛上所有的地方都寻遍了也没有找到梅的踪影，竹林中的小屋也空无一人，只有一些没有带走的书。桌上已积了厚厚的一层灰尘，看来好久没有人住了，而挂在墙上的宝剑也不见了，他父亲曾交代他一定要好好保管这把剑，他在竹椅上呆坐了一下，不知道何去何从。入夜，湖面上忽然传来阵阵丝竹之声，秦无意起身向外面走去，只见整个南湖的湖面上都漂浮着盏盏荷花灯，粉色、橘黄、霞红、晶紫等种种颜色在蜡烛明灭的暖色灯影下更显得如真似幻，湖面上远近各有大大小小装饰华丽、灯火通明的画舫，昆曲的婉转曲调飘散在波光粼粼的湖面上更显得清丽缠绵。秦无意不觉走到了桥头，是呀，今夜是荷诞，每年荷花生日这一天，在南湖的烟雨楼前都会举行各种游船唱曲，以纪念荷花的生日。远远地，有一艘画舫向着桥洞驶来，这艘船装饰得分外华丽，船头挂着几盏巨大的宫灯，纱上画着各色花卉和绝代佳人，灯火从里面一照，这花样就像活了一般，画舫中人声鼎沸，有一女子立在船头对月焚香，船中传来句句昆曲声：

　　粉墙花影自重重，
　　帘卷残荷水殿风。

抱琴弹向月明中，
香袅金猊动。

　　秦无意先是听着声音觉得耳熟，等那船近了却看见船头站着的女子除了衣着华丽外，不是梅又是哪个，等他回过神来船已驶远了，他忽然奋不顾身地从拱形的桥上直接跳入水中，奋力向那画舫追去。那船上的女子似乎也看到了他，但是并没有叫他，眼中嘴角似有万语千言。秦无意在水中追了许久还是没有追上，只看到船上的花灯上写着几个大大的季字。

　　秦无意终于累了，身体慢慢地沉入水底。他从小在姑苏太湖边长大，水性自然是极好的，但这时他觉得有丝丝倦意，他屏息在水下漂浮着，水面上点点的荷花灯把水底也照得梦幻斑斓。忽然秦无意被一阵暗流卷入身边一侧的石洞，游了一段后水流忽然下降，前面一片漆黑，地下又湿有滑。秦无意猛然想起以前父亲与他说起过在放鹤洲的地下有处先人挖的地下石室，他在放鹤洲也找过很多次，始终没有发现入口，想不到这次居然误打误撞地找到了。他在石壁上摸了很久也没有找到打开门的机关，只是在一侧有个长方形的小孔，秦无意用身上缠绕的软剑往里探了探，很深。他忽然想起父亲关照他一定要随身携带的那把宝剑，莫非那把宝剑就是开启石室的钥匙？他不能确定。而追杀他的人前些日子对他严刑拷打一直在问父亲有没有留下什么重要的东西给他，难道就在这石室之中？看样子无论为了梅还是为了那把宝剑，自己都有必要去季府一趟了。

第四十四章　夜探季府

　　第二天，秦无意趁着天黑来到了季府。季家在嘉兴是有名的大户，稍一打听就将季家最近的大事都打听清楚了。秦无意穿了黑衣越墙而入，季府很大，光房间就有几十间，秦无意转了一圈还是没有头绪。这时廊上走来两人十几岁的丫鬟，手中端着盘子，一人道："玛丽姐，谢谢你昨天教了我这现做的咖啡，今天我可都是按着你教的做的，也不知道对不对？"红衣丫鬟端的是咖啡。

　　"你后来都放糖和奶了吗？老爷可不喜欢喝苦的咖啡。"黄衣丫鬟问。

　　"那当然，就是这味道我一样是喝不惯的。"两人说笑着往前走。秦无意心想跟着她俩肯定没错，当下把身形隐在湖石背后，看两人走远了，暗暗地跟了过去。两人丫鬟推门进入一间卧房，秦无意提气上了对面一棵高大的枇杷树上，正好能将卧房中的一切看得清楚。梳妆台前端坐着一个穿着粉色绣花睡衣的女子，头发随意地挽起，插了一根玉簪子，脸上卸了妆，干净透亮，又回到了秦无意心中时常记起的那个她。只见那女子懒懒的吩咐着丫鬟把咖啡水果摆放到隔壁书房，又让丫鬟明天把老爷的旧内衣都扔了换新的。两个丫鬟关门出去，一路还夸这太太不但人长得漂亮，在外面能帮着老爷做生意，而且对老爷的生活也极关心，府中上下那么多事处理得都十分妥帖。另一个丫鬟又说到老爷太太都是喝过洋墨水的人，这见识肯定高于我们太多，两人合得来也是正常的。

这时房中没人，秦无意见他那把宝剑正挂在床头，刚想跳下树来，忽然看见一人穿着黑色西装拎着公文包朝这边走来，他又忙隐在树叶中。

"今天怎么这么晚回来？"李挽云上前接过季南城的包，又帮他把西服脱了挂好。

"今天我们公司以前从荷兰请来的工程师克莱尔在勘测垦区水利遥望港工程中得病去世了。以前他专门从事海岸保坍、涵洞、闸港和桥梁等的测量设计工程，一直以来都是兢兢业业的，这对我们公司来说也是痛失英才。他一个荷兰人在中国也没有亲人，所以一切后事都是由我们公司操办的，我也少不了亲自到场主持，总不能冷了下面人的心。你看，我也是心急如焚呀。来，宝贝，你看这是什么？"说着，季南城双手一翻，像变戏法一样地变出来一个大红的丝绒盒子，里面有一颗粉色的宝石戒指，隔了老远，秦无意都能感到它的光彩夺目。李挽云淡淡地看了一眼，季南城忙把戒指给她戴上。

"怎么了，宝贝，还不高兴呀？"季南城把一只手臂环到了她的肩上。忽然外面有人匆匆地跑进来说城南的棉花仓库起火了。这些大储堆栈不但存放了像棉花这样的货物，而且还负责包装打包业务，所以一旦失火，损失惨重。季南城闻言衣服都没拿就急忙往外走，李挽云披了衣服坚持一同前往。看着两人风风火火消失的身影，秦无意有些失神了，他们成了一家人而自己却成了外人，而且这位季老爷显然对梅相当的好，两个人的相处也很愉快，真是夫唱妇随呀。自己江湖飘零，这样安定而富贵的生活自己是给不了梅的，她过得好，自己也应该为她高兴才是。想到这

里他从树上下来，悄声来到屋内只把墙上的那把剑取了，回头看到书案上放着几本自己的书，叹了一口气，转身越墙而去。这时天下起雨来。

　　季南城和李挽云忙了大半夜方才回来，两人都是又累又惊，想着好在今夜赶上了这场大雨，不然局面真是不好控制呀。季南城洗洗就想睡了，李挽云却推说身体不舒服，他也没说什么，自己一人到书房去睡了。李挽云一人坐在灯下，自从昨夜在画舫见到了秦无意后便心神不宁。这时她抬眼看到墙上的宝剑不翼而飞，而其他什么东西也没有少，她就知道秦无意肯定来过了，但是她找遍了整个屋子也没有发现秦无意留下的任何信息，她感觉自己有一肚子的话要对他说，但真见了面又能说什么呢，虽然自己的决定有些身不由己，但毕竟决定已经做了，而自己也不再是白玉无瑕，短短的几月，上天真是捉弄人呀，可惜已经回不到过去。她越想越悲，趴在桌子上呜呜地哭起来，外面只有哗哗的雨声来回应她。

　　再说那秦无意一人走在雨中，完全没有方向。他从来不喝酒，这时却去买了一壶酒，把自己喝得烂醉，拿着宝剑在大雨中狂舞，脸上不知道是泪水还是雨水。他剑身所指处枝叶翻飞，一道犀利的闪电划破夜空，他对着漆黑的夜色大吼起来："为什么上天如此对我……"他一个人在这里发狂，树林中另一个人却在静静地看着他。这些天她一直跟着他，看他为了一个女子竟然如此癫狂，心中有些不解，因为对她来说男人从来都是呼之即来挥之即去，有什么值得烦恼的，夜夜做新娘要多快乐就有多快乐。不错，这个人正是念销，这一路上她想的只是如何才能取得他的信任，让他把心中的秘密告诉自己，这真是件头疼的事情。这时她看见了两个正在赶路的青年男子，她轻笑一声就朝两人走去……

第四十五章　一大家子人

过了几天季南城就通知李挽云要回到上海去生活。李挽云早知道他的父母亲戚多数都在上海，生意的重心也在上海，回嘉兴来住不过是和家里闹意见，具体什么原因季南城不说，李挽云也没有问。季南城是很喜欢李挽云这一点的，不多话，识大体，知轻重。本来他白天要处理生意上的事就心乱如麻，如果回到家夫人再问长问短，管东管西，肯定是受不了的，所以这段时间以来两人也达成了共识——不愿意说的，谁也不会主动问。这样一来距离感是有了，但是却少了一般小夫妻的那种小打小闹，生活显得平静如水，相敬如宾。季南城这个年纪显然很喜欢这样的状态，而李挽云在心中却常常想起在放鹤洲与秦无意在一起时的那种亲昵柔情的时光，她时常觉得和季南城在一起更像是工作的伙伴。上海，这是她以前没有深入接触过的城市，当年离开中国到美国去求学就是从上海码头出发的，这座繁华的都市给她留下了深刻的印象。她一向喜欢接受新的挑战，从来不喜欢安于平常的生活，所以她对以后的生活又充满了期待。

季家在热闹的霞飞路上，高大的围墙里有几幢西式的大别墅和一幢清代的老房子。家里上下对季南城的回归还是很欢迎的，为他俩重新办了盛大的中西婚礼，一直热闹了三天，而对季南城的出走也既往不咎。季南城把李挽云的母亲也带到了上海，另外

在霞飞路上季家的一处产业安置下来。老太太对这次婚礼相当满意，毕竟老人家还是很重视明媒正娶的。这样一来她也成了正式的亲家，风头比以往更盛。

这天是星期天，是婚后第一次一家人在一起吃饭，季南城说平时大家各忙各的，只有星期天的晚上一家人聚在一起吃饭。桌上几样小菜都很家常，在这样的大富之家甚至显得有点寒碜：一盆猪脚汤，上面重重地漂着一层油，几个蔬菜，一盆红烧肉，一盆咸鱼，一盆红烧豆腐。老太爷七十来岁，秃顶，说起话来中气十足，嘴巴有些歪斜；老太太身材肥胖，很有福相，坐在那里一言不发。季南城和李挽云坐在下首，对面还空了两人位置。这样子等了半个多小时，菜都凉透了，一个三十多岁的妇人领着两个七八岁的小男孩才上桌。

"真不好意思，这小孩真是太顽皮了，今天都是第二身衣服了，刚才和丫鬟在花园玩又是一身汗，才洗了澡，公公婆婆哥哥嫂嫂你们其实不用等我们的，自己吃了便是了。"妇人笑着坐下来，脸上却没什么歉色，只是安顿着两个男孩坐下。众人都没动筷子，她已经拿着筷子往两个男孩的碗中夹红烧肉。老太爷也没说什么，吩咐开饭。李挽云一直坐直了身子僵在那里，这时才略略松了一口气。

"道流、道疏的学业现在怎么样呀？"老太爷问。

"都挺好的，先前请了个私塾先生教中文，现在进了正规的学堂了，另外请了个洋人教英文，钢琴也在学，毛笔字每天也在练的。"妇人答。

"哼，那些没有用的洋玩意尽可以少学点，还是要多学点礼义廉耻，不要像他伯伯那样成天地顶撞老子，一点规矩也没有。我们季家儿子这一代是指望不上了，就指望孙子了。"老太爷说着朝季南城恶狠狠地看了一眼，又将眼角的余光朝李挽云这里瞟来，李挽云知道季南城以前有个太太，结婚多年却一直没有孩子，后来生病死了，所以现在季家只有季道流、季道疏这一对双胞胎侄子。听到这里李挽云下意识地又把身子坐直了，说来奇怪，她与季南城在一起也有些日子了，却一直没有孩子，现在听到这样的话，心中有些发虚。这时蔬菜都凉了，还好是夏天，她夹了一口放入嘴中，发现咸得要命，真不知道是吐出来好，还是咽下去好。这时老太太开口了：

"玉仙呀，这菜还吃得惯吗？"老太太问。

"挺好的，婆婆。"李挽云强自把菜咽了下去，喉咙发毛。老太太前年中过风，留下个后遗症就是脑子有时清楚有时糊涂，清楚的时候对于名字也经常叫错。第一次见面时就把李挽云叫玉仙，这玉仙是季南城死去太太的名字。李挽云也不好和个病人较真，每次老太太一叫玉仙，她就只能赶快答应。

"母亲烧的菜那是再好吃不过了，只是媳妇我笨，进了季家十来年怎么学都学不会呢。"妇人结婚时李挽云见过，知道是季南城的兄弟的媳妇，名叫萨玛。听说她是瑶族人，身材高挑，脸色白嫩，穿着艳红的绣花衣服，别有一种风情。听到她这极力恭维的话李挽云开始怀疑自己的味觉是不是出了问题，同时也庆幸自己刚才没有莽撞地批评这菜味道不好，想不到还是婆婆亲手做的。为了缓解气氛，李挽云冲萨玛道："你的名字很特别呀！"萨玛闻言笑了笑说："是呀，我们瑶族人连自己的文字都没有的，记得以前阿爸说我们姓王，明朝时我们起义造反失败，驻扎在荔波的清军首领命各地瑶寨前去登记，并对前去登记的各瑶寨都赐了王姓，并说既然同姓以后就是一家人了，便不能再造反了。"李挽云听了萨玛这样说，倒觉得她的这位弟媳为人直爽可爱。她想继续这个话题，但见满桌人都低头吃饭，萨玛对她使了个眼色。

她又往公公碗里舀了一大勺红烧豆腐,老太爷吃完连连点头,"这豆腐再怎么做也比不上我们以前自己家做得好吃。"老太爷吃完开始发牢骚。李挽云以前听季南城提起过他家祖籍在绍兴,祖上开过一个专门做豆腐的小作坊,那时的日子过得很艰辛,所以虽然现在富贵已极,这老两口的生活却仍旧相当的简朴,而且现在的生意都是老太爷打下的基础。

"以前最辛苦的就是农民,你放着好好的生意不做,却去种棉花开纱厂,古往今来你看过哪些人是在土地上发财的?"老太爷每吃一口饭,又开始教训起季南城来。

"你也不看看现在是什么形势,请的总经理也完全没有管理经验,完全就是来淘糨糊的,你还给他开那么高的工资。发电机好好的,才买了几个月就坏了,坏了也不修一修,就这样随便地换台新的。你知道新的要多少钱一台吗?你自己平时又不下去工厂车间,你呀,年轻人就是缺乏经验,我的话你又不听,这些工厂迟早要倒在你手中,我们季家也迟早要毁在你手中!"老太爷越说越来气,季南城一言不发。

"公公说得很有道理,现在传统的行业的确不好做,我看应该试着多做点服务和金融行业。"看到季南城和他父亲的关系僵化,战争一触即发,李挽云忙出来打圆场。

"这里哪里有你说话的地方?"老太爷忽然一声厉喝,把李挽云吓了一跳,她愣在了当场。想想自己的这几句话没有不当的地方,又想到自己其实不过是人家花钱买来的,给你几分颜色自己倒真把自己当主子了,这样想来心中万分的委屈。她看了一眼季南城,季南城低头不语;看了一眼老太太,老太太一副痴痴傻傻事不关己的样子正在往道疏的碗里夹青菜,道疏却又把一根根青菜用筷子夹着扔到桌上;再看一眼萨玛,她显然早已经习惯了这样的场面。

"让你再挑食！"萨玛拿筷子作势去打季道疏的头，道疏索性把碗一推就跑下了桌，道流见道疏不吃了，也脚底抹油地跑开去玩了，气得萨玛拿着碗去追。桌上顿时安静下来，李挽云忽然发觉自己在这个家中是多么的孤单，她也更加认清了自己以后的处境。

第四十六章　萨玛的酸菜鱼

回到房中季南城对刚才李挽云所受到的呵斥一句表示也没有，李挽云也没有提，他们之间已经习惯了遇到事情各自消化，这样子看起来风平浪静，而矛盾却在渐渐积累。

"你父亲经常这样子吗？"李挽云还是忍不住问了一句。

"现在你知道我为什么要躲到嘉兴去了吧？"季南城算是回答了。

"你们总是父子，也没有什么大不了的事，你多哄哄他就是了。"李挽云劝道。

"他这个人是完全不讲道理的，你若顶嘴，怕是这三个月中都不要想有好日子过了。算了算了，不要说这些了，我已经够烦的了。"季南城显然不耐烦了。

在接下来的几个星期天里，一起吃饭时还是他父亲一个人在桌子上骂人，而且越骂越起劲。终于有一天季南城坐不住了，把碗往墙上重重地一扔，自己负气走了。然后每个星期天就只让李挽云过去吃饭，自己则躲了出去。

好在每星期只在公公婆婆这里受一次气，每次受了气她就变本加厉地买古玩。她是官家小姐出身，家里以前遍地古玩看习惯了，只是后来家道中落，家财都散尽了。季家是商人家庭，属于暴发户，整个审美一塌糊涂，什么流行买什么。季老太爷爱钱如命，自己房里用着一些以前从绍兴带回来的旧家具，从来不舍得更换，季南城则喜欢买些西洋舶来的家具或者做些新式的家具。自从李挽云进了季府，她就大肆地买进各种古董家具，在这一点上季南城倒是从来不过问。一开始她只买些小件的做点缀，后来古董的家具出现在了季府的角角落落里，全家人没有人说好也没有人说不好。

　　李挽云虽然上次在公公这里受了气，但是和季南城提了成立银行的事，季南城居然同意了。季家在上海本来就有个达生事务所，除了为各个工厂采购物料和为来沪人员提供食宿外，还专营各种机器的进口业务及各工厂产品的外销事务，也是季家与政界、新闻界交往的联络处。现在这银行再一成立，季家融通资金也大为便利。但这件事后来让老太爷知道了，少不了又在饭桌上破口大骂，好在骂的都是季南城，季南城又每天躲着老太爷，所以也骂不到他身上。现在李挽云在饭桌上只是象征性地吃点白饭，能不说话就不说话，日子过得倒也太平。李挽云有时想，这季家一共三兄妹，季南城是老大，为了季家也算是兢兢业业，但是每天都挨骂，说来也四十多岁的人了，又没什么错处，每天被父亲这样教训任谁也受不了；他还有个兄弟叫季南市，年轻时也好过一阵，后来娶了萨玛，生了孩子后，他就大病一场，现在一直卧病在床，成了废人；而最小的妹妹现在也二十好几了，以前家里给她定过一门亲，哪知这个妹妹举止放荡，对方听闻硬把婚给退了，想想也真是烦人，这段时间又认识了一个南洋小K，追人家追到南洋去了。难怪季南城那时要躲到嘉兴去。

　　这天中午在走廊上正好遇到萨玛，萨玛风风火火地拎着个水桶。

　　"要不要到我屋里去吃酸菜鱼？"萨玛问。

　　"好吧。"李挽云自结婚以来从来没有进过萨玛他们住的院

子，弟媳热情相邀，自己倒也不好扫了她的兴。木桶中装了一尾活鱼，一路欢蹦乱跳，水洒了一路。院子里有棵高大的粉色紫薇树，现在正是花开的时节，飞起半天的红霞，门口有个小丫鬟在扇着扇子煎药。

"瓯桑，你先不要忙这个了，先去把这鱼杀了。对了，我叫你准备的酸菜、青胡椒、小番茄什么的都备好了吗？"萨玛说话也是语速极快。

"早好了，二少奶奶，我这药呀正煎到关键时候，一会儿干了可就不好了，你这点小事，还是叫甲娇、贝伦去做吧，这两小蹄子空了半天了。"名叫瓯桑的小丫鬟居然不听萨玛的使唤，顾自低头煎药。萨玛好像也习惯了，一点也不介意，自己提着水桶就往后院走去。李挽云一人在院子中走，才发现这院子其实很特别，建筑都是木制的，三层楼，最上层很低矮，不是江南的建筑。走到大厅，看见厅上不像一般人家挂些书画对联，而是挂了一把弓和一套绣花衣服，衣服前后两片，一面黑色的底上的红红黄黄的花样，下面是绣花的粗布百褶裙。

"这个呀，是我们那里瑶族的衣服，怎么样，好看吗？"萨玛交代完了事情，出来正好看到李挽云在对着衣服发呆。

"原来这样，这衣服真奇怪，前后就两片，这绣花的一面是穿在前面还是后面呢？"李挽云从来没有接触过少数名族，感觉很新鲜。

"我们那里少数民族很多，这衣服呢就属于两片瑶，前后就这两片，中间我们从来都是不穿衣服的，短裙里面也不穿内裤，要小解，随地一蹲就好了，夏天凉快，干活也方便。我们那里山清水秀，特别是屋后有个地方叫小七孔，那里的水特别清澈，我们寨子里的小伙姑娘都会一起脱光了衣服到河里戏水，或者在水边抛花包、对唱情歌，那真是美好快乐的时光。这黑色的一面穿在前面，绣花的一面穿在后面，因为瑶族的女子都很自信，纯黑色反倒能衬托她们美丽的容颜。后面的绣花绣的是瑶王印，以前有个传说，说瑶王得到了册封，被授予了一颗金印，但他的女婿对金印起了野心，用南瓜伪造了一个假的还回来。不久这个女婿发动了一场战争，瑶王没有了金印，也就指挥不了部队，所以失败了，失去了瑶王的地位，又赔上了身家性命。为了吸取这个教训，从那以后，在两片瑶族妇女的衣背上便绣了这个象征瑶王印的图案，表示勿忘民族的耻辱。"萨玛说起往事有些忘情。

"你也不请弟妹坐。"这时丫鬟推着季南市出来。季南市脸色苍白，面容消瘦，但很有风骨。李挽云这才注意到这个院子中的丫鬟穿的都是挂着的瑶族服装，黑色的两片衣服，百褶短裙，光着腿，头上头发挽成髻，前面插一朵鲜艳的大花，后面插一把银色的梳子，胸口挂着些银制的饰物，走起路来清脆悦耳。她特地往丫鬟的身体两侧看，发现里面是穿了衣服的，心中不知怎的松了口气，她在脑中想到了萨玛刚才描绘的场景，自己倒有些脸红了。

"嫂嫂，你别见笑，萨玛性格天真烂漫，她在自然中成长，虽然在这里生活了几年，但终究不是很习惯。"季南市说。看得出来季南市对萨玛很溺爱，他把这个小院都做成萨玛家乡的建筑样式，仆人也穿成家乡人的样子，平时两人在一起也总是吃些萨玛喜欢吃的食物。

"哪里会，萨玛人很好的。"李挽云笑笑，她在这个小院里体会到了难得的放松和亲情。转眼间萨玛已经指挥人把桌子和菜都放好。

"在我们瑶族，每年的盘王节都要杀鸡宰鸭，男女老少穿上节日盛装，汇集到一起，祭祀盘王，唱盘王歌，跳起黄泥鼓舞和长鼓舞，追念先祖功德，酬谢盘王，很热闹的。"萨玛用手比画

着,"就像这样的长桌,头尾都连在一起,放上各种菜肴,寨子里的人都坐在一起,别提多高兴了。吃饭时还要向远方的客人敬酒,敬完酒还要一起跳板凳舞和对歌。挽云今天你是客,我先敬你三杯。"萨玛说着站起来,手中端着酒杯开始唱起来敬酒歌。李挽云连喝了三杯,甜甜的,是米酒,很好喝。喝到第四杯时李挽云站起来用手去推酒杯,萨玛大笑说这喝酒的既不能站起来,手也不能碰酒杯,不然一切要重来,李挽云不信,坚持不能再喝。丫鬟在一边劝,连季南市也笑着说当年他在瑶寨连喝了十杯,醉死过去。李挽云一直对他俩的爱情很好奇,他们不说,她也不好意思问,只知道当年季南市奉命去贵州山中采办药材,现在看到这极具诱惑的衣服和热情好客的礼节多少也能想出一些来。在萨玛的要求下,李挽云无奈,又喝了三杯。桌上放着腊肉和野菜等,都是平时吃不到的,边上又支了几个架子烤鱼和烤乳猪,香气四溢。主人和仆人在一起说说笑笑,不分彼此。李挽云有些陶醉在这样的气氛中,她想人生如果这一刻还有放任的目标与冲动也是好事,而眼前的美食就是这样的一剂毒药。他们烤的是喀斯特洞鱼,无刺,鲜香辣,烤乳猪则酥脆香,还有瑶族的野菜腊肉,这些配在一起是一种口舌的刺激。当李挽云吃得有些油腻时,萨玛又命人上了瑶族当地特色的喀斯特冰镇杨梅汤,酸甜的冰凉便是刚才一时冲动激战过后的最好解药。这一天是李挽云来季家最高兴的一天,她把季南市夫妇二人当成了自己的亲人。

第四十七章　季家的商业王国

　　李挽云在季家的这段时间才发现季家的商业王国可以说大得惊人，不但有纱厂、农垦公司、盐业厂、染厂、水泥公司、煤矿公司、轮船公司、橡胶公司，还操控着上海最大的码头，所以这次组建银行其实也是季南城一直想做但没有精力和经验做的一件事情。在接下来的时间中，李挽云把大多数的精力都投入了银行的组建中，因为在这个项目上她能把在美国所学的知识完全地发挥出来，所以她也十二分的高兴，从选址到管理核心的组建都亲力亲为。她还通过以前在美国留学时的人脉关系，请到了曾在美国纽约大学和哥伦比亚大学获得银行学博士的李幸志出任银行的副总经理，自己任总经理。在业务方面，李挽云将其在美国学到的管理原则和方法运用到银行中，确定其业务方针为：以安定人民生活为起点，以促进社会福利为终点。先后在上海市区的静安寺、八仙桥、老西门等十几个地方设立了办事处，后来又在上海郊区的吴淞、闵行、北桥等设立乡村办事处。在当时，银行还是新兴的产业，李挽云常常亲自带领员工在马路上发传单让更多的人了解他们的银行，而且业务上也不断创新，有些外资大银行不做的小生意他们也愿意做，开展的业务如有俭约储金、礼券储金、子女教育储金、代客户经理房地产、代管理证券、代收学费、水电费、牛奶费等，贴近老百姓的生活。她在管理上也非常

人性化，银行设有年终双薪。全勤者增发一个月工资，同时还发放子女教育补助金、业余进修补助金、医务室免费门诊、人寿储金等福利，而且让银行员工人人持股，增加了凝聚力，所以银行在很短的时间内盈利颇丰。

  李挽云又异想天开，成立了一家旅游公司。当时上海的旅游公司基本上都是英美日等外国人开的，这家旅游公司先以短途旅行试水，上海的太太小姐们趋之若鹜，她每天忙得不可开交，有时都要深夜才能回到家里。有时回去时，季南城还没有回来或者天亮才回来，又或者干脆不回来。两人各忙各的。李挽云已经有了"自己"喜欢的事业，也用自己的能力证明了，这样的快乐是她一直追寻的，现在对拥有别的也不是很在意了。

第四十八章　前来投靠的弟弟

这一天她正在新开的旅游公司忙着，家中佣人过来说她母亲找她，她想想自己也有一个多月没有去见母亲，于是就回母亲那里吃中饭。这也是一幢独立的英式小洋楼，据说是老太太当年的陪嫁。外面马路上有高高的梧桐树，秋天叶子有些黄了，高大的院墙，中午的时候，马路上静悄悄的，更显得这里闹中取静，是个居住的好地方，难怪当日搬进来时李老太太直夸亲家对她很用心。李挽云下了汽车，丫鬟玛丽陪着。玛丽原来叫陈昙心，李挽云觉得不好记，索性给她取了个洋名。玛丽是二奶奶萨玛的人，调教得很好，特地拨了来服侍李挽云，从嘉兴一直跟着李挽云，每天还煮各种滋补的汤药给她喝，很是尽心。按了电铃，马上有人出来开门。进门就是一片西式的绿草坪，停着几只悠闲的白鸽，阳光透过树荫洒下慵懒的光。李挽云不禁停下了脚步，曾经自己也在自家的院子中静静地对着池塘草地出神，几分落寞和闲愁，现在自己付出了很大的代价终于又能看到这样闲适的光影，心境却大不相同。迎出来的李太太的丫鬟小绿站在一侧低低地叫了声小姐，李挽云方才意识到自己的失态，收拾了心情进到里间。里面富丽堂皇，西式雕花的家具，室内有股淡淡的烟气，窗户开着，还是没有散尽。母亲穿了深紫色的长袖真丝连衣裙，黑色的长发精致地盘在头顶，带着钻石的头花和项链，手腕上套着

一个碧绿的手镯，手指丹红，满脸的微笑，就是牙齿常年抽鸦片有些黑，在这明丽的屋内就是一位高贵迷人的夫人，李挽云已无法将她和那黑森森的小屋中垂死的老太太联系起来。人生有得就有失，虽然在夜深时她会时常想起秦无意来，但爱情对她而言已经是个奢侈品，而且价格高到自己根本负担不起，看着母亲惬意的生活，她想生活总不能十全十美，自己也已经尽力了，她迎着母亲的笑脸努力挤出一丝笑容来。

"挽云呀，你看你，没人在你身边照顾你，怎么又瘦了？"李太太拉着李挽云在绿色的丝绒软沙发上坐下，左看右看的十分心疼。略微喝了些茶，上了点心，李太太话锋一转，这时从里面走出一人来。

"姐姐。"那人小声地叫了一声，来人高挑的身材，略显消瘦，五官十分俊美，脸上十分憔悴。李挽云不见那人还好，见了那人，像发了疯一样地向他冲了过去，对着他又打又骂。那人也不还手，任她撕扯。李太太在一边急得大叫，几个丫鬟一起才把两人分开。李挽云头发也散了，衣服也乱了，她索性坐在地上痛哭起来，想到自己的种种遭遇都是拜这位亲弟弟所赐，当年他赌博将家产输尽，又一个人一走了之，将她们母女抛下不管不顾……她想到自己这段时间受的苦，想到自己再也找不回来的爱情，别人越劝她哭得越凶，这样直哭了半个多小时。她弟弟索性跪在了她面前陪着她痛哭流涕，李太太也哭起来，到最后三个人抱头痛哭，好不容易才止住哭。

"挽云呀，我现在就你们两个孩子，你弟弟再不成材也是你的亲人，是李家唯一的男丁，这些日子他也吃了不少苦，现在他知道错了，你这个姐姐总也要帮帮他。"李太太说着拉过李挽风的手臂，将他的西装袖子拉起，手臂上布满了深刻至骨的伤疤，左手小拇指也少了根指头。李挽云见了叹了口气，她还是原谅了她弟弟。

晚上回去她就向季南城提了她弟弟的事，她本来想把她弟弟安排在银行当个小职员，想不到季南城那晚非常高兴地说："你弟弟当年也曾在美国留学，那也是人才，现在银行有你把关就足够了，还是让他到码头做管事吧。"这一决定有些出乎李挽云的意料，码头可是一个肥差，想不到季南城能这样重用自己的弟弟，李挽云有些喜出望外。

李挽风很快就到码头去上班了，而且每日起早贪黑，工作很是卖力。李挽云和季南城都很高兴，李挽云想着自己在季家势单力薄，现在多一个帮手也总是好的。

第四十九章　开启石室的钥匙

秦无意那天醉酒后回到放鹤洲，第二天醒来又潜入水里，那把剑果然是开启石室的钥匙。石室很大，里面居然一片明亮，长着绿树和青草，水面就在上方，鱼儿在水中自由来去，顶上用了一块巨大的水晶，所以形成了这样一个奇景。石室中有书架，架上放着很多书，上面落满了灰尘。秦无意随手拿起一本来看，上面写的居然都是日文，他又翻看了几本，有些日文书的边上画着药草，边上有一套中文的译本，正是从小父亲教自己的几本医书。秦无意心中升起无数疑团。石案上摆着一张古琴，很有些年份，琴底也写着几个日文，秦无意认得，大正两字。案上还有一个明代的龙泉窑鼎式香炉，胎色紫中泛青，外施白釉，炉身上有缠枝莲纹，十分典雅。别的秦无意也看不明白，他找了一圈也没有找到心中要找的东西。在石室的另一侧他又发现了一处机关，出去后竟然在放鹤洲草房后面的假山石中，而进来却又要用到那把剑。这下秦无意明白了，那个水下的通道是当初设计逃生用的。只是父亲何以预知后来会发生危险呢？秦无意心中烦闷，他把从石室中带出的古琴放在竹林间的条案上开始弹了起来。念销一直跟踪着秦无意，她躲在河边的树林中，秦无意现在功力已经恢复了，所以她也不敢太靠近，生怕被他发觉。秦无意现在弹的这首古琴曲是学古琴的入门曲《秋风词》，念销以前也学过，声音穿过湿重的竹叶传来：

秋风清，秋月明，
落叶聚还散，寒鸦栖复惊。
相思相见知何日？此时此夜难为情！
入我相思门，知我相思苦，
长相思兮长相忆，短相思兮无穷极。

一曲罢了，念销整个人都呆住了。她忽然沉浸在了无限的忧伤中，那种缠绵的、灰色的、忧郁的气息将她包裹住，她从来没有爱过一个人，但也被这忧伤的情绪感染了。怎样才能打开这个男人的心扉？正在她胡思乱想之际，河上漂过一叶轻舟，舟上立着一个僧人，那僧人并不停船，在船上吟道：

"佛曰：执着如渊，执着如尘，执着如泪，一花一世界，一叶一如来，春来花自青，秋至叶飘零，无穷般若心自在，语默动静以自然。故，顺其自然，莫因求不得而放不下。"

秦无意闻言起身，看到舟上的僧人正是那晚寂照寺的僧人。僧人远远地去了，秦无意想着僧人所说的几句话，心道真是人生何处不相逢呀。念销想着原来这听琴的还不止我一人。等秦无意走了她也想进到假山中查看，却没有找到能够进去的机关。

第五十章　跟踪

从那日起，念销一直远远地跟着秦无意，看到他一路喝酒喝得烂醉，心中有种莫名的不舒服。这一日跟着秦无意来到一片树林，忽然一阵天旋地转，"啪"的一声自己被一张巨大的网罩住挂到了树上。念销心下暗叫不好，难道是秦无意发现自己在跟踪他？她连忙把脚踝处的短刀取出，向网绳割去，割了几下，却发现纹丝不动。

"师姐一向可好？"一个红衣女子两手背着笑盈盈地向她问好。

"原来是你。"念销这才看清来的不是别人，正是念尘。

"怎么，姐姐才过了几天就连教主的宝贝天罗网都认不得了？"红衣女子脸若桃李，姿色不在念销之下。

"教主怎么会把天罗网给你？"念销又奋力地挣扎了几下。

"就许你偷《五蕴劫》，不许我偷这天罗网呀？今天识相就乖乖地把《五蕴劫》交出来！当年你学了这个，居然把我的心上人迷得七荤八素，迷住他不算，还把他给杀了，今天我就要给他报仇。"说着不等念销有反应对着她就是几掌，本来她想一剑杀了念销，但又怕找不到秘籍，所以几掌把她打晕后才把她从树上放下来。待她从念销身上拿到书后再次想一剑把她杀了，忽然又想起以前所爱之人曾夸念销的手最是柔美，想到这里她恨得直咬牙齿，用剑挑断了念销两只手的手筋，心想这样念销失了武功成了废人，她仇家又多，岂不是比杀了她痛快千百遍，这样想着不禁对天长笑起来。念尘自知教主对念销别有一番宠爱，所以，自己今天犯的就是死罪，她抢了《五蕴劫》只想逃得越远越好，从此隐居起来安心练功。

夜里的一场夜雨把念销从昏迷中浇醒，她倒在血泊中一动都不能动。她想，也许是自己作孽太多，老天才让自己得到如此的下场，真是生不如死，念尘呀念尘，你真够狠的，不过当年自己抢她的男人时何尝不是心狠手辣，有因才有果，也怪不得别人，这样想想居然对念尘也不那么恨了。秦无意怕人追杀，所以走的都不是正常的道路，这也使得一直没人从这片树林经过，一直到第二天下午时，才终于有个男子经过。

"是你，我找了你好久，想不到在这里遇见你。"那男子见到她很惊喜，而且立即将身上的外套脱下来给她盖上，现在已经是秋天了，她这几天来早就被冻得全身发青。她看了一眼那人，实在想不起在什么地方见过他，她又累又饿，终于昏死过去。

第五十一章　前所未有的温暖

她醒来时在一家客栈，男子在送一个医生模样的人出去。

"你醒了？"男子见了她一脸惊喜。

"你是谁？"念销见了他还是一脸茫然，她的双手已经被包好，但身体完全不能动弹。

"姑娘真的记不起来了？那日在山洞中……若不是今天再见到姑娘，我真以为那天是做了一场梦。"那男子想着当日两人在山洞中的旖旎风光，不禁自己先红了脸。念销这才想起来，这人正是红福班的朱少玠，在她眼中以前的男子不过是她泄欲和练功的工具，这个和那个都没什么区别，而且用完以后多数都被她杀了，她完全记不住他们长什么样子，她只是心中奇怪明明把他装进了木笼送往扶桑做苦力，怎么这时他又回来了。看到他对自己一脸痴迷的样子，想到自己身处绝境，也许他是自己唯一的救命稻草，好在他并不知道自己已经杀了他的师傅，以及自己做的其他恶事，她便没再说什么，而那朱少玠见她已经失魂落魄，对她的过往种种也并不细究，夜里更是守在她的床边寸步不离，他想到医生说的她活不了几日，十分痛心，他从小无父无母，是沈班主将他从街上捡回来的，但是从小除了教他练功，对他日常的关爱也不多，而师姐也总是拒自己于千里之外，眼前的这个女子对自己却炽热如火，让他有了一种前所未有的温暖。夜里，他看着月光下女子精致绝伦的容颜和浓密的睫毛,心中燃起一股欲望。他轻轻地拉起女子的手,手腕上缠着布,皮肤滑如凝脂,而微敞的衣领处可以看见她雪白的肌肤,那天两人的狂热这一刻又在他脑中不断重演,挥之不去。躺在床上的念销这刻闭着眼睛,朱少玠握着他的手,她也没有抗拒,她在想找谁才能看好她的病,她在心中盘算了一圈,最近的能救她命的人在盛泽。那是她师父也就是教主的师妹,虽然没有见过面,但是他们的功夫出自一门,现在教主远在扶桑,唯一能救她的可能就是这位师姑了。她想了一夜,终于想到了办法让她出手相救。

第二天一早,她让朱少玠雇了车,两人赶了两天的路才来到师姑所在的先蚕祠。先蚕祠在盛泽的郊区,这里有一条溪,名叫烂溪,溪的两岸种满了菊花,现在正好是秋天,一路上都是金灿灿的小菊花,空气中都是冷香,烂溪也因为这烂漫的花而得名。两人却都无心欣赏,朱少玠担心念销的身体,而念销则奄奄一息,连抬头看窗外的力气都没有了。

第五十二章　先蚕祠

这先蚕祠在每年春天的时候香火很旺，养蚕的村妇都要来上香求蚕神保佑，现在是秋天，就显得很清冷。朱少玠叩了半天门，才有人出来应门，说明来意，开门的少女却一口拒绝。念销从怀里摸了一个玳瑁的发箍递给少女，少女去了半刻终于把两人迎进了里面。前面供着一尊小小的佛像，后面的院子则很是清雅，是江南典型的小院，芭蕉、桂花、小池、湖石，十分精巧，园中开了各色的菊花，相比外面的野菊花而言，这里的菊花颜色只有白色和淡绿两种，花瓣长长地垂下来，念销只用眼睛瞟了一眼就知道不是凡品。念销让朱少玠在外间喝茶，自己由丫鬟扶着进去。里面都是极简的明式黄花梨家具，燃着袅袅的檀香，香雾中一盆洁白的菊花一朵独放，犹如晨雾中的仙子，不着人间烟火。

"这盆踏雪寻梅还不错，只是有一点可惜。"念销坐下淡淡地说。

"哦，可惜在哪里？"对面的女子一身素雅，淡淡妆容，淡淡的口气。

"这踏雪寻梅本是唐代的名品，颜色越白越纯正，而你这盆花瓣的反面却有丝丝绿意，终是差了些，而且你知道它为什么叫踏雪寻梅吗？"念销说。

"不知。"女子回答很简短,但显然有了兴趣。

"这踏雪寻梅虽然珍贵异常,但是它却喜欢寒冷,迎霜独放,而且最好是种植在水边,吸食水汽后身姿更为丰盈,你看这盆,整个蔫蔫的,想来每年的花期也不会长;而你外面种的芳溪秋雨已经杂交过;斑中玉笋和独立寒秋反倒是喜欢在室内,甚是娇惯。我师父也最喜爱菊花,在庭院中广植菊花,而且最喜欢白菊,而这白菊中又最喜爱这踏雪寻梅,他说看到这花就想起一个人来。"念销边说边偷看着那女子,女子手中握着发箍,有些失神。

"他真的这样讲?"女子问,清冷气质的确有几分像菊。

"师父这个月就要出关,出关后就会来中国,他时常向我提起师姑您,这枚发箍师父时常带在身边,这次命我前来江南办事,临行前曾交代有机会一定要把这枚发箍带来给您看。"念销马上说了昨晚想了一晚的说辞。

"他自己为什么不来,倒让你先来?"女子还是冷冷的。

"师姑呀,师父怕他来你不肯见他,只是弟子无能在中途遭到奸人所害,所以只能求见师姑,恳请师姑相救。"念销忙说。她知道这师姑和师父以前有过一段刻骨的感情,两人后来迫不得已分开,这发箍是两人在海中玩耍时抓了一只千年大龟,用它的玳瑁制成,本来是一对,是两人的定情信物。念销知道一些他们的事,上次偷书时顺便将发箍也偷了出来,她其实也不知道更多,但是她把她知道的加上自己编的,真中有假,假中有真,这女子倒信了大半。那女子看了一眼念销,只见她脸上已经笼罩着一层灰黑之气,显然是被本门的独家掌法绝城掌所伤。这掌法阴险至极,受伤重者,命毙当场,受伤轻者七天内肯定也活不了,而且这掌中含有剧毒,能将人的五脏六腑都慢慢地侵蚀完毕。眼前这人显然已经中毒到了第七天,好在她用真气护体,不然绝对

活不到现在。不过这绝城掌中了毒以后医治起来很麻烦，所以她淡淡地说："送客。"说完就向里面走去。

"师姑，你不能见死不救呀，我死了师父让我给你带的话你不就听不到了？况且下个月师父来见你，知道我死在你这里你也不好交代呀。临来前我已经和俞婆婆说了我要来看望您的。"念销大叫。女子想了一下，终于还是让丫鬟把念销带进了后面的密室。念销在心中忽然感谢起师父来，对他的恨也不那么强了。

女子把念销浸在药水中，底下用火加热，然后手中射出道道白色透明的丝线，运功过后，透明的丝线慢慢变成黑色，这样过了七天，念销明显有了好转，只是手腕上的手筋被挑断以后不能再用剑。女子叹了口气说："除非有人自愿把她的手筋给你，这断筋比断骨更难医治，因为这筋是活动的，没法固定，不过我的天蚕功这几年倒有所精进，这活人的筋和天蚕丝合在一起我倒也勉强可以帮你试试。"

"这……"念销大喜，随即又犯起难来，喜的是想不到她的师姑医术这样高明，愁的是若是以前去外面抓个十个八个活人都不成问题，但现在自己身体动不了，而且还在师姑的眼皮底下，哪里又有人会心甘情愿地把自己的双手献出来呢？所以一时无语。

"我愿意。"在一边沉默不语的朱少玠开口了。

"哦，你真的愿意？"女子倒有几分吃惊。

"是的，为了她，让我去死了都可以。"朱少玠边说边看着念销，这是他第一次当着外人的面表露自己的心意，脸上又红了。

于是一个月后念销又恢复了以前的活力。朱少玠在失去双手后，念销索性把他的双手砍断，给他装了一副纯铜的机械手，一头是钩，一头是爪，又教了他几套本门的钩法和身法。两人又在先蚕祠住了一个月，朱少玠原来就有些功底，现在经过指点，功力大增，江湖上的一般人物竟已不再是他的对手。朱少玠则觉得自己总算为她做了一件事，天底下只要能令她高兴的事他都愿意去做。只是没有了灵活的双手，以前最喜欢的画画现在再也不能了，这双连手都称不上的铜钩铜爪除了杀人也没有旁的作用了。

第五十三章　害人的把戏

　　秦无意一路都在被人追杀，但这些日子在身后跟踪自己的人好像突然消失了，心中不禁有几分疑惑，但接下来一直都很太平，他也渐渐放松了警惕。这一日他来到青浦镇外，镇外有条宽阔的运河，河中时有货船经过，岸上种着高大的桦树，圆圆的叶子在蓝天白云下欢快地相互拍打。虽然天气很热，但是秦无意的心情却难得的好。树下有个简易的客栈，这时天色渐晚，秦无意坐下来吃晚饭，他要了碗排骨青菜面。另一桌坐了一个老爷子和一个七八岁的小女孩，老爷子满头花白的头发瞎了一只眼睛，小女孩衣衫破旧，梳了两个小辫，头发因为长久缺乏营养而显得有些焦黄。两人就着白水吃着馒头，吃完了拿起身边的二胡来到另一桌前，那桌坐着几个身穿黑衣的客官，一脸严肃。老爷子蹭到跟前，老人一生漂泊在江湖就靠一双眼睛吃饭，他心中虽也知道这些人显然不是出来游山玩水的，而且也没有心思去听什么曲，但是这客栈生意冷清，除了这几位看起来还像样子，也没有别的客官可以讨个一文半文，生活还要过，这开口饭就是难吃呀，他给小女孩使了个眼色，小女孩的二胡便响起了。果然那几位客官马上一摆手："去去去。"吓得二人忙退到一边，这时一只小黄狗跑到秦无意的脚边，一双黑幽幽的眼睛十分惹人怜，秦无意把碗里剩下的排骨都拿来喂狗。天色已完全暗了下来，忽然从外面进来一对男女,男的五短身材,微黑,二十多岁的模样,女的身上绑着绳子,衣着华丽,长得十分俏丽动人。男子自己点了一桌丰盛的菜,却让女子跪在地上,等他吃饱了,就把骨头扔在地上逼着女子去吃,女子不肯,嘤嘤地哭起来,男子索性发了狠,口中嚷嚷:"你这贱妇,你在外面与人快活时倒还有脸哭。"说着就拿起缠在腰间的鞭子向女子打去,女子穿得单薄,一鞭下去顿时在背上划出一条长长的血口子。眼看着第二鞭就要落下,女子的哭声更是惊天动地,十分凄凉,忽然从远处飞来一把刀,鞭子立时被一分两段。男子暴怒,放眼望去正是刚才一言不发的那伙人。那几人显然武功不弱,几人一起动手把男子教训得体无完肤,他们又将女子身上的绳子解了。谁想那女子看见男子受伤也不谢谢那几个帮忙解围的人,反而好言安慰起男子来,男子心中有气,又打不过人家,对着女子就是一个大巴掌,女子受了辱,扭头就跑了出去,男子跺着脚也追了出去,把边上围观的人看得云里雾里的。等两人跑出去很远,那几人才回到座位上,坐定以后还在讨论刚才的事。吃完饭结账时,一人忽然喊:"我的钱呢?"然后几人都发现自己随身的贵重物品已不翼而飞,几人大惊。其中一个三十几岁的人脸色蜡黄,留着短须,显然是几人的大哥,他吩咐兵分两路,一路去追那对男女,一路去求救。过了一个多时辰那追的人回来了,却哪里还追得到。这时老爷子让那小女孩在一边拉了一段《江河水》,曲调幽怨。几人听了更是生气,纷纷起身回房。秦无意早就在屋后林中练了一遍剑,看有个伙计在马槽喂马,就上前和他闲聊,说起刚才的男女,伙计不以为然,原来这两个人经常在店中上演这样的把戏,趁人不备偷客人的财物,而且这些人都有帮派撑腰,所以店老板也只能听之任之。秦无意这些天行走江湖,见了不少奇怪的事,心想好在自己没有去蹚这个浑水。

第五十四章　西园公望

秦无意没有睡意，起身推窗看月色，却看见先前派出去求救的人回来了，身后还跟着一个老者。两人慌慌张张地进了房，脸色紧张。这倒引起了秦无意的注意，他偷身上房，只见几人聚在房中，刚来的老者说道："可算把几位盼来了，我等本想亲自押送人犯去见都督，但是案情重大，我家老爷怕这路上有什么闪失，您几位来了，我家老爷就放心了。"

"嗯，这徐永昌是密谋造反，你家老爷这次也算是立了大功了。"带头大哥说。

"是是是，还靠都督提拔，小的已经把几位的账都结了，几位这就跟我去见我家老爷吧。"老人点头哈腰。

秦无意在房顶上听得清楚，心想这徐永昌莫不是我结拜的兄弟？想到他先前曾在家中私自制造炸药，这样说来倒也有几分可能，不怕一万就怕万一，于是秦无意打算去一探究竟。

他远远地跟着几人来到青浦镇上，几人进了一个大院，门口写着刘府。秦无意翻墙入院，随几人来到后院。柴房中灯火通明，秦无意躲在树后，远远看见几个人被绑在柱子上，那为首的不是他的结拜大哥又是哪个。秦无意心中暗叫好险呀，他等众人散去，深夜时分，偷偷地杀了两个守卫，将几人都放了出来。他们连夜狂奔，在一户农家换了衣服，又马不停蹄地进了上海，几人才放下心来。

　　兴中会的秘密据点在上海的中心地带，可谓闹中取静，外面开了一个药铺做掩护。徐永昌等人这次大难不死，虽然心疼那批留在刘府不能带出的炸药，也觉得对不起受他牵连的妻儿家人，但是古往今来，多少成大事者都要抛家舍业，他们意识到发动起义已经迫在眉睫，以前的计划势必要提前。上海兴中会连夜召开了紧急会议，把上海及周边地区分会的领导都聚在一起开会，因为秦无意救了几人的命，又是徐永昌的结拜兄弟，所以开会也拉上了他参加。徐永昌意识到会中大多数都是读书人，空有一腔热血和抱负，像秦无意这样武艺高强而且同情革命的人实在是难得的人才，所以极力拉拢，当他得知秦无意要去的地址正是浙江都督的大公子卢定邦的居所时，更加觉得此人很有可能是自己革命大业的一大助力。所以在接下来的时间里，徐永昌忙着通过广州的同志从香港转运进口各种制造炸药的原料，又偷偷地将枪支弹药分批运进上海。同时约定了起义的日期，分散在各地的同志也分批赶到上海，秦无意对这些事情没有什么兴趣，但徐永昌的这些计划都没有瞒着他，并且还让他做了兴中会的副会长，秦无意推脱不掉，只能挂着名。三天后秦无意坚持离开了药铺，来到了先前黑衣人留给他的地址。

　　徐永昌说的没错，这里果然是浙江督军在上海的别业。通传后仆人很客气地把他领到了客厅，见四下无人，秦无意打量起这幢建筑，这是一幢法式的洋房，白色的大理石外墙，院中种着高大的香樟树，客厅两层挑空，两个半圆的黄铜雕花楼梯通向二楼，上面铺着大红的织花地毯，空中一盏巨大的水晶灯一直垂到半空，大红丝绒的帘幔外可以看到院子中静静站立的士兵……一阵轻微的脚步声起，秦无意忙收回眼光，眼前站着一位身穿深灰色和服便装的老者，头发有些花白，戴着眼镜，相貌清简。

"无意。"老人开口，一口流利的中文倒吓了秦无意一跳。

"你是？"秦无意打量着老人全无印象。

"来来来，坐下，你和你父亲长得真像。"老人拉着秦无意的手坐在沙发上，有仆人上茶，又端来点心。

"我是你的大伯，也就是你父亲的亲哥哥，我叫西园公望，你一定有很多话要问我。来，孩子，这里有一封信，是你的父亲临死前十天写给我的。他知道自己遇到了危险向我求救，可惜等我赶到时你父亲和母亲已经死了，你父亲希望我能保护你并把你一起带回日本。"老人说着将一封信递给秦无意。秦无意看了信，果然是父亲的亲笔信，他想到父亲的惨死，又想到这段时间自己的颠沛流离，不禁落下泪来。信中还有一张照片，父亲和老人站在一棵松树下，照片的背面写着赠西园公望兄，不知何时所拍。秦无意望着照片出神，忽然觉得父亲是这样陌生，好像不认识一般。

"无意呀，我们本来都是日本人，我们的祖父是大正天皇的御医，医术十分了得。当时大正天皇正当壮年，他手下有近卫、九条、二条、一条、鹰司五大家族为首的摄政王，这几大家族都主张要对华扩张，大正天皇却强调要先富国强民，五大家族几次进言都被大正天皇驳回，后来近卫家族逼迫祖父在大正天皇的药中下毒，致使大正天皇英年早逝。昭和天皇继位后开始制定对华扩张的政策。当年大正天皇临死时据说曾留有遗诏交给了祖父，祖父在毒死天皇后也被近卫家族秘密杀死。你父亲逃到中国避祸，这个消息最近被近卫家族的后人得知，他们派出了日本的大东流教派来中国追杀你父亲，但是好像他们杀了你父亲也没有拿到那份遗诏，所以他们又派出了杀手追杀你。"西园公望说。

"那个一路上保护我的黑衣人是你派来的吗？"秦无意一下子很难接受这个事实，他有太多的问题要问父亲，可惜已经再也没有人能告诉他真相。

"是的,他是我的义子西园雪。那你父亲有没有和你提过遗诏的事?"西园公望问。

"没有,他从来没有和我说过他是日本人,他怎么会是日本人?"秦无意有些激动地抬起头来,他忽然想到放鹤洲湖底的密室,那里面有很多的日文书,那里会不会就放着遗诏呢?他想着抬起头,看到西园公望渴求的目光,把嘴边的话又咽了下去。

第五十五章　卢府

秦无意就在卢府住了下来，反正他也没有别的地方可以去，这位西园公望成了他唯一的亲人，虽然他对西园的话还有几分怀疑。西园公望说得到密报，大东流内部最近发生了件大事，所以将在中国的一干人等都召回了日本，所以秦无意暂时是安全的，但是他们迟早会卷土重来，所以这督军府护卫重重显然是最好的庇护所。秦无意心中想，怪不得近来没有人再追杀他。这么长时间来他终于明白了敌人到底是谁。

卢府的卢定邦少爷三十几岁，一脸英气，与秦无意一见如故。卢定邦早年留学日本，就读于日本士官学校和日本陆军大学，而西园公望就是他在日本陆军大学的老师。据说他留学时就住在西园公望家中，感情自不是一般，现在军阀割据、战事吃紧，浙江都督卢元成就派了儿子卢定邦到上海四下活动，准备一举吃掉上海都督的势力和地盘。卢定邦特地从日本把他的老师西园公望请来给自己当参谋，两人成日里商量如何才能成事。他俩每次议事都把秦无意叫到一旁，秦无意只在一旁静静地听，他对这些权力之争毫无兴趣。

卢定邦在外人眼中却完全是一副花花公子的形象，每天带着秦无意和仆从看戏、跳舞、赌马、玩女人。他高大英武，又花钱如流水，自是引得沪上的名媛暗自倾心。他身边女人虽多，但是都不长久。

这一天他又拉了秦无意去看戏，据说这次的主演是从嘉兴来的贺逸梵贺公子。贺公子早年留学海外，又醉心昆曲，在嘉兴颇负盛名，而这次更是花重金闯荡上海滩，在十六铺新建的剧院"新舞台"上已经连演了十几场，场场爆满，一票难求。而他这次演的也不是昆曲，而是时装戏，叫《拿破仑》。他演皇后约瑟芬，在场上又是弹钢琴，又是跳探戈，还大唱英文歌，他扮相清丽，嗓音甜润，倾倒了大批观众。据说他每次出入戏院都有众多年轻女子将写上自己名字的照片扔到他车上，演出时更有位姨太太将硕大的钻戒扔到舞台上。卢定邦这样子和秦无意介绍，于是两人当夜也带了随从去了新舞台，新舞台果然装饰得异常华丽，整个剧场座无虚席，衣香鬓影，珠光宝气。卢定邦常年在楼上有包厢，两人缓步进了包厢。秦无意来过这里好几次，也有些习惯了，保镖站在门外，丫鬟上了茶和各色点心，楼下一排也是贵宾席，因为看得真切，所以这样的位置是有钱也买不到的。这时秦无意看到了一行人簇拥着进来，为首的一女子满头珠翠，粉色的裙衫，飘飘若仙。她一进场就吸引了大半的眼光，人群中有人窃窃私语，她身边同行的是个富态的中年人，穿了黑色的西服，中气十足。

"无意呀，你看那就是上海富商季南城新娶的夫人，走在她旁边的那位是季南城的妹妹，嗯嗯，小模样倒也不错，要不要哥哥改天帮你介绍一下？"卢定邦拿着望远镜说。

"我这几日给你把脉，你脉象沉微，舌质干红，五心烦热，正是肝肾阴虚所致，应该多喝喝杜仲枸杞茶。"秦无意讥讽道。"你小子。"卢定邦回头看了他一眼就不再理他，通过望远镜满屋子看起美人来。秦无意装得轻松，整个人却像是寒冰般又冷又沉。一切的繁华和喧嚣都从眼前消失了，他的眼中只剩下李挽云

175

一人，她动人的笑容，她的每次回眸，她拿起手帕的小手，她鬓间的彩凤，舞台上接连变换的立体布景和场下的叫好声都离他远去，而她每次拿了剥好的果子或者茶水亲手递给季南城时秦无意的心都在滴血，他想看到她但都无法亲见这刻的她。我这是在妒忌吗？秦无意问自己，上天为什么对我这么残酷，如果今生不再见她又会不会好过上几分？秦无意实在看不下去了，找了个借口离了场，出了剧院，在街边的小摊上喝了个烂醉。

在深夜的卢府，西园公望跪在地上，他的面前站着一个黑衣人，月光洒在黑色的轮廓上，为其镀上了一层柔和的白，就像一个迷梦。

"这是新收集的上海军事图。"西园公望双手将东西递上。

"我要的不是这个，西园君，山本阁下的耐心也是有限的，我不敢保证时间长了，山本阁下对你的家人还能一如既往地照顾。"黑衣人冷冷地说。

"我一定不辜负山本阁下的期望。"西园公望以头触地。黑衣人往外走去，忽然他又回过头来，缓缓地说："西园君也喜欢樱花吧？樱花的美不在她的盛开，而在她逝去时的决然。"等那人走远了，西园公望才发现自己全身都是汗。站在屏风后面的西园雪一身灰色长衣，他冷冷地看着这一切，秋风吹起他的灰色长发。他的手不经意地拂过手腕处带着的清代老藤制的手镯，心中暗下决心。

第五十六章　失而复得的卢家千金

李挽云上次接到锦云的信知道贺逸梵已经给她赎了身，而且带着她来到了上海。贺逸梵太喜欢演戏了，他认为在嘉兴就是龙困浅滩，而只有在上海这样的花花世界里他才能一展抱负，事实证明他是正确的。所以这次李挽云也是特地来捧场，老早就买了一排大花篮，等谢过幕又特地捧了鲜花到后台去，一来给贺逸梵捧场，二来看看锦云。等她来到后台，却没有看见锦云，透过化妆间的门缝她看到了另一个学生打扮的清丽女子正在和贺逸梵你侬我侬。她轻咳一声，贺逸梵好不容易才和那女子分开，见是李挽云，也是老相识，两人借一步说话。李挽云问："锦云呢？"

"我不知道。"贺逸梵耸耸肩道。

"她没有和你在一起？"李挽云问，锦云是她唯一的在患难期间交的朋友，对她有种特别的牵挂，虽然现在她的身边并不缺少朋友，只要她愿意，分分秒秒都可以宾朋满座，但锦云毕竟不同。

"亲爱的，你也是读书人，我和她只是朋友，现在她自由了，你应该为她感到高兴才是，不是吗？来，我给你介绍一下，这是我的女朋友徐永惠徐小姐，徐小姐是上海圣玛丽大学的女学生，精通京昆，她也是我们嘉兴人哦。"贺逸梵叫来了清丽的短发女生，将她搂在怀中。李挽云想起锦云以前和她说的那些感情

箴言，不想这么快都应验了。锦云你在哪里？李挽云默默地在心中问。

秦无意回到卢府闭门三日，日日大醉，谁也不见。

这一日卢都督忽然亲临上海，同来的还有三位貌美如花的姨太太和卢定邦的亲妹妹，而这个亲妹妹据说是都督一个星期前新找到的。卢家祖籍在宁波，卢都督以前是老实巴交的庄稼人，生了卢定邦和卢定霞一儿一女，日子本就十分艰难，那年七月，时疫蔓延，城乡死者不计其数，到了八月，又下雨四十五天，仓储稻米棉花大量霉烂，于是大饥，民不聊生。卢家老太爷死时连买地下葬的钱都没有，只是将棺材在田埂上一横，经年累月，上面居然也积了土，长出一棵茂盛的白枣树。督军发迹后也曾想让老太爷入土为安，但风水先生说那会坏了卢家的风水，所以一直没有动。后来卢都督抛家舍业地从了军，想不到几番混战下来做了都督，当年交给亲戚抚养的一双儿女却只找到了儿子，女儿却一直下落不明。加上在宁波一带盛行一种流氓地痞同流合污的组织名"蚁媒党"，声势浩大，从者甚多，他们行径卑劣，等于人口贩子，看到年轻的妇人必定千方百计地威逼利诱，或将她们卖身青楼，或将她们改嫁他人，所以卢家女儿一失踪更是雪上加霜。卢都督也曾一直派人找寻，却每每总是失望。这次卢定霞失而复得的确也是卢府的一大喜事。卢府大开宴席三天三夜，好不热闹。卢都督因为公务繁忙，第四天就回杭州了，卢定霞却留在了上海卢府。与她同来的还有一个男子，双手尽失，用一对铁钩代替，脸上带着一张铜制的面具，不能言。据说是小姐的救命恩人，府上人等对他也很客气，一人独自住在后院的小屋中。

秦无意本就讨厌应酬，这几日也远远躲开，反正自己本是卢府的过客，只是那卢小姐，有种似曾相识的感觉，不知道在哪里见过。

178

这天夜里秦无意还是一人在卢府后院的香樟树下喝酒，一杯接着一杯，陪着他的还有一条从青浦就一直跟着他的小黄狗，现在这只小狗是他最好的朋友。在远处的竹林中站着卢家新找回来的小姐，她双目死死地盯着眼前这个痴情却又失意的男子，这是她第二次见他如此伤心，却不是为自己。她在心中有些妒忌起那个令他失意的女子，心中想：我怎么样才能走进他的心呢？如果有一天他也能为我这般失魂一回我也不枉为人呀？这样想着觉得是生平遇到的第一难题，这个男子究竟喜欢怎样的女子呢？而在同时，二楼的帘幔后西园公望也在思考着他所遇到的难题，他看着亭子中的秦无意，又看着竹林中的卢小姐，心想这好戏才刚刚开始。

第五十七章　黑暗的地窖

卢小姐身体较弱，每天待在卢府不曾出去，而秦无意在独处时就像周身包裹在冰霜中，令她无法靠近。这天早上她等卢少爷和秦无意都出门了，一个人来到了僻静的后院小屋。这里除了地上的三间小屋，一边还有一个地下室，是卢家的酒窖。她看到小屋中没人，就打开地窖的门顺着楼梯往下走，"少玠，少玠。"女子一边走一边喊，地下室黑暗一片，忽然有人大力地抱住了她。

"念销，我们何时才能离开这里？"朱少玠问。

"我也想呀，那要等我先嫁给秦无意才行。"女子慵懒地说。

"你真的要嫁给他？那你又把我放在什么位置？"男子在地上从后面抱住他。

"位置？你有什么权力这样质问我？"念销冷冷地道。

"哎，好了，前面我不是和你也商量过，教主的厉害你也看到了，我不这样做师姐也不会放过我，到时候我们两人会生不如死的。而且我身上的毒也只去了三分，要彻底恢复只有教主才有解药，我现在也是勉强支持罢了。这个秦无意骨头很硬，和他硬来是得不到我们想要的东西的，世界上只有最亲近的人之间才会说真话，这件事以前我不是也和你商量过吗？再说，等此事一成我就会杀了他，到时候和你远走高飞，你这又是吃的哪门子飞醋？"念销见朱少玠好半天不说话，又好言安慰起他来。

"唉，我从见你的第一眼起就知道此生离不开你了，虽然现在我人不人鬼不鬼的，但是我从来没有后悔过和你遇见。"朱少玠说着在黑暗中流下泪来。

"我知道你对我的一片心，也知道你为我吃的苦。"念销想到朱少玠为救自己而自断双手，又为了防止有人认出他来用铜制的面具烙在了脸上，还装哑巴，他为了自己的确付出了许多，心中一软，用手拂在了他那张金属的脸上。

"好了，你做什么我都是支持你的，先前你为了进卢府，花了那么大的精力才找到线索，为了不使他们起疑还自己弄伤自己，现在伤口还疼不疼？"朱少玠说着用手抚摸起她的后背来。

"瞧你，什么时候变得这么婆婆妈妈的，自古成大事者哪有不吃苦的。"念销拉好衣服，有些不耐烦地说道，"你有空多帮我想想要怎样才能得到秦无意。"念销说着就往上走，留下朱少玠隐没在黑暗中。泪水滑过他的脸庞，却丝毫抵不过他心中此刻的疼痛。

念销刚走到地窖的门边，就觉得有东西在看着她，她立刻提高了警惕，从门后往外看，却是秦无意的那条小黄狗正一动不动地用它那双乌黑的眼睛盯着她。她不禁怒火中烧，像是被人撞破了她的好事，她走上前去抓它。小狗见了她立刻往后跑，她飞身将狗从后面拦住，一掌将它的双脚打断。她觉得还不解恨，刚想补上一掌，忽然看到秦无意远远地从外面回来，她来不及多想，抱着小狗就从边上的小坡摔了下去，然后将头狠命地往石头上撞去，晕了过去。

第五十八章　苦肉计

等念销醒来时已经是晚上，她睡在自己的床上，秦无意坐在床边，正用手给她把脉，她立即又装睡。这时她听到她的哥哥卢少爷进来，秦无意把卢定邦叫到一边。

"卢公子，卢小姐的外伤倒不严重，但是我刚才给她把脉发现她体内残存着一种毒，而且源自日本，好在家父曾经和我提到过此毒，只是……"秦无意压低了声音，欲言又止。

"只是什么？唉，父亲也和我说过，我这个妹妹小时候被坏人拐去，自是吃了很多的苦，父亲也和我说过她身上有病，所以特地留在上海让我给她看病。前几日，也请了不少中西医，都说不出个所以然。你看，我这几天忙的，居然忘了你就是秦神医的嫡传，西园老师以前就和我提过你们秦家的医术，有你在，我就放心了。"卢定邦握着秦无意的手道。

"卢公子的妹妹我定然是尽心医治的，但是这是旧伤，而且一直没有痊愈，现在毒入五脏，想要清除并非易事，如果不及时医治的话，恐怕令妹最多只有半年的寿命。"秦无意很为难，因为他知道要解这种毒，除了用药以外，还要每天辅以自己的真气，最费时不过。

"秦兄，你无论如何也要救小妹一命，父亲好不容易才把妹妹找回来，如果她现在有个三长两短，我实在无法和父亲交代呀。"在卢定邦的再三要求下，秦无意只能答应了。有钱好办事，秦无意所需的珍稀药材当夜就备齐了。西园公望对念销的病情也格外关心，亲自来诊了一次脉，还帮助秦无意将药方稍作调整。晚上，秦无意把念销放在浸泡了药材的木桶中熏蒸，自己又在她的身后发力。念销的身体白若凝脂，只是雪白的背上有几个粗陋的伤疤。听卢定邦讲，他们小时候寄养在亲戚家，有一天放牛时定霞被牛撞倒在地上，背上被牛差点踩烂了，好在命大居然没有死。现在秦无意亲眼看到这些伤疤，心中倒也有几分怜惜。这熏蒸之法每天持续的时间很长而且药力甚猛，在逼出余毒的同时也将自身一部分好的细胞杀死，所以是杀敌一千自损五百的狠招，不到万不得已秦无意是不会使用的。每次熏蒸完毕，念销就会像死去一般，脸色苍白。秦无意把她从药水中捞出来时她裹在身上的薄纱已全部湿透，更显得身材如火。秦无意起初有些无从下手，几天的治疗下来才慢慢习惯。

这天早上，秦无意像往常一样早起去附近的静安寺喝茶。静安寺边有一个人工湖，湖边有个小土坡，土坡下有个茶馆，里面聚集了上海滩上的三教九流，最是消息灵通的所在，也有很多上海的白相人，在这里说些老上海的往事。不知道为什么秦无意很喜欢这个地方，他对那些所谓的消息其实并不关心，他只是很喜欢那样的感觉，静静地听老人闲聊的感觉，那种温暖的感觉让他想到自己的父亲。他小时候父亲也总是带着他去喝茶，在茶馆听评书，苏州的假山小景和软糯的评书声是他挥之不去的旧梦，他怎么就成了日本人呢？秦无意一个人时常常心中暗痛，那个疼爱他的父亲好像又离他远了几分。

"秦大哥。"后面有人叫，秦无意转过头，是卢小姐卢定霞，也就是念销。

"你好。"秦无意礼貌地点点头。

"秦大哥要到哪里去?"念销声音柔和,有种弱不禁风的娇柔。

"随便走走。"秦无意答。

"我能不能同去?我每天闷在家中实在无趣。"念销说着垂下头,又怕秦无意不答应,又走向前几步。

"这……卢小姐身体还没有完全好,现在早起又有晨雾,怕是对身体不好。"秦无意好意回绝。

"我……"念销说不出话来,眼泪却先要掉下来。秦无意最受不了这些,想想也罢,就和念销随便走上一圈。

"对了,小黄身体好些了吧?"这下念销高兴了,她用手抚摸了一下秦无意抱在手中的小黄狗问。

"好些了,说起来还要谢谢你那天救了它。"秦无意看了她一眼,她今天穿了身白色长裙,披了白色斗篷,美艳中显得灵动。

"哪里的话,我看到两条野狗追着它厮打,我有心去救它,结果还连累它一起摔成重伤,都怪我这身体,你说我是不是很没用呀?"念销说着抬起头看着秦无意,薄雾将她的眉间和睫毛都挂上了晶莹的水珠。秦无意想要伸手去擦,想想还是忍住了。两人又沉默了,一路走着,静安寺的钟声从远处传来,有种空灵的美感。白雾中秦无意站住了,身后一株遒劲的苍松,带着露珠,衬着秦无意空蒙的眼神和灰色的衣衫,念销不禁有些痴了。这一刻她多么希望他能揽她入怀,两人从此萍踪山水间,那是多么写意的人生呀。

"走吧。"秦无意的叫声把她唤醒,念销脸上一红,念销呀念销,你什么时候居然也会脸红,她像做了贼一般地跟在秦无意身后,看他和人打招呼,看他的背影,看他嘴角的轻扬。我难道真的爱上他了?念销问自己,不可能,也不能,自己绝对不能忘了教主的嘱托,这一切只是为了完成任务而已。

"这里只有面，你要吃什么面？"秦无意的问话又打断了她的痴梦。

"吃你就好了。"念销傻傻地答。

"什么？"秦无意一惊。

"哦，哦，我是说你吃什么我就吃什么好了。"念销忙解释道。秦无意想这位小姐病得还真不轻。

两人吃了鳝丝雪菜面。秦无意想尽快离开她就往回走。静安寺的门前早起都很热闹，这里有各种杂耍艺人，秦无意平时很少去凑这个热闹，但念销似乎很有兴趣，拉着秦无意的袖子就往人群中挤。人围得少些的里面有对夫妇样的中年人带了一儿一女两个小孩在卖艺，下腰、钻圈、骑单车，都是很普通的把式。看了一会儿，中年男子牵出了一只浑身雪白的小猴子，让它表演，小猴显然刚到手不久，唤了几遍都不听话。男子大怒，拿了鞭子就往猴子身上打，一鞭下去顿时一条血印子，等到打第二下时，念销冲了上去，居然把那小猴子买了下来。两人牵了小猴又进了边上人更多的人圈，里面几个大汉在表演。先是一个八十几岁高龄的老爷子穿了黑色灯笼裤衩，赤了膊，身上用铁丝层层绑住，一仰头将一瓶黄酒全喝了下去，然后大吼一声，铁丝应声而断。四下叫好声不断。接着是一个十七八岁的矮个小伙子，用喉头将粗大的钢丝硬生生地顶弯。最后是一个穿了黑色衣衫的中年人将一把无缝的铁刀仰头吞进口中直达胃部，取出时刀尖上还沾着胃液。念销看得紧张万分，两手都抓住了秦无意的衣袖。接着中年人又将一个铁球直接吞入口中，然后边上帮腔的老人解说这是天桥绝技之一，吞球人要用内力将球一直停在半空中，如若练得不到家，很有可能一命呜呼。再看那中年男子满面通红，不发一语，手中拿着一个竹筐满场要打赏，人们想到那铁球停在他胃中的难受劲，给钱的还真不少。得了赏钱，男子就准备把铁球一喷

而出，这时念销身边的小白猴忽然一跃而起，那男子受了惊，口中喷出的铁球失了准头向念销袭来，念销吓得花容失色，秦无意一挥手将铁球拂了开去，念销乘势扑到了秦无意的怀中。念销其实武功很高，在危险的时候有些反应也是自发的，要控制住不动反倒是极难的事情，虽然她知道秦无意一定会救她。这一刻她埋在秦无意的怀中，觉得无比满足。她身体微微发抖，两手冰凉，大口呼吸着秦无意身上似有若无的气息，直到秦无意将她微微推开。一路上她都紧靠在他身边，回到府中也好似受了惊吓一样地再不出门。

第五十九章　闲情雅致

夜里熏蒸完，外面下起大雨，秋雨渐凉。一道闪电划过长空，已经安睡在床上的念销忽然惊醒，坐起来抱住了坐在床边正要走的秦无意。

"不要走，求求你不要扔下我一个人，不要打我，不要。"她好像还没有完全醒来，又好像做了一个噩梦，死死地抓住秦无意不放。秦无意没办法，只能将她抱在怀中。念销安静了，但只要秦无意一动她就死抓住他，这样子僵持了一晚上直到天亮。

在接下来的日子里，念销想着各种理由让秦无意陪着，卢定邦看出了妹妹的心思，也就不再叫秦无意作陪。大多数的时间，两人在院中下棋、看书、喝茶，日子很宁静安逸，念销在秦无意眼中是一个安静、柔弱、善良的姑娘，而且她一刻也离不开自己，这让秦无意有种存在感。

又过了一个月，这天卢定邦正式向西园公望提亲，说卢小姐十分中意秦无意，而且在秦无意的悉心照料下病也好了大半。西园公望听后很高兴，一口答应了。秦无意心中还是喜欢李挽云，但是事实已经不可挽回，也许是时候开始一段新生活了。不能找一个自己爱的人，能有一个爱自己的人也不错。又或者说，对他而言，除了挽云，找谁都无所谓，对于门第这些秦无意倒是无所谓，真的能和自己爱的人在一起，哪怕策马天涯也是快意的生活

吧，而现在什么都无所谓，不过是生活而已吧。大多数人的生活或许都是这样吧。现在西园公望是秦无意唯一的长辈，他做主婚事也就定下来了，一个月后举行了盛大的婚礼。而婚后的生活也波澜不惊，没有欢喜也没有悲伤，秦无意每天如死水般平静地生活着。念销很快就怀孕了。她平时都很喜欢和秦无意聊天，而且念销特别关心他父亲的生平和他为什么有一位日本的伯父。有一次秦无意无意间和她提到在嘉兴放鹤洲湖底有间密室，里面有很多的日文书信，念销很感兴趣，表示想去看看，但因为怀了孕，此事就拖了下来。

　　这一天天晴，秦无意早起看到园中的蜡梅花开得正好。这处宅院是严信厚的儿子严子钧借给卢定邦的，说起这严信厚，也是一代传奇人物，严信厚祖籍宁波，早年就读私塾，辍学后在钱铺当学徒，后来得到胡雪岩的赏识，将他推荐给李鸿章，被李鸿章亲保为候补道，加封知府衔。后任河南盐务督销、长芦盐务督销、署理天津盐务帮办等职。然后投身实业，短时间内积聚大量家财。前些年成立了上海商业会议公所，是上海商界的领军人物之一。严信厚晚年的生意重心放在了天津，也病死在了天津，上海的生意交给了儿子严子钧。严家的这处宅院规模宏大，中西合璧，后面有马圈和小型跑马场，这一点也很符合卢定邦的口味，他从杭州带来的十几匹名马有了活动空间。而当年严信厚在建园选址上也分外用心，利用的是清代的一处废园，这棵蜡梅就是旧园的遗物，算算也有几百年的历史了。这含苞待放的蜡梅正是念销药方中的一味良药。他起身走到蜡梅树下，黄色的碎花印在湛蓝的天空中更显得晶莹可爱，他把花苞采了一些下来放在手帕中细细包好。蜡梅掩映的曲廊上镶嵌着五十块石碑，名《小长芦馆集帖》，原主人严信厚的父亲严恒，工诗词，善芦雁画。耳濡目染之下，严信厚亦诗书画俱佳，尤擅画芦雁，深得芦雁大师边寿民的真传，生前纂有《小长芦馆集帖》12卷，以志其早年发迹于长芦。此外曾编辑过《七家名人印谱》和《秦汉铜印谱》等书。这《小长芦馆集帖》收录了明清两代著名书画名家如郑板桥、董其昌、杨继盛、赵子昂、文徵明、王原祁、蒋仁、丁敬、黄山寿、钱大昕、汪士慎、奚冈、唐寅、沈周等人的作品，而这廊上的五十块石碑又正是这《小长芦馆集帖》的精华所在，秦无意闲暇时候在碑前赏花看字倒也有几分快活。蜡梅的香气太浓太招人，他忍不住回身轻轻跃起在树上折下一大枝来。

"好身法。"身后响起几声掌声。

"叔叔。"秦无意见西园公望一身黑衣。两人边走边谈。

"最近大东流的余孽都肃清得差不多了吧？"西园公望和秦无意一起走向秦无意的书房。

"是的，只有左右护法没有踪影，她们的首领俞氏提审了几次，都没有问出什么有用的东西。"秦无意现在在上海滩是黑白两道通吃，手眼通天，一个大东流早就不在他的眼中。

"那就不用再留她在世上，至于左右护法都是些小妖小精，你不用太放在心上。"西园公望好像成竹在胸。

秦无意的书房在一间巴洛克风格的建筑的底层，外间是办公室，几乎每天都要迎来送往，里间有一间不大的房间是书房，也没有什么多余的摆设。只是外人见他平时办公室里总放许多花，就知道他爱花，一时这名声传出去了，求他办事的迫于他权势的人都纷纷送来各种花器，这花器也算是件雅物，一般人都不会拒绝，这样一来秦无意的花瓶是越来越多，而且送来的也都是价值不菲的古董，青铜的、瓷的、金的、银的不可计数，多半秦无意都叫佣人收进了库房，只留下几件素静的瓷瓶和青铜器。

"这件汝窑的白瓷花瓶不错呀。"西园公望有好几天都没有来秦无意的书房。

"叔叔喜欢就拿去吧。"秦无意很大方，之前也送了不少东西给西园公望，这些身外物秦无意向来都不十分看重。

"这花瓶在日本可以算是顶级花瓶了。"西园公望赞美着花瓶，抬眼却看到秦无意在插花，秦无意把刚摘来的蜡梅花用湿布覆住，枝的底部用火微微灼烧，而后再用蜡把花枝底部封住，减少汁液流失。秦无意给这枝蜡梅选的是一个青铜壶，此壶细口深腹，圈足，色青纯如翠，蜡梅配上此壶清逸非常。

秦无意把它摆放在一处灰墙面前。

"甚好，这古铜瓶壶，入土年久，受土气深，以之养花，花色鲜明如枝头，开速而谢迟。"西园公望似乎也来了兴致，他随手拿起秦无意摆在桌上的剑飞身来到院子中，院子中有一片翠竹，他拿剑砍了一枝，两头去掉，留了两段，再配了竹枝和一小枝蜡梅花。轻轻放在院子的井台上，别有一番乡野的幽趣。秦无意点头表示赞赏。

"在日本这些中国的古代花瓶都是很珍贵的，像宋元时期传入日本的青瓷花瓶、黄铜花瓶，都被当作真级花器来鉴赏，后来日本人自己模仿唐物复制的花器被称之为行级花器，而日本的冈山县、三重县、滋贺县等地烧制的日用杂品茶陶等被叫作草级花器。在樱花开时，在我的家乡三重县都会延续唐朝的鉴赏茶会，客人们要互相行礼、欣赏花器、欣赏插花、再行礼，然后还要向主人请教花器的来历、式样、特征、雅号等，你手里的这些花器如果都送去让村民们鉴赏，他们怕是羡慕到家都不想回呢。"秦无意给西园公望递上一杯水，他也很喜欢听西园公望讲些他家乡的风物。两人都喜欢花道、茶道、剑术、医术，所以每次聊起来都没完。

"这竹筒插花也不错。"秦无意又点了一枝檀香。

"这种竹插花是由日本的千利休创制的，我刚才的这种叫尺八，就是利用两节竹之间竹斑线条走向的变化，寓意尺八音符的变化，似一曲悠扬的尺八曲响在观赏者的耳中。除此之外还有筒式、单窗式、摆置式、吊舟式等。另有一种藤插花我也很喜欢，就是用乡野的藤、竹篾等随意编成的花插。传说有一次千利休去桂川，看到渔夫腰间挎着的鱼篓，觉得特别可爱，回京就创制了著名的藤花插桂笼。这种藤花插特别适合夏末秋初的茶会，可以一起插进去七八种野草野花。无意呀，说起来这日本的插花流派可以用三千流来形容其之多，无论是池坊流的小野妹子强调的以立花为主，枝条数量取奇数不取偶数，还是后来的小原流派插花强调以色彩写景为主，都还是要取法自然，所以现在我更喜欢千利休，简单自然就好。但这只是花道，人在江湖，很多时候都是身不由己的。"西园公望谈的是花道，手和眼睛却一直没有离开秦无意的那把剑，这是秦无意唯一随身携带而来的东西，事实上他已经不止一次地仔细观察过这把剑，却一直没有发现有什么特别的地方。

"叔叔好像对这把剑很有兴趣？"秦无意盘腿坐在西园公望的对面。

"好剑，无意呀，现在的局面对你很有利，你要把握这样的机遇，尽快建立自己的势力。"西园公望终于放下了这把剑。

"嗯。"秦无意无心政治和权力。

"你父亲除了这把剑，就没有别的东西留给你吗？"西园公望这个问题已经问了很多次。秦无意像往常一样摇摇头。

第六十章　洪帮老大

秦无意早上还是带着他的那条黄狗到静安寺喝茶，这里靠湖边的亭子下面老板给他留了位置。有个老者几乎天天来，他养着一只画眉鸟，他挂好鸟笼就和秦无意打招呼，秦无意很喜欢和他喝茶，平时也都是他说得多，他在一边听。老人也快七十了，有些矮小，挺精神，花白的短发，白色的对襟短衫，黑色的裤子。

"秦兄弟，我最近读书，看到有句话'若无一事挂心头，便是人生好时节'，我已经年近古稀，这样的好时节却一日都没有过。"老者喝着香片。

"老爷子，今天秋高气爽就是一个好天气。"秦无意笑笑，低头拍拍小黄狗的头。

"转眼到上海已经四十年了，眼前很多房子也是新造的，当年我也是赤手空拳来到上海的，现在我看似拥有很多，但失去的更多，我的三个亲兄弟都死在了我手上，如果一切可以从头来过，我希望我从来没有来过上海。"老者很伤感。秦无意不语，他虽然从来没有问过老者的来历，但他也从来不认为他是平庸之辈，只不过秦无意生性淡薄，对这些身份名利都不是很看重。

"你知道我是谁吗？"老者问。

"不知道，也不希望知道，我希望我们能永远像现在这样只是谈天说地。"秦无意一脸淡然。

"唉，我老了，我一直想找一个人能接我的班，但是我手下的人个个都争名夺利，没有大局观念，让我放心不下。我观察你很久了，秦兄果敢清朗，知进退，是上海滩百年难得的人才。"老者话还没有说完，秦无意就站了起来，立刻有几个戴着帽子的黑衣人从亭子后面跳出来，老者朝他们摆摆手，哈哈大笑，朗声说，"我不会看错人的。"

晚上秦无意被卢定邦拉去喝花酒，卢定邦很早就去了，秦无意一人姗姗来迟。上海的长三书寓就数这家最有名。他拍了门，有丫鬟来开门，走过长长的曲廊池塘，灯影花香，身边时不时地有美女浅笑而过，到了里间，满满一桌人在吃饭，一人身上坐着个姑娘，边上还站着几个倒酒布菜的。卢定邦见了秦无意便打招呼，"妹夫，快来，你迟到了，罚酒三杯。"他把秦无意拉到自己身边的位置坐下，立即就有个姑娘坐到了秦无意怀中，秦无意皱起了眉头，他不习惯这样的场合。

"放心，我现在没有妹妹。"卢定邦抽着烟哈哈大笑。

"热。"秦无意松松衣领，姑娘很不情愿地从他身上下来。身边一个梳着分头的中年男子叫道："去，把去年的花国大总统秦老六叫来。"不一会儿秦老六就身姿款款地从帘后抱着琵琶出来，一身淡雅的白色，梳着一条长辫子，淡雅的妆容，在一堆浓艳中自然显了出来。卢定邦知道秦无意是苏州人，所以特地安排秦老六唱评弹。只见那琵琶声起珠玉满堂，秦老六的莺语分外软糯：

"梨花落，杏花开，桃花谢，春已归，花谢春归郎不归。奴是春梦绕长安千百遍，一回欢笑一回悲，终宵哭醒在罗帷。到晓来，进书斋不见郎君两泪垂。奴依然当你郎君在，手托香腮对面陪，两盏清茶饮一杯。奴推窗只把郎君望，不见你郎骑白马来。"这一段《王魁负桂英》中的情探一段妓院中的姑娘经常喜欢唱，秦无意也听出了几分好，但紧张烦躁的心情却丝毫没有放松下

来。秦老六在众人的叫好声中放下琵琶，欠身坐到了秦无意身边，也不来缠紧他。卢定邦看了一眼两人道："这酒还没罚，这三杯得是皮杯，要嘴对嘴，这二位都姓秦，前世的夫妻，不喝不行哦。"大家一起起哄，喝了酒，卢定邦给秦无意一一介绍，在座的一位是青帮的老大何谷岳，一位是上海花旗银行的买办詹金斯，一位是上海首富季家的李挽风，一位是洪帮的大哥洪大成，而这位洪帮大哥正是早上和秦无意在静安寺喝茶的老者。洪大成像是早有所料一样地对着秦无意朗声道："秦兄弟，我们这么快又见面了。"秦无意望着眼前这些能令上海滩地动山摇的人心中一动，所谓宴无好宴，看来自己也要深陷其中。果然酒过三巡，卢定邦一挥手把所有姑娘都撵了出去，然后说道："在座的各位都是卢某的生死弟兄，卢某在上海的这段时间也多亏各位帮忙，你们也知道，现下时局不稳，我父亲希望我能早日拿下上海这块肥肉，到时自然少不了各位的好处，当务之急是先把上海都督陈之焕拿下，这样军心不稳，我们可以里应外合一举拿下上海。不知各位意下如何？"卢定邦问。众人纷纷举杯道："我等以卢督军马首是瞻。"

"好好好。"卢定邦挥挥手让众人坐下。

"我倒有个好主意，就是这件事情洪帮青帮都不方便出面，最好要找一个生面孔才好。"洪帮老大洪大成说。

"这个好说，我妹夫是自己人，最信得过，又不是上海人，鲜少露面，做这件事最合适不过。"卢定邦道。此言一出出乎秦无意的意料，难怪今天他一定要拉自己来。他忽然想到前几日他的结拜兄弟在做炸药时意外身亡，死前曾派人来通知秦无意要他务必杀了上海都督完成他的遗志，而且让他做了兴中会的副会长，今天倒是个机会。所以他想了一下，答应了。李挽风当夜喝了个烂醉，在这里借干铺。

第六十一章　南洋来的首富

这一天，季家三小姐季南尘一早就去银行找李挽云，因为季南尘在南洋认识的一位首富的女儿Alice近期来了上海，晚上要开生日宴会，上海的名流几乎都请遍了，听说连上海都督陈之唤都会应邀出席呢，一向喜欢热闹的季南尘自然不会放过这样出风头的好机会，她一早就拉了李挽云先去做头发，中午约了几个上海的名媛贵妇吃西餐，同席的还有李挽云的同学黄美丽。黄美丽现在又把李挽云引为知己了，无论到哪里都要拉上她的这位在美国留学的同学，在名媛聚会上也最喜欢说几句中文，再夹着英语，离开了李挽云，一时还真找不到更合适的搭档来接话。在牛排上来之前，几个女人在热烈地讨论上海都督陈之唤新取的四姨太，评论说她是个乡下人，会唱几句京剧，一点都上不了台面。接着黄美丽又开始评论那位南洋的首富千金，说她家在爪哇有很多的橡胶园和甘蔗园，她家的汽车上居然还顶着个伞盖，开起车来特别慢，怕把那伞盖掀翻了。季南尘解释说因为南洋的天气热，当地的有钱人出门都喜欢让佣人打着伞。黄美丽笑得更厉害了，说她家怎么不把大象也牵到上海来。季南尘也趁此机会说起了前不久刚去参加过Alice举办的一次家宴，说请的是上海近来风头最盛的川菜名厨罗守墨，那罗守墨以前祖上曾是秀才，善诗文，工书法，酷爱古董字画、山水园林，做过御厨，还当过几任

知县，最后却醉心于厨房，真是世界之大无奇不有。而且他做菜不惜工本，比方说，别人的菜馆可以"一鸡三吃"，而他却"三鸡一做"。为萃取顶级高汤，必先将一只鸡以文火炖至极烂，取出后，再在原汁里放第二只炖，如此者三。而在品尝时，前两只鸡弃而不用，只吃第三只鸡。而罗大厨的定菜规矩也奇怪得不得了，首先必须提前30天预订。而且1桌要100大洋，不能点菜。所有菜品，由罗大厨决定安排。订席时，必须交足菜金。并且，必须开列被请人名单，注明年龄、籍贯、身份、性别、喜好。主桌上，必须给罗大厨留一个桌位，他是否到席，由他自己决定。

"哎哟，这菜的价格倒是真够高的，现在一袋洋面也才两块钱，不过这钱倒不是问题，关键是菜的味道好不好？我们家里现在请客也就是西餐，要么就是上海菜，还真是翻不出花样来。"黄美丽这样讲着，手上一个巨大的缅甸红宝石戒指不停地晃。

"黄美丽，你这戒指真漂亮，哪里订的？"季南尘的注意力又被吸引到了别处。

正在几个女人谈笑时，楼下传来一阵喧哗，季南尘唯恐天下不乱，早就跑了出去，李挽云不放心地也跟了出去。来到楼下，只见一位西装笔挺的服务员正在和一位长袍男子理论，大意是男子吃了西餐却不付钱，服务员后来急了就去拉男子，男子一用力就掀翻了桌子，最后男子拂下灰白长发上的金色发箍丢到使者手中道："这个是纯金的，付你的饭钱总够了吧？"男子往外走的同时一回头，凌厉的眼神扫了一下在场的人。这一眼倒没什么，正好让季南尘看到了他的全貌，那是一张俊逸绝美的脸庞，又带着杀气与霸气，季南尘一向喜欢美丽的男子，她前面倒追的几个男子都是这个类型，但眼前的这位却是美丽与阳刚的结合，单论气质，以前的男子和灰发男子相比就如尘土一般低俗。眼见灰发男子摔门出去了，服务员还要追，季南尘一个箭步冲到服务员面前，塞了一张百元大钞给他，并把他手中的金环夺了回来。李挽云也想追出门去，但一想今天她们两个做东，这钱还没有付，只得作罢。出了门，季南尘一直很远地跟着灰发男子，行了很多路来到了郊外的一个池塘边。这时已是冬日，池水清澈，笼着寒气，池边几棵大柳树，落尽了叶子，地上铺着厚厚的落叶，周围没有人迹，到了这时季南尘才有些害怕起来，不知道要不要再跟下去。这时前面的男子在池塘边停住了，季南尘慌忙闪身到一棵大柳树的后面，停了一会儿没有响动，她又忍不住探出头来看，只听啪的一声，那男子居然跳进池水中游起泳来。这么冷的天气，季南尘穿着大衣站在那里都觉得冰冷刺骨，更不要说在这冰冷的水中游上一圈了。也不知道过了多久，季南尘几乎是整个头都探了出去，那灰白的长发隐现在水中，灰白的湖面、灰白的天色、灰白的雾霭……

"你看够了没有？"灰发男子不知何时已经从水中走了出来，全身赤裸，他这一声把季南尘吓得一哆嗦。她不知道是看傻了还是吓傻了，居然站在那里一动不动了。灰发男子已经穿好了衣服，走到了她身边，他很高，要高出季南尘一个头，灰发还在滴水，整个人笼罩在一层寒气中。

"不准再跟着我。"灰发男子一声呼啸，不知从哪里飞驰来一匹灰色的骏马，灰发男子飞身上马，很快就消失在了远处。季南尘这才想起来手中的束发金箍，那金箍金光闪闪，里面刻着一个雪字。等她好不容易赶到黄浦江边，却发现今晚上海的名流都要搭渡船去参加南洋首富千金的生日晚宴，居然连渡轮都满员了，只能等下一班。

等季南尘来到南洋首富千金的宅院，派对早就开始了。门前警卫森严，这是一幢由清代建筑改建的高大白色宅院，窗的下面都是暗红的西式百叶窗，上面又连着五色耀眼的进口玻璃，还有

一些窗下面则是清代的白色半透明蠡壳做的窗，还有一些窗则保留了原来的花样漏窗的样式，有海棠形的，有扇子形的，有圆形的。房子外面的连廊很宽敞，摆放了很多藤椅。院子里种了很多高大的热带植物，这些季南尘去南洋时都见过，但是上海冬季天气冷，主人家为了怕这些热带植物冻死，特地都用厚厚的布把植物上端的叶子包裹了起来。院子的一边种了一棵荔枝树，一边种了一棵菠萝蜜树，都是特地从南洋移植过来的。大厅的一角挂着Alice的父亲陈连知的肖像，这位陈连知也是一个传奇人物，最初在爪哇的杂货店里当学徒，后来自办商店经营国货，再后来经营种植园，办糖厂，成为爪哇的华人首富，又娶了爪哇国的公主为妻，现在卖掉了1/3的资产，携妻女来到上海淘金。大厅的另一角挂着陈连知娶的那位公主的肖像，这位公主的母亲是西班牙人，所以金发碧眼倒也还算漂亮。过了大厅进到内院，到处都是宾客，一路都有人和季南尘打招呼，穿过内院转过花园，花园各处的拱门上都有色彩丰富图样繁杂的灰塑装饰，整个花园里的花坛也是用彩色的灰塑堆砌而成，墙上装饰着彩色的陶瓷，加上可以装点的华灯，真如天上宫阙般华美，还有几只仙鹤在庭中散步。来到后面的舞厅，这里锣鼓喧天，整个舞厅是单独的一整间，巴洛克风格，特地在舞池的一角搭了个戏台。李搅云眼尖，见了季南尘抱怨她怎么来这么晚，这晚饭早结束了，这会儿都已经看上戏了。季南尘又如蝴蝶一样地和熟人打了一圈招呼，随手拿了点点心，狼吞虎咽地吃了几口。之前穿了礼服裹着大衣在水池边冻了一个下午，这时东西下肚，方才觉得暖和了些，她才开始脱去大衣让侍者拿了。

"这戏唱得也不怎么样，怎么掌声倒这么热烈。"季南尘对着台上刚演完的《霸王别姬》说道。

"这你都没有看出来，台上演霸王的是上海都督陈之唤，这演虞姬的正是她新娶的四姨太一枝香。"黄美丽拿着一杯香槟从季南尘身边飘过,迎向不远处的西装男子。

怪不得,陈都督亲自主演,这四姨太很得宠呀,季南尘在心中暗想。那边陈之唤和四姨太正要下台,却被一群太太小姐围住要求献花合影,这时女寿星Alice一身洋装众星捧月地走了过来,季南尘和李挽云少不了迎上去寒暄几句。Alice一众也是去给陈之唤献花的,季南尘忽然看到不远处站着的人正是今天下午池边遇见的灰发男子,季南尘心中一阵狂喜,这就是天意,还以为再也没有机会见到他,想不到这么快就见面了。她立刻向灰衣人走去,走近了发现他身边不远处还站着几个人,其中一位气质出众,是浙江都督身边的红人、新得势的秦无意,以前也见过几次,看到他在季南尘身边倒又有些迟疑起来。Alice献完花到里间去换衣服,这富家千金就是这样平日里穿不尽的衣服,这样重大的场合肯定要多换上几套的。灰衣男子显然也看到了她,正当季南尘鼓起勇气准备上前表白时,忽然枪声大作,顿时人群乱作一团。季南尘吓得花容失色,在这生死存亡的关键时刻她很会把握机遇,立即扑向灰衣男子的怀里。灰衣男子身法极快地她一带就移开好几米,而当他发现刚才还在观战的秦无意现在已经不见时,忙用视线寻找,却发现他正在护住一个黄衣女子。几名持枪蒙面的男子不知是因为紧张还是因为枪法不准,连发了几枪都没有在第一时间射中陈之唤,只是打伤了陈之唤的小妾一枝香。而陈之唤的几名保镖也第一时间出现在了现场,那几名保镖武功很高,一时间枪声刀剑乱作一团。秦无意眼见一枚飞镖向李挽云射来,他急忙上前将她扑倒在地,那枚飞镖射入了秦无意的后肩。几名保镖将秦无意和李挽云团团围住,秦无意一人难敌众人,眼见就要落败,灰衣人见秦无意有危险,飞身赶了过来,飞掌震飞了几人。有几名保镖杀红了眼,几声枪响把灰衣人当场击毙,秦

无意扶着李挽云不敢动，不一会儿整个宅院就被军队包围了。季南尘见到灰衣人倒地，疯了一样地冲进人群，把浑身是血的灰衣人抱在怀里，大哭起来。灰衣人面色雪白，长长的睫毛马上就要合上，季南尘问："你到底是谁？"灰衣人缓缓地合上眼，脸上挂着一丝笑容。季南尘哭得更伤心了，才刚遇到今生所爱，转眼就又失去了。那几名黑衣蒙面人已全被一一射杀。陈之唤这才从桌子后面狼狈不堪地爬了出来。他想把现场的所有人都抓起来，但来宾非富即贵，也有些难办，而且很快，卢定邦也带着几十名军人赶了过来，秦无意、李挽云和季南尘得以全身而退。最要命的是季南尘死活不肯把西园雪的尸体还给西园公望。最后卢定邦向季家施加压力，但奇怪的是季南尘坚持说西园雪的尸体不见了。西园雪是西园公望的义子，更是他唯一的私生子，他将一身的武艺和本领都传授给了西园雪，西园雪也是他的左膀右臂，老来丧子，西园公望自然十分悲伤。如今居然连尸体也不能找回来他哪里肯罢休，明里暗里去过季府几次，私下也找人打听了，但西园雪的尸体就这样凭空消失了。

而季南尘在受此打击后也忽然厌倦了灯红酒绿的生活，闭门思过起来。

第六十二章　贪心不足

季家，经过一段时间的苦心经营，李挽云一手提拔起来的以留学生及大学生为主的青年骨干力量已经渗透到了家族集团的方方面面，但是很多时候她依旧觉得分身乏术。而她的弟弟李挽风更是将他以前混社会的本领拿了出来，三教九流社会各层都有他的朋友，而且现在他一朝得势别人对他更是青睐有加。

"少爷，日本新上任的清口公使想明天约你吃饭。"别院里一个一身劲装的中年男子垂手站立，此人正是李挽云以前的得力干将，品楼的保安队长石佛金刚云中龙，李挽风刚接管码头生意时李挽云怕他应付不过来，特地把云中龙拨给了他使用。在上海这个鱼龙混杂的地方，云中龙跟着李挽风的确有了一番作为，两人都到过社会的最底层，所以都知道社会的险恶和生活的不易，在处理事情时往往也更不留情面和狠辣，这是季家这个商人家庭以前所没有的手段。所以除了正常的码头生意，李挽风早已经不满足现状，他暗中结交了上海最大的洪帮和青帮，开始做起了烟馆生意，并且也在码头上运输鸦片。所以上海滩的各路人物都想结交他。

"嗯，那明晚帮我在松鹤楼订一桌酒菜。"李挽风头也没有抬，手中把玩着一块手帕。

"还有，虹口烟馆有个小赤佬偷偷拿了仓库的两箱烟土，被

青帮的兄弟追回来了，问怎么处理？"云中龙看着李挽风陶醉的样子，想笑没敢笑。

"这还用问，直接绑块石头扔到黄浦江里面种荷花。"李挽风有点不耐烦。

"另外，我们想在法租界办个跑马场，批文却一直办不下来。"云中龙又说。

"你帮我和法国领事约个时间。在这之前先把他的秘书用石膏做成石膏像给他送到领事府上，他就知道怎么做了。"李挽风摆摆手，他有些累了。他想到今天在码头上遇到的那个黄衣女子，嘿嘿，有点意思。

但是他又想到在季家那么长时间了，他工作那么努力却始终得不到季家的承认，他始终都是季家的一条狗。他想到了季家的三小姐，如果能够娶到季家的三小姐，也就能够名正言顺地成为季家的人了，到时更是呼风唤雨都不成问题了。可惜这季家三小姐似乎也很难搞，李挽云曾对他提过以前在嘉兴妓院曾看到她和一个妓女抢一个花花公子，回到上海又喜欢上了马术，每天在家里骑着马越过障碍和侧身赛马，听说和英俊的马术教练打得火热。后来又追小K追到了南洋，最近才回到上海，却又在爪哇国首富女儿的生日晚宴上发了一回疯。李挽风为了讨好季家老太爷，特地介绍了一个精通易经的江湖术士王道长给他，这个江湖术士很会察言观色，尽拣老太爷喜欢的说，现在每晚吃饭旁的人不在问题不大，王道长不在却是万万不行的，王道长每日饭前饭后都要把老太爷的生平伟绩编成歌来唱颂，旁人听了觉得肉麻，他两人却是相见恨晚引为知己。也因为王道长的关系老太爷觉得李挽风很懂自己的心。

李挽风有空的时候会常去季府看望季小姐，他成了她唯一的客人，平时她也不出去应酬，而且名声坏了，一般的名门巨富都不会再来主动找她。而李挽风本来就是花花公子出身，一般的女子根本不可能是他的对手，况且这次他是投其所好，志在必得，所以对季南尘温柔体贴，极尽其能。一个月后他就向季老太爷提亲，季南尘一直都在用心追求自己喜欢的人，认真一回想还真没有什么人来主动追过她，既然得不到所爱的人，被人爱也是不错的事，也为了尽快从痛苦的往事中走出来，季南尘居然很爽快地答应了这门亲事。季三小姐也老大不小了，简直成了季家人的一块心病，所以现在有人提亲，而且李挽风早年留学美国，现在也算事业有成，这样亲上加亲自然是极好的一件事。婚礼当天宾朋满座，热闹非凡。上海滩上的名流政要自不必说，连一些平时不大联系的远房亲戚都一一登门道贺。

第六十三章　暗杀行动

自从那天在长三书寓一宴，洪大成完全把秦无意当成了自己人，两人每天早上还在静安寺湖边喝茶，而且很多事情都不再避着秦无意。

"你知道我为什么要在静安寺买这样大的一块墓地吗？"洪大成问。秦无意笑而不答。

"因为我一生杀人太多了，我们家的人有一大半已经先一步到了那里。"洪大成很无奈。

"洪爷。"来人是中年分头，洪帮的分舵主黄罗伞，那天晚上秦无意也见过，据说他的身手十分快，杀人身上从来不会染上血，洪大成示意他说下去。

"季家的李挽风最近不满足水上运鸦片的生意，还想在虹口办六家烟馆，那里一直是我们的地盘，这分明是抢我们的生意，而且他现在想要加入我们洪帮，我怕这小子是条蛇，到时焐热了，反倒把我们咬了。"黄罗伞压低了声音说。

"你呀，怎么也知道怕了？上海滩，从来都是有钱大家赚嘛，多个朋友多条路，入洪帮的事你去安排，看哪天开香堂合适，烟馆的事嘛，我看也可以，只要这小子有这个能耐，现在的上海只有烟土是包赚不赔的买卖。"洪大成说。黄罗伞行了礼下去了。

"这季家也做烟土生意？"秦无意知道李挽风是李挽云的弟

弟，还是忍不住关心下。

"那倒未必，季家一向做正经生意，和我们少有往来，不过季家在上海滩那么多年，根深蒂固，和各国公使和上流社会都有往来，所谓水清则无鱼，如果能把季家拉下水未尝不是一件好事。"洪大成意味深长地说。

"无意呀，我知道你和兴中会走得很近。"洪大成继续说。秦无意知道他手眼通天，想不到连自己是兴中会的人他也知道，所以大惊之下站起身来。

"坐坐，年轻人，我前面还夸你沉得住气呢。呵呵，陈连知那个老东西一直同情革命支持革命，给革命党提供经费，想不到这次居然敢冒险把你们引到家里来，他可豁得出去。总算他人脉深厚，出来这样的事居然还能全身而退。"洪大成喝了一口茶。

"唉，我们原打算在陈家宅子外面等陈之唤下车时动手的，谁想到陈之唤要和他的四姨太票戏，下午就到了陈宅化妆，原本是要放弃这次行动的，但兴中会的几位兄弟急红了眼，说什么都不肯放弃这次机会，才导致行动失败。"秦无意见洪大成什么都知道，也就不瞒着了。

"怎么样，伤口好点没？"洪大成问的是那飞镖的伤。

"皮外伤，不碍事。"秦无意心想真是什么都瞒不过他的眼睛。

"这陈之唤一向行事小心，而且时时带着保镖，出了这次事后，恐怕更不容易找机会下手。对付这样的人要智取。"洪大成啪啪啪拍了几下掌，从门外进来两个人。

"介绍两个帮手给你。"洪大成指着那两个来人。

"怎么是你们？"秦无意见他俩正是在青浦客栈中耍花样偷了几人行李的男女，不想在这里又见到。

"太好了，都是老相识，我特地从外围洪帮兄弟中选了这两

205

位帮你的忙,一来他们是生面孔,二来两人都有绝活,你们三人在一起合作真可以胜过千军万马。这位是李左左,江湖人称拈花胜手,什么东西只要他想得到都可以轻松得来。"洪大成指着男子道,"这位是李右右,人称滴水观音,演什么像什么,他们是一对双胞胎。"又指着女子道。

两人就跟着秦无意一道,经过侧面打听,知道陈之唤除了玩女人外,最喜欢的就是赌,而且都是豪赌。卢定邦安排了一帮人陪他赌,他们在上面的包厢玩,秦无意和李左左在楼下的包厢里等着,每次陈之唤输了钱秦无意就派人把钱给送去,如此十天下来,陈之唤终于对秦无意有了兴趣,派人来请。

坐定后,陈之唤放下手中擦手的毛巾道:"说吧,有什么事需要我帮忙?"

"大老爷明见,小人初来贵宝地人生地不熟,所以想拜见一下老爷您,但也没有门路,只能出此下策。"李左左又作揖又行礼,很会来事。

"好说好说,这是名片,你以后有事可以找我的秘书。"督军今天心情不错。李左左又借口喜欢打麻将,当晚陪督军打了一宿的牌。几天下来,他和督军称兄道弟,当然也输了不少钱。

"兄弟住在哪里呀?"陈之唤这天心情好随口问。

"小的住在理查饭店,我包了一层楼,我妹妹说来了这么多天都还没有见到督军大人你,小人今晚在理查饭店设宴,不知督军大人有没有时间光临寒舍。"李左左马上抓住了这个机会。督军这几天接触下来也知道他是东北来的肥猪,带了不少钱,想要在上海进口德国的药品,这需要政府的批文,所以一心讨好他,他也乐得接受。当晚他们一行就去了理查饭店,最让督军大人惊艳的还是李左左的妹妹,风情万种又不谙世事,集单纯与妩媚于一身,看得督军路都走不动。接下去几天很快就办好了批文,条件是要娶他妹妹做五姨太。李左左推说妹妹在老家定了亲，但是又不反对两人一起看戏玩乐，时间越长，督军越离不开她。这天李右右乘了马车来见督军，说要和他去放风筝，这个大得可以当她爷爷的人居然一口答应了，放下公文披了件衣服就下了楼。他把随从打发到了另一辆马车上，自己和李右右一辆马车。一路上马车出了城在泥路上颠着，他用手摸着李右右白嫩的大腿别提有多高兴了，就在这时李右右忽然用匕首刺向陈之唤，他大惊，但他毕竟是行伍出身，反应也相当快，一推门就跳出了马车，还没站起身就身中数枪，面前站着的正是秦无意和李左左，后面马车上的随从也一并被解决了。

　　陈之唤一死，浙江督军很快起兵占领了上海，秦无意被任命为上海警察局局长，这不是他乐意的，但也没有办法。

第六十四章　金蝉脱壳

爪哇海上，夜色中一艘游轮正在缓缓地行使着，船舷边一男一女两个年轻人正在望着大海赏月。

"马上就要到爪哇国了，你确定不和我一起下船吗？"女子一身华丽的礼服，精致的面料在夜色下发着幽幽的微光。

"不了，我在船上等你，然后一起去英国，我真想马上见到你说的莫赫悬崖。"那男子一身黑袍，灰白的长发在夜风中随风起舞。

"嗯，好的，到了那里我相信你会喜欢，我们家在悬崖的不远处有农场，父亲养了很多骏马，在悬崖边迎风奔跑，特别是暴风雨快来的那一刻，海面上波涛诡谲，碧绿的草色间开满了小小的黄花，那时我们共乘一骑，你说好不好？"女子温柔地将头靠在男子的肩上，男子没有拒绝，她低头看到了他手腕上的藤手镯，微微地笑了。第一次见面时他救了她，她送给他很多东西，他都没有收，只收了这只清代的藤手镯，这对藤手镯是一对的，她自己也带了一只。

"谢谢你。"西园雪微微地转过头，轻声地在她耳边说了这一句。他早就厌倦了这种打打杀杀的日子，这么多年来他所做的一切应该已经可以报答西园公望对他的养育之恩了。而在偶遇这位南洋首富的千金 Alice 后，他忽然看到了人生的另一种可能，在和 Alice 一起时她经常对他讲海外不同的游历生活，而这一次她居然会为了他抛开一切，甚至不惜动用干爹陈之唤的关系，陪他来演这场金蝉脱壳的戏码。

"怎么会，是我要谢谢你愿意陪着我。"Alice 在见到西园雪的第一眼起就知道这是自己一生在追寻的人。夜色下的西园雪侧面是这样诱人，清冷的、孤绝的、俊美的，虽然他从来都是这样冷冷的，但只要他不拒绝自己，我愿意用一生的时间去等他点头，Alice 在心中这样鼓励自己。远远地都已经能看到陆地了，Alice 从来没有像这刻一样觉得很幸福，她的一生都生活在物质的极大满足中，但和这月下的一刻相比，似乎都不值一提。

季南城这几月很少回家，起先只是晚回来，后来是半夜回来，再后来干脆不回来。李挽云搞不清这样的情况是从什么时候开始的，她很想找他谈一次，但是一直没有机会。好在她公司里的事情也很忙，现在她更是把所有的精力都花在了工作上，也回来得很晚，回家只是为了睡觉，一觉醒来就又去上班。终于有一天，季南城把一个女子带回了家。女子长得很秀丽，年纪很小，姿色不在李挽云之下，最要命的是她的肚子高高隆起。季南城要纳她为妾。看到她即将为季家添后，一家人都没有反对，也没有人来和李挽云这位原配夫人商量。季南城和她的这位新欢住进了正房，李挽云独自一人搬到了厢房。季南城对她连一句解释的话都没有。丫鬟玛丽有时忍不住嘀咕几句，李挽云还要装出一副大度贤惠的姿态。李挽云想自己也不过是一件被买来的商品，又何必去过问人家的价码，多买一件少买一件决定权都在老板的手中。好在季南城现在连公事也过问得少了，每天守着他的新欢宝贝。

这时已经是初冬，天格外的冷，这天是休息日，李挽云睡了大半天才起身，近来她觉得特别的累。才下午天就阴着，好像要

下雪一般，院子中的腊梅开了，阵阵的香。李挽云一人来到院中，有多少时间没有看过腊梅了，又有多少时间没有人陪她看过花了，记忆中季南城从来就没有陪她看过花，他总说那是浪费时间的事，他俩除了工作，一起做过的事情还真的不多。李挽云一度也想说服自己，这些风月都是没事可做的人才会去做的，像他们这样做大事的人的确不应该浪费时间在这上面。李挽云对着腊梅发呆。忽然，她听见一声笑，那是季南城的声音，他居然也会笑，李挽云不禁闻声而去。季南城的卧室挂着白色的蕾丝窗帘，她隔着窗帘望进去，看见季南城正在帮女子梳头，女子巧笑着把一朵身边的水仙采下来插到季南城的耳际，季南城非但没有生气反倒对着女子的耳朵吹气，两人玩玩闹闹笑笑。李挽云彻底绝望了，这段时间她一直在骗自己，在这个家庭中自己是多么的重要，季南城是多么离不开她，季南城要娶那个女子不过是因为那女子有了孩子，孩子，有什么了不起，她迟早有一天也会有。现在她明白了，她错了，他们之间才是爱情。只有相爱的人才会朝朝暮暮都希望能守在一起，也只有和相爱的人在一起时时间才是用来浪费的，而我和季南城又算什么？老板和员工。哈哈，哈哈哈哈哈哈，李挽云真想对天长笑，但是她不能，她还必须端着大太太的架子，不能乱。她想起前些日子无意间听下人议论，季南城原先的太太玉仙根本没有死，因为多年不能生育，被季家人遗弃在了绍兴老家。这个玉仙就是自己的前车之鉴。要坚强，不能让下人看了笑话去。她一个人胡乱地走着，出了季府，盲目地在街上走着，走了很久她在一幢小洋房前站住。她抬起头，不明白自己怎么来到了这里。以前她有很多次一个人远远地望向这里，这里面住着秦无意和她新婚的太太。这时天下起雪来，忽然她很想见一下秦无意，这段时间她一直记挂着那天秦无意为了救她受了伤，现在不知道好了没有。她让下人通传，下人却说秦无意不在。雪越下越大,李挽云一直在雪中等待,她不知道她在等什么,在等秦无意?也许也不是。这时秦无意站在二楼窗边厚厚的帘幔后看着雪中的李挽云,他的心也在战栗,为什么她要来?为什么是现在?而房子的另一边,念销挺着大肚子看着秦无意和雪中的李挽云,心中更是恨意一片。李挽云一直等到天黑也没有见到秦无意,雪把她堆成了雪人。她在回来凄清的路上看到有个老者带着一个小女孩在雪地中拉二胡卖唱,老者拉的是《江河水》,曲调幽怨,李挽云终于哭了出来。老者和小女孩是她的观众,她在雪地中对天长哭,倒把一老一小吓到了。哭够了,李挽云退下手腕上的金手镯放到了他们面前的碗中,老者连声说谢谢。李挽云回去就病了,昏昏沉沉地做了一夜乱梦,但第二天她又挣扎着去上班,玛丽给她煮好了红枣黄芪小米粥她也一口吃不下去。

第六十五章　久别重逢

刚到办公室就看到桌上的报纸上有张大照片说名妓为财杀了八旬老者。李挽云再一看那照片发现那名妓正是锦云，她连忙派人去打点，但是派出去的人说锦云犯的是杀人的重罪，不能被保释。李挽云第一次觉得非救锦云不可，好像她才是自己真正的亲人。她决定去见秦无意，她在他办公室外等了很久，她想也许他会像昨夜一样不见自己吧。

办公室里，秦无意的对面正站着流氓头子阿三。

"老大，最近不知道从哪里冒出来个瘪三，在我们的几个赌场外面趁天黑把赌赢的客人打晕了剥猪猡，这时间一长，赌客都不敢来了呀。"阿三一身黑色短打，对襟衣服，挽着袖，敞着怀，手腕上的刺青和胸前的金怀表都露在外面，手指上还戴着一只耀眼的金刚钻戒指。

"你让洪帮的兄弟先去打听打听都是些什么来头。"秦无意想不到有朝一日自己居然会和这些流氓混在一处。

"打听过了，都是些安徽来的难民。"阿三露出金牙。

"你找人去和他们老大谈，说在赌场每月的盈利中抽出一成，交给这些人，让他们充当赌客的保镖，要是他们再不听话，就让他们吃三洞六刀。"秦无意拿剪刀修剪着桌上的水仙花叶。

"还有呀，老大，巡捕房每月都来捉赌客，还要游街示众，这个也影响生意呀。"阿三继续说。

"笨呀,你不会安排些兄弟让租界的巡捕房抓呀,抓了游游街再放回来呀。还有什么事?"秦无意每天都违心地活着。

好不容易才打发了阿三,进来的却是李挽云。她见秦无意坐在那里,还是一身灰色的长衫,在这个遍地警服的地方显得有些特别。他做了个请的手势。李挽云看了他的办公室一眼,白墙,只有很少的几件家具,也没有公文,桌上一个清代黄铜镂空雕花如意熏炉里燃着香,种了一盆水仙,靠窗种了很多花,还放了一把唐代的古琴,若说是办公室,真有些出奇了。

"你找我什么事?"秦无意淡淡地说。他们谁也没有提昨夜雪中的事。

"你的伤好点没?"李挽云不敢去看秦无意的脸。

"好多了,不劳你费心。"秦无意还是很淡然。

"哦。"李挽云低头不语。

"我很忙,你还有什么事?"秦无意手中在玩着一把刀。

"我有一个朋友,叫锦云,她杀了人,我想你能不能帮帮忙让我进去看下她?"李挽云低着头说得很艰难。

"就为了这事?"秦无意居然有些失望,原来昨天她在雪中站了那么久只是为了这个叫锦云的人。

"是的。"李挽云点头。

"知道了,你走吧,我会安排的。"秦无意站起来送客。他看着李挽云走下楼,缓缓地,忽然他看到她在台阶上倒了下去。他立即甩门跑了出去,一把抱起李挽云上了车,来到郊外他的别院。

第二天,李挽云到中午才醒。她一醒来,看到秦无意坐在床边,这是秦无意第二次等待昏迷中的她醒来。第一次他不知道她是谁,这一次他知道她是谁,但同样遥不可及,他俩长时间地对

视，好像从来不曾认识对方。

"你过得好吗？"这是秦无意这么长时间以来第一次问候，他想听到的回答是好还是不好，也许他这时实在不知道要说些什么吧。

"不好，不好，一点都不好。"忽然李挽云一把抓住他大哭起来，这些天李挽云觉得自己变得脆弱了，好像自己成了天底下最伤心的人。等到她哭累了，秦无意抬起她的头吻住了她的唇，他们一直都在压抑自己欺骗自己，这时却不再压抑。李挽云也热烈地回应他。这样的吻是熟悉的，又是陌生的，夹杂着生活的各种痛楚，两人都想把对方融化了。终于他们开始解对方的衣服，不知道是谁先主动的，秦无意的身体是修长而挺拔的，而李挽云的如雪肌肤玲珑身材也是秦无意一直渴望的，两人在床上缠绵一遍又一遍，好像把分别以来的悲苦都用身体的交缠诉尽了，他们累了就互相抱着，但是都不开口说话，也没有许下未来，他们总是相逢在错的时间和地点。

第六十六章　东窗事发

当李挽云回到季府,意外的是季府的人都在,李挽风跪在大厅里,上面坐着老太爷,边上坐着季南城。

"你回来得正好,你看看你这个好弟弟都在外面做了些什么!"老太爷大发雷霆,把一本本账本劈头盖脸地扔到了李挽风的头上,李挽云还是第一次看老太爷发这么大的火。李挽云吓得也不敢去捡地上的账本,只是在一边垂首站着。

"南城呀,你也是,每天就知道躲在家里,把偌大的家业都交给一个女人,这样才让外人有了钻空子的机会。他不但利用家里的码头运鸦片,还在虹口开了六家烟馆,季家的脸都给他丢完了。"老太爷继续骂。李挽云在一边听了暗自心惊,想不到弟弟居然闯了这么大的祸。

"老爷子,如今在这上海滩上,鸦片是最赚钱的买卖,人家都在抢着做。而且我们也赚了不少钱,过些日子我们还可以把洪帮其他的烟馆都吞并过来。"李挽风辩解。

"好好好,你现在翅膀硬了,居然还和洪帮也沾了边,你赚的钱你留着自己花,我们这样的清白人家容不下你!"老太爷说着把手中的茶碗向李挽风头上扔去。李挽风没躲,顿时头破血流。李挽云心疼弟弟,忙用手帕去包伤口。

"死不了,走就走,你们到时不要后悔!"李挽风推开李挽云的手,负气出去了,头也不回,把老太爷气得背过气去。

第六十七章　不得已的流产

　　因为李挽风的缘故，季家让李挽云辞去一切工作，待在家中，美其名曰帮二嫂管理家里的事。

　　李挽云的母亲听到儿子的事，一时想不开，急火攻心，居然去世了，老太太的丧事季家没有管，李挽云一个人忙前忙后的，累了也不敢说累。入夜又下起了雪，一天中前来吊唁的人也没有几个，李挽云一人跪在地上，连要站起的力气都没有。这时有个人走进来，李挽云抬头，居然是秦无意，穿了黑色的大衣，他在灵前行了礼上了香，李挽云还了礼。李挽云送秦无意出来，外面满天的飞雪，在有灯光的廊下耀眼地闪现舞动。

　　"你怎么来了？"李挽云看着飞雪站定了。

　　"我来看看你。"秦无意心中很想说我在任何时候都希望在你身边，但是说出来的话却简短平静。

　　"你放心吧，我很好。"李挽云今天脸色分外惨白。秦无意很想上前给她一个拥抱，这时丫鬟玛丽过来找李挽云。

　　"你等我一下，我去去就来。"李挽云走了。等她把事情处理好再回来时，廊下空空无人，在积满落雪的廊椅上写着一个空灵的云字，上面放着一枝腊梅花。李挽云拿起腊梅来，对着腊梅有些失神。

　　家里的后院要重修，萨玛把这些活交给李挽云做，李挽云本来怕一向忙惯了，闲下来会不适应，却发现这段时间特别累，稍稍一干活就吃不消。夜里特地早点睡,第二天却一样的乏力想睡觉。再过了段时间她发现自己的例假没有来,偷偷找了个医生看,却发现自己已经怀孕了,当她知道这个消息无疑是五雷轰顶。她已经很长时间没有和季南城同房,那么这个孩子只可能是秦无意的。但是自从那次以后秦无意再也没有找过自己,而且她也知道秦无意的妻子马上就要生孩子了。夜里李挽云一个人躺在床上,现在她吃东西有些想吐,她第一次知道怀孕是这样的感觉,她拍着肚子轻柔地说:"孩子呀,你来得真不是时候,别的孩子来到这个世界上当父母的都是欢天喜地的,而你来到这世界上父亲不知道,母亲却愁眉苦脸的。我对不起你呀,这几天你就好好陪着我吧,我能给你几天的生命呢,两天,还是三天?"说到这里,李挽云哭了,这样的苦只有自己知道,也只有自己独立承担。过了几天她一个人找医生做了流产手术,一起做手术的还有另外两个人,一个是45岁的大婶,黑黑壮壮,做完手术像没事一样,只是静静地蜷缩在床上,边上陪着同龄的大妈。另一个是个少女,做完了脸色煞白,有个小男朋友在边上问长问短。

　　李挽云一个人来,医生的刀子一刀刀地剪着,好像把她的心也剪了一个遍。她出来后又失声痛哭,她不知道这个孩子是男还是女,她这个做母亲的却亲手杀了他。为什么,为什么自己不能勇敢一点,带着这个孩子离开这个家?这还算是家吗?我到底还在留恋什么?李挽云在心底这样问自己,她恨自己,恨自己永远做出错误的决定,人生在自己的虚荣心下终于被搞得一团糟。她的那些华服珠宝、美宅车马炫耀给世人看,其实又有几个人真的在意,她以为自己拥有了得意的人生,可事实却是她所编织的华丽蛛网一直以来只是骗了自己而已。后花园的结构图画好了,季府女眷多,所以做了个隔离网。李挽云做完手术后,恶露不尽,已经近一个月了,一直流着暗黑色的血,工地上事情又多,她都强撑着。

第六十八章　消磨时光

这一天，秦无意派人来通知她，让她半夜到城西的乱葬岗等他。下过雪，四下白茫茫的一片，过了一会儿一辆车子驶来，秦无意背着一个人下了车，李挽云一看正是锦云，满身的血，李挽云大惊。

"她怎么了？"李挽云问。

"没事，一点皮外伤，她杀了人，弄出来不容易，我让同室的犯人用刀将她割破了点皮，拍了照，就说互相斗殴，死了，你赶快送她离开上海吧。"秦无意说。李挽云先把锦云送到了宾馆，叫了医生治了伤，本来想请人把锦云送回嘉兴，锦云却不愿意，李挽云给了她钱，让她暂时藏身在石库门的一个亭子间里，这里鱼龙混杂，外人也很难找到她。她换了名字，夜里偶尔站在街上接些客人。白天李挽云常来看她，说起她跟着贺逸梵来到上海的经历，当时，贺逸梵帮她赎了身，两人好了一阵子，谁知之后来了个女学生，家里好像是嘉善的一个富户，两人相见恨晚，认识不到一个月就结婚了。贺逸梵对锦云还是不错的，给了她一笔钱，锦云也马上认识了一个赌场的白相人，人长得很招人喜欢，结果同居在一起后，一天醒来，白相人带着锦云的钱跑了。都说上海是个有魔力的地方，锦云山穷水尽也不愿离开上海，后来傍上一个八十多岁的宁波富翁，哪知道好日子过了没几天，几房姨太太吵架，失手弄死了老头子，锦云最没有背景，就被他的儿女们送到警察局顶罪。李挽云听完锦云这段时间的遭遇也是不胜唏嘘。

公司的事情不管后，李挽云白天晚上都空得很，现在她也厌倦了以前那些酒肉朋友，除了找锦云聊天，她整日都窝在季府。早上到老太太那里请安，老太太的病时好时坏，脑子糊涂时就喊她别人的名字，喊什么她都答应着。老太太平时除了下厨，最喜欢的就是买鞋子，她一身衣服都很简朴，却特别喜欢买鞋子。现在李挽云有空了也会陪她去，一买就是七八双，满满地放满了边上的两间房。

季府的后院改建了一段时间了，靠北面有个做豆腐的作坊，老太爷的祖上以前在绍兴就是做豆腐的，所以老太爷特地把绍兴废弃的豆腐作坊原样拆了来，一块砖一块砖的在院子中复原，又请了绍兴人来做豆腐，季府一日三餐都离不开自己作坊里做的豆腐，老太爷好像永远也吃不厌一样。李挽云在豆腐作坊闲逛了一会儿，她觉得自己是在熬日子，在等什么呢，她自己也不知道，现在她在季府是可有可无的一个存在。季府有个池塘，夏天开满荷花，以前匆匆经过也见过，现在岸边积了些白雪，另一种萧瑟的感觉，这样的风景反倒更适合李挽云现在的心情。自己终于也有了空闲时间，就是没有闲情，每天的日子都是空空的，像极了这个空寂的院子。

她又转到萨玛的院子，还没进门就是一股药味和一阵阵的咳嗽声。下人说萨玛出门了，李挽云自己进去，她的小侄子道流坐在桌旁和丫鬟打牌，打输了就要哭闹一场，丫鬟叫翠屏，十六七岁的模样，白净的脸皮，有些明丽，梳着两把辫子。道流无论干什么，只要有输赢的，便是只能赢，不能输，她早就习惯了他这样的脾气，稍受挫就要哭一场，眼睛红红的，白色的小胖脸氽

灵灵的，她最烦他这样，所以见他又哭，躺在罗汉床上装睡。道流哭一会儿，没人理，自个儿又笑了。道疏在一边吃橘子。

"这橘子也太酸了。"道疏抱怨。

"那你叫它太酸老君好了。"道流的心情很好。

"哎，谁放屁？"道疏问。

"肯定是奶奶放的。"道流又在一边学起奶奶颤颤巍巍地走路的样子。

"噗。"他做了个放屁的样子，"噗。"接着他又做了个放屁的样子。把翠屏和道疏都逗笑了。他又把翠屏床上的枕头拉出来，找了个花梨木的茶托放在两个矮花架中间搭小床。

"这下好了，我从今往后就睡这小床，又可以和你在一起，又不烦你。"道疏还拉了翠屏新缝好的绣花薄被盖在自己身上，被子太大，直拖到地上。

"啊呀呀，你快下来，一会儿茶托断了，再摔着你。"翠屏终究还是受不住他的闹，翻身起来去抢他的被子。

"你好女性化哦。"道疏故意大惊小怪。

"哦，算了，你本来就是女人。"他想了一下又说，见翠屏拉被子，裹了被子跳下来就向一边逃去。两人追来跑去。

李挽云觉得也没有趣味，不进去也罢。本来想去看看季南尘，忽然想起来她已经跟着李挽风离开了季府。李挽云有些怅然。经过这段时间的梳理，她发现季府的内部管理也是问题多多，但是几件事下来她发现家务事的管理远比公司管理要难得多，管家和老佣人都是季家的老人，根本没有人真心理会她这个过了气的大太太，表面上能听话已经算是给她面子了，要不然连面子都懒得维持。一灰心，很多事她也懒得再管。闲得发慌时她养了一只小猫，那是一只流浪猫，白色的身体上有些黑色的斑点，说不上漂亮，有一次季南城偶尔看见，便说养猫也不养一只漂亮些的。人和人之间讲缘分，人和动物之间也讲缘分。那天李挽云一人在院子中发呆，这只猫就来到身边，一直静静地陪着她没有离开。一开始她走了，猫还站在哪里，她忽然觉得这只猫会不会是她逝去孩子的转世，觉得特别亲近，就把它带了回去。以后每次回到院中，刚开门猫咪就会对她叫，她觉得终于也有人在等她了。她叫它小花，后来发现它是公的，她很宠爱它，给它买了法国进口的整幢小洋楼，还有德国进口的猫粮，又在脖子上给它带了两个老凤祥银楼的足金铃铛，丫鬟玛丽天天给它洗澡，李挽云散步时也带着它，小花出门时一般都很不情愿，生怕去了就不回来，总用爪子勾住地，或者索性朝天躺在地上不走，李挽云反正整日都没事，由着它到东到西，消磨时光。回来时小花总是跑得很快，走在前面。有了小花，日子也好过一些。

第六十九章　意外的消息

转眼又是春天，这一天李挽风托人要见挽云，这是他离开季府后第一次见她。她听人说李挽风离开季府后，黄罗伞就抢了他在虹口的六家烟馆，李挽风一气之下把黄罗伞杀了，不但抢回了六家烟馆，还把黄罗伞的地盘也一口吞掉，洪帮洪大成派人追杀他，他居然还一不做二不休地把洪大成也杀了，洪大成死前曾说谁能杀了李挽风谁就是洪帮新的老大，所以上海滩要杀李挽风的人不计其数，母亲的葬礼他也没有敢参加。而他索性在日本公使馆边上买了房子，在日本人的庇护下过日子。

几个保镖带着李挽云来到屋中。这是一幢英式的小洋楼，院墙外站着日本兵，门口站着别着双枪的卫兵。大厅中两把紫檀太师椅，一人半靠在椅子上，一条腿架在椅子上。

"坐呀，姐姐。"那人正是李挽风，两边立着两排插着枪的保镖，黑色的裤子，黑色的对襟衫敞开着，露出里面白色的衣服，双手背着。

"你找我来什么事？"李挽云在最边上坐下，她很不习惯这样的氛围。

"没事就不能找你呀，我的亲姐姐？你可是我在这个世界上唯一的亲人了。"李挽风命人上茶。李挽云冷哼一声。

"唉，母亲大人去世我不能去，我知道你对我不满意，但是那有什么办法，你看看我现在的处境，我是连大街都不敢上。"李挽风叹气。

"那是你自找的。"李挽云愤愤道。

"季家人对我的羞辱我迟早要千百倍奉还，姐姐你给他们当牛做马他们又是怎么对你的？"李挽风道。

"我的事不用你管。"李挽云说。

"好好，我也不想管你的事，这几天我的兄弟在外面办事，你猜抓到了谁？"李挽风有些不怀好意。李挽云没有睬他。

"嘿嘿，我们抓到了你那个弟媳的姘头，我就说嘛，季南城的弟弟长期卧床，这女人也受得了？有个姘头也正常，但是主要是两人相好在前，季家二少爷拆散在后，所以两人合谋在二少爷的饭菜里下了慢性毒药，所以二少爷才会长期卧病在床。而且两人一直想要谋划季家的家财，在季南城的食物中也下了药，只不过那种药是使他终身无后，所以我可怜的姐姐你到今天还没有身孕。"李挽风的话使李挽云大吃一惊，可怜自己一直把萨玛当成亲人一样，怎么会这样？怪不得以前去找大嫂，很多次她都不在家，那么季南城现在快要生产的孩子又是谁的？李挽云不敢再想下去，瘫在椅子上。

"姐姐你放心，你亲弟弟肯定是向着你的，萨玛的把柄现在在我的手里，她想不听我的话也不行了，你回去等我的好消息吧，季家的一切迟早都是我们两人的。"李挽风说着哈哈大笑。

"季南尘呢？"李挽云忽然想起来。

"在隔壁院子呢，她现在是清口公使的太太了。"李挽风说得很平常，李挽云受了太多刺激，有些反应不过来。

第七十章　被冤入狱

　　卢公馆入夜，张灯结彩，秦无意喜得千金，宾客都走后，一家人坐在客厅聊天。
　　"无意呀，这个女孩长得和你很像呀，特别是这一双眼睛，如一池秋水，我看叫她秦秋水好了。"西园公望说着把一柄小巧的玉如意挂在婴儿的脖子上。
　　"嗯，谢谢大伯取名字。"秦无意笑笑。
　　"好好好，秦秋水，很好的名字。"卢定邦在一边大笑。孩子的脖子上挂满了各样的金银。
　　"说起来，今天正是双喜临门，今天不但是秋水满月之日，而且我接到密报，一直以来与我们为敌的大东流在来中国的途中包括教主在内的一干人等遇到风暴全部葬身海底，无意呀，从此再也没有人会追杀你了。"西园公望拍拍秦无意的肩头。一旁正要过来抱孩子的念销却一下子愣住，好在没有人发觉她的反常。
　　这一天，念销一个人在房中。
　　"左护法。"念销大惊，转过头却发现是西园公望站在门口，他轻轻地关上门。
　　"不用怕，我不会揭穿你的身份。"西园公望依然一身黑衣，自从西园雪死后他一下子也老了不少。

"你是怎么认出我的？"念销在吃惊过后马上又恢复了平静，她知道现在西园公望要杀她易如反掌。

"我没有认出你，但是你身上中的绝城掌之毒却出卖了你，你以为这是大东流的绝学，但你不知道这绝城掌却是我祖父所发明。你知道我要的是什么，到时候你只要把东西交给我，我就能把解药给你，到时候你们一家三口想到哪里去快活我都不会拦你们。"西园公望开出了条件。

季府，本来快要临盆的季南城的小妾却忽然死了，季南城像疯了一样，后来发现李挽云的丫鬟玛丽有重大作案嫌疑，而玛丽一口咬定是李挽云心中嫉妒派她毒杀的小妾。一尸两命，季府上下对李挽云恨之入骨。在对她几番家法逼供下，她依然没有承认杀死了小妾。季家人报了案，她被投入了死牢。

李宅，李挽风对跪在大厅的二嫂大发雷霆，"你个臭婊子，我让你回去对付季家的人，你倒好，居然把我的姐姐弄到牢里去了，你说，你还有什么好说的？"

"哈哈哈哈哈哈……不错，是我做的，玛丽是我安排给你姐姐的。你要杀要剐随你便，你要我做什么都可以，但你不应该把青云杀了，你杀了他，我就杀了你姐姐，反正我也不想活了，我死之前让你也尝尝失去亲人的滋味。"二嫂说着就向李挽风冲来，李挽风一把推开她。

"你疯了，你的命、我的命现在都是日本人的，我们两个不把季家控制了献给日本人，谁也别想活，再说了，你的姘头，那个叫什么青云的也不是我想杀的，是日本人杀的，他知道的东西太多了，留不得。"李挽风一挥手，手下从里屋推出两个五花大绑的小男孩。二嫂看到儿子立即没了脾气，抱着儿子痛哭起来。

"好了，开弓没有回头箭，你的儿子先放在我这里，我帮你好好地保护他们，你回去好好想想怎么对付你家的那些人，老太

爷那里我安排的道士给他服了不少金丹，应该活不过这个月，剩下的人自己想办法，不要再给我惹麻烦。"李挽风挥挥手，手下把二嫂押了下去。

第七十一章　逃出生天

锦云来找秦无意，说李挽云杀了人。但季家在法租界，所以李挽云也理所当然地被关在了法租界的死牢里，那里不是秦无意的管辖范围。秦无意活动了几天都没有结果。最后他通过洪帮的兄弟硬是把李挽云从牢里救了出来，两人离开了上海。李挽云在季家就受了很重的伤，一直昏死着，醒过来时在一辆马车上。她发现自己横躺在秦无意的腿上。

"我死了吗？"李挽云问。

"死了，我们都在地狱。"秦无意这几天一直都提心吊胆的，他怕法国人、卢家的人、季家的人来追杀他们，但是都没有。现在已经到了安徽境内，他的心好不容易才放了下来，看到李挽云醒了，心情也好了起来。

"傻瓜，我们现在到安徽了。"他看李挽云一脸迷茫，又不好意思和她开玩笑了。

"你救了我？"李挽云问。

"不然还有谁？"秦无意抚摸着她的长发。

"你居然为了我抛下了一切。可是我现在这个样子……"李挽云头脑清醒过来，想到自己现在的模样不禁自卑起来。

"傻瓜，不就是少了两颗牙吗？这世界上的美人太多了，少两颗牙的美人却只有你一个。唉，我一直都在一错再错，只有你

在我身边了,我才发现我的生活又变对了。"秦无意望着李挽云黑洞洞的嘴微笑着说。

"你不后悔?"李挽云问,如果说在认识季南城之前她的生活是困苦的,那么在季家被毒打的日子就是了无生趣,而后来她进了监狱才知道什么叫作人间地狱,在监狱里像她这样手无缚鸡之力的死刑犯无疑就是最好的凌侮对象,打骂都是日常的,两颗门牙便是那时被打掉的,而身上的伤痕更是数都数不清。

"后悔的,我后悔荒废了这么多的时日没有和你在一起,特别是你最需要我的时候。"秦无意握紧了李挽云的手,那纤细的手上的累累伤痕让他疼惜,虽然这些年也经历了江湖风雨,而在警察局中更是看惯了人间生死,他以为他的心早就死了,但这一刻他觉得非常地心疼。

"你掉的牙呢?"秦无意问。

"你要来干什么?难道想以后用来陪葬呀?"李挽云娇嗔。

"陪葬自然有你来陪,这牙齿嘛就是你这仙姑的圣物,我以后呀要把它供起来,日日焚香祷告,让它的主人好永远爱着我。"秦无意发现自己居然又会开玩笑了。

"扶我起来。"李挽云直起身子,从怀里掏出个小布包,里面正是两颗被打落的门牙,她总觉得身体发肤受之父母,所以一直带在身边,她把牙齿给了秦无意。她撩开竹帘,看到窗外的田野里开遍了黄色的菜花,远处有连绵的青山,扑鼻是阵阵的花香,白色的蝶儿在花间起舞,这是不同于江南的风光。

"又是一年好春光。"看到眼前的美景,她死里逃生不禁感慨,"无意,我们这是要去哪里?"李挽云问。

"我也不知道,再走远些,有你的地方就是我的家,你觉得哪里好我们就在哪里住下来,终此一生,可好?"秦无意从身后抱住她的腰。李挽云忽然觉得幸福原来是这样简单。

两人在一家客栈住了段时间，待李挽云养好了伤才再次上路。

他俩一直往山的深处走。这一日来到了一个村庄，村庄的入口处有片碧绿的池水，一条青砖铺就的小道，小道边有清澈的溪水，一棵高大的枫树，秋天叶子红了一定很美，溪水上有座青石拱桥，还有一棵千年的香樟树横卧在水面上，有牧童在水中放牛，一群鸭子在水中嬉戏，村妇在水中洗衣服，篮子中放着山中刚采下的大竹笋，一切都美得像诗。李挽云忽然觉得她理想的家就是这里了。于是两人沿着小道往里走，小溪一直在身边跟着，变细了，有时隐藏了不见，潺潺的水声却一直都在。这里的建筑粉墙瓦黛，再配上马头墙，有种和江南建筑类似的美，也有很多高墙深宅，村民都很和善。忽然有条花白的小狗在前面拦住去路，见了他们远远地就狂吠不止，李挽云吓得躲在了秦无意身后，他俩走得越近，小狗叫得越响，李挽云吓得不敢走，到了近前，小狗索性围住李挽云的小腿边叫边看，好像随时都要咬上那么一口，李挽云真想拔腿就跑，被秦无意攥住了，好不容易才离开了这条狗。

"这狗呀，你越跑它越追。"秦无意挽住李挽云的手臂。

"不跑，它真咬我的腿怎么办？我的腿可比你的白。"李挽云把头靠在秦无意的肩上。

"谁让你穿裙子的，它如果咬你我就咬它。"秦无意很认真地说道。李挽云被逗笑了。穿过一片橘子林，有一白一黄两条小狗从林子中出来，两个有商有量的，自顾自地见了他俩也不理睬，一路走远了。李挽云刚才受了惊吓，见了这两条温顺的小狗反倒有些不习惯。

"可见呀，这狗和人一样，都是需要爱人的陪伴的，你看这两条狗多么相亲相爱。"说着话对着秦无意暧昧地笑笑。

"谁陪谁呀?"秦无意也笑了,但他马上又意识到什么,李挽云拔腿就跑。

"别跑,狗太太。"秦无意在后面追。两人笑闹着出了果林。此时已是傍晚,眼前出现了一座小庙,庙门很小,但从门前雕花的礓磋儿看起码也是明代的建筑。门前有个葡萄架,门头写着轩辕宫。进了院子,两边的花坛中开着紫色的、粉色的绣球花,靠墙有个尖顶的焚化炉,花坛的石雕栏杆和庙中的木雕栏杆上有很多小狮子,狮子都仰着头一脸的憨笑。李挽云不知道是自己的好心情感染了它们,还是它们奇怪的表情引得她发笑。他俩本来想进来讨一碗素面吃,进了庙李挽云却发现这座正殿居然是一座元代的建筑,她又来了兴趣,前前后后看了个遍,在侧殿居然还有颜真卿的真迹,李挽云也很喜欢,最令她喜爱的则是一幢阴亭,在江南她从来没有见过,只见整座阴亭是仿木质结构,石质坚密,石色纯青,中空为穴,以刀代笔,以石作纸,上面刻着祥云缥缈、仙鹤起舞、相依齐绽并蒂莲的图案。庙中的住持见他俩很喜爱这个阴亭,就细细讲述了它的故事,原来这个阴亭是从后山挖出来的,故事是这样的:明代中叶,有村女周氏自小许配给富家子弟叶时敬,周氏十六岁时因貌美聪慧选妃得中,在被迫进宫前为未婚夫殉情而死,叶时敬倾其所有为其制作了形制别异的坟墓,自己从此不读、不商、不耕、不娶,乞讨为生,几年后死在街头。李挽云被这个故事深深地打动了,爱情有时是冲动的,有时看似无关紧要,但在光阴消散了一切后,唯独它依然直指人心。

"我死了你会为我建这样一座阴亭吗?"李挽云把手挂在秦无意的脖子上。

"你死了我给你陪葬。"秦无意笑笑。

"不,我喜欢这样的坟墓,多漂亮。"李挽云又开始耍小脾气。

"你喜欢雕花今夜我让你雕个够。"秦无意低声对着李挽云一阵坏笑，他的腰间被李挽云重重地拧了一把。两人向住持打听这附近哪里有空房子在租或转卖，住持建议他们到下村看看。

第七十二章　上村和下村

原来这里有两个村子，上村和下村。这时夕阳已经染红了天边，村子里远远升起白色的炊烟，村口有几个小女孩在嬉戏，有一妇人在溪水里洗着什么。秦无意上前问了一声："这位大婶，这里可有空屋子要出租？"那村妇闻言转过头，看清了秦无意后眼睛发亮，迅速地收拾了篮子走上前来，"有，有，我家就有空屋子。你跟我来。"说着就在两人前面领路，一路走一路扭过头，心情也像极好似的，忽然就唱起歌来。唱了几句很快地又换了另一首歌，歌词里有很多的妹妹，她一口一个妹妹地叫着，虽然叫着妹妹，但是眼神却从李挽云的身上掠过，又飞快地在秦无意的身上打上几个滚，热辣辣地看得两人都有些不好意思。但她的脚下却还是飞快地，在田埂上一点也没有要摔倒的意思，进了村她唱得更起劲了，村口有几家人家，有老妇人在门口摘菜，见了她好像也见怪不怪，她那嘹亮的嗓音在安静的小村中犹如道道惊雷。

"两位吃饭了没？没有吃我给你们做葱油面吃，多放些青菜。"村妇又扭头问。她扎了两个麻花辫，系着红绸蝴蝶结，三十多岁的样子，衣衫是乱乱的花，下面是暗绿色的长裤，一只脚裤管卷得老高，赤着脚。

"不用麻烦了，我们吃过了。"秦无意刚要说话，李挽云拦在他前面出了声，她现在觉得眼前这个女子热情过度，倒也说不上危险，但还是有些像《西游记》中的某种妖精，她那屋子想必也是黑漆漆的很可怕。

"前面是村里的祠堂，哦，前面那条巷子叫千户巷，很多人家在上海、杭州、苏州都开着大铺子做着大买卖呢，那个门头，气派得呀，现在有点晚了，改天带你们去看呀，再前面呀还有个千年的古墓，墓上面长着千年的古树，许愿最灵的。"村妇不唱歌时改说话，说话也是滔滔不绝的。忽然她哎哟一声，说是闹肚子，一头钻到大树后方便去了。秦无意和李挽云交换了一个眼色，飞一样地开溜了。

穿过一大片油菜花地，这时天已经完全黑了，四周都很宁静，除了花香，还有一声声的蛙叫，走出去很远，两人不住地回头，都没有见村妇再追来。走到村子最北面，有一座高大的深宅大院的建筑，因为天色已晚，李挽云有些走不动了，两人抱着试试看的心情上前拍门。开门的是一个老者，见两人来投宿，很高兴，说他家老爷去上海做生意，已经几年没有回来了，就留下他和老伴看门，朝南的正院都上了锁，朝北的后院正好都空着，可以租给他们。两人高兴极了，想不到事情这样的顺利，就这样房子也不看，黑灯瞎火地凭着感觉就把房子定下了。

晚上整个后院就他们两个人，整个村庄也安静极了，这是第一晚两人正式地躺在一张床上，又在这偌大的老房子里。听老人讲这房子建于明代，祖上做过兵部左侍郎兼都察院左佥都御史，后来子女分家，前后三进，家具都是现成的，一张雕花的红漆榉木床，灰色的纱帐，月光洒在床前。李挽云伏在秦无意的胸口，一切都如做梦。

"无意，有一件事我一直想和你说。"李挽云的头发披下来，秦无意轻嗅着鼻尖上的几缕发丝，一股馥郁的香气。

"你说。"秦无意语气如丝。

　　"我有过你的孩子,但是我后来去流产了,你能原谅我吗?"李挽云想起伤心过往,泪又下来了。

　　"唉,怎么能怪你呢,现在好了,我只要你能在我身边就好,以后我们还会有孩子的。"秦无意心中有些意外,但立即明白了那是什么时候的事,他本来想说你为什么不告诉我呢,但转念又想这段时间她受的苦也够多了,就只是柔声安慰她。他轻吻她的脸颊,把一颗颗的泪都轻尝一遍,那种微咸的酸涩令他心中也发紧。他抱着她一夜,看她睡去了,自己却一夜无眠。

　　早上有淡淡的炊烟味飘来,两人都没有起床,晨光在纱帐上染上光影重重。李挽云还在睡,秦无意看到日光柔和地亲吻着她的脸,有些动情,他轻轻吻了她的发间,她已经习惯了浓郁的香水气,这些都不是秦无意喜欢的,但是在她身上就有令人迷幻的吸引力。他又亲她的唇,她轻哼了一声,这种慵懒的语气更加激起了他内心的欲望,他解开她的衣领露出雪白的颈项,他轻吸了一口,肌肤柔滑似蜜,那种触感让他加大了力道,直到吻出一个猩红的印迹才满意。他刚放开,抬起头就迎上了李挽云张开的美目,她头一抬就把嘴覆在了他的胸前狠狠吸起来,秦无意一翻身压住她,两人你掐我我拧你,闹作一团,使得榉木床吱呀作响。

　　"你昨天不是让我雕花吗?我才一动手你就反抗。"李挽云一边闹一边喊。秦无意仰天躺着,一副准备好了的样子。

　　"我现在又没力气了。"李挽云见他这样又不好意思起来。秦无意翻身到她身上。

　　"你看花力气的事还是要我做。"秦无意在她耳边坏笑,笑着闹着,两人又说起在村口遇到的红蝴蝶结的村妇,李挽云学着村妇火辣的眼光将秦无意又调笑了一番,两人直闹到傍晚,饭也不吃。老伯送来几个清明团子,说是她老伴亲手做的,放在外间,两人披了睡衣起来吃了些。夜里,屋外有个天井,两人搬了躺椅躺着看星星,边吃着茶,边聊着闲话,直到夜深了才上床。两人相拥而眠,一直闭门不出,但没有东西吃,第三天早上只能出门了。

第七十三章　幸福就是遇到对的人

这是两人定居在下村第一次正式出门，起得早，主要是肚子饿了。天才刚亮，整个村庄还笼罩在晨雾中，远近都是黄色的菜花，空气湿润新鲜。他俩这才看清住的屋子外有片小池塘，放了几把竹椅，一圈竹篱笆。远处有山，隐在晨雾中，村庄的粉墙瓦黛在此刻似乎要晕染在雾中，模糊了边际。两人高高兴兴地手挽手出了门，但田埂太窄了，两人只能一前一后。不知道从什么时候起，如果两个人在一起都是李挽云走在前面，如果不知道去向的时候，李挽云也很喜欢自己做主决定，很少和秦无意商量，仅有的一次，让秦无意带头，结果还错了，此后都是李挽云说了算。秦无意也很喜欢跟在她身后看她活泼的背影，这时她在路边采了一把黄灿灿的油菜花，后来又看到了一片紫红的紫云英，于是立即扔了油菜花跑到地里采起了紫云英。

"你呀，被村民看到要放狗咬你。"秦无意在田埂上缚手看着她。

"他们才不会让狗咬我，只有你才会咬我。"李挽云边采花边说。

她跑过了紫云英地又看见一片萝卜地，于是把紫云英也扔了，拍拍手，去拔了个萝卜，在边上的溪水中洗了洗，大口吃起来。秦无意都来不及阻止她。

"哇，我从来没有吃过这样好吃的萝卜。"她吃着做出很是陶醉的夸张表情，又伸手给秦无意也拔了一个。秦无意刚想说她，她又装可爱说，"人家饿晕了嘛，你把人家关在房里两天两夜，饭也不给吃。"秦无意听得哭笑不得。平时他是少语内向的一个人，和她在一起却总是忍不住要笑。

"好吧，你看你门牙掉了，还这么不小心，吃这样硬的东西。"他也抓起萝卜啃起来。秦无意这样子一说，李挽云马上就把嘴闭上了。

"你属什么？"李挽云一会儿又忍不住问。

"我属蛇。"秦无意想也没有想。

"不对吧，我看你属兔子。"李挽云说着大笑着跑远了。秦无意这才意识到她又在取笑自己，轻笑起来。隐在菜花丛中的李挽云就像一只最美丽的彩蝶。

下村的村民这时开始起身了，李挽云见了一群小鸡，又追出去老远。忽然她看到白墙上写着千年古寺几个大字，李挽云平时最喜欢看这些古迹，于是两人偏了到村口集市的路线，又寻那千年古寺去了。过了一片竹林，穿过整个村庄，又上山，在半山腰才找到这所谓的千年古寺。这里的寺庙和江南的大不相同，不是明黄色的，而是和这里的建筑极像，也是白色的墙，黑色的瓦，若不是门口的铜炉中燃着香烛，他们真以为走错了地方。秦无意对佛很虔诚，便进去进香。李挽云只喜欢古迹，转了一圈见小庙都是新建的，与千年古寺之名完全不符，就不大想进去，但又想看看里面的佛像古不古，就和秦无意进去了。

李挽云一个在庙门外踢石子，秦无意好半天才出来。

"你再不出来，我就要进去和他拼命了。"李挽云一把挽住他的手，"他叫你进去做什么，是不是喊你捐钱呀？你可不要上当。"李挽云把头挂在他臂上。秦无意笑而不答。

到集市时都中午了，两人买了一堆食物和日用的东西，然后坐在简易的草棚下吃面。远处集市上有一对卖南瓜的老夫妇，两人不知道为了什么事而争吵不休，隔得太远听不清。

李挽云看得有趣，就在一边给两人吵架配音。

"你个老不死的，卖了半天瓜一个都没卖出去。"

"是呀，它们长得像，你自然没人买。"

"啊呀，居然学会还嘴了，今天晚饭不要回来吃了。"

秦无意看她学得有趣就也跟着说。

"不吃就不吃，我到村口陈寡妇家去吃。"

"你去了就不要回来。"

"不回来就不回来，我带着陈寡妇去上海。"

两人说着说着一起大笑起来，他们互相看着对方，这些天每天都在欢笑中度过，有时幸福就是遇到对的人，别的一切都不是很重要，还好今生还有机会能体会到，两人深情对视。

第七十四章　失忆的沈月兰

两人搬了东西就回来关起门过日子，一个星期几乎都在床上，没有出过门，不知日和夜，欢乐得像两条鱼。可惜食物很快又没有了，他们这才又出门，顺便看了一下黄伯，却发现他病倒了。秦无意给他看了病，发现并不难治，只是要买些药。两人在村头买了食物，李挽云先回来，秦无意去上村买药。等秦无意回家时，发现一只鸡脖子上吃了一刀，在院子中乱跑，鲜血滴落一地。到厨房却发现李挽云满手都是血，一脸无辜地坐在那，砧板上的葫芦也染了血，把秦无意吓了一跳，忙上前看。只见李挽云的半个大拇指都差点被切下来。

"你呀，中午想给我烧拇指炒葫芦呀？"秦无意拿了草药给她包扎。

"我也不知道你什么时候才能回来，就想先做好饭等你，哪知道那只鸡割了一刀居然自己跑了，我也抓不住它，我想它跑跑就会死了，这葫芦又这么滑……"说到这里都快哭了。

"好了，好了，我的小宝贝，以后都是我来做饭给你吃。"秦无意抱紧她，想不到她在生活上居然是个白痴。

"怎么，后悔了？"李挽云说。

"是呀，后悔出去买药了，一会儿我把那葫芦千刀万剐给你报仇。"秦无意把她抱得更紧。

这天早上，秦无意早起在院子中练剑，他很久没有练剑了，这也是他唯一带出来的东西。李挽云坐在竹椅上吃早饭，看他剑花飞溅，不禁痴了。她想起很久以前在放鹤洲的小院中第一次看他练剑，也是这样的心情，自己会不会从那时就爱上了他，但是当时却没有说出口，如果当时勇敢地不顾一切地缠上他，结果会不会不一样呢？她不知道，她只知道这一刻她对他的爱是这样的强烈，强烈到可以不顾一切。在秦无意刚练完一段的间隙，她跑上去从身后抱住他，大声道："秦无意，我爱你。"秦无意愣住了，他们之间从来没有这样热烈的表述，他有些不习惯。

"我爱你，我想要你，我怕我不说出来自己会后悔。"李挽云直视着秦无意的眼睛，秦无意一把抱起李挽云踢开门进了房。

自从秦无意医好了黄伯，秦无意的医术在小村中不胫而走，常有村民上门来求医，秦无意不好拒绝，但每天最多只看半天病，剩下的时间都陪在李挽云身边。他对家里的银钱都不管，都是李挽云在管，曾经将几家公司都打理得井井有条的李挽云管这小家轻松自如。黄伯两口子也把小两口当自己人，第一天在村口的妇人也常来找李挽云，有时来看病，有时也没什么事，看着秦无意给别人看病，傻傻的坐上个半天方才走。

这一天黄婶说村口有活动，叫秋千抬阁，村民们都会去看，还有戏演，最是热闹，就拉着李挽云和秦无意到村口去。这黄婶黄伯老两口在村里本来就人缘好，现在靠着秦无意的医术和村民们的走动就更频繁了。短短的路程，黄婶几乎是一步一停，和村民们随意地说上几句。遇到隔壁村的年轻小伙，小伙很热情地叫她黄亲妈，她高兴地答应着，却完全不知道那人是谁，看到放牛的娃、割草的叔都是隔河隔池老远地打着招呼，看到一座破旧的小泥房，黄婶索性钻了进去，摸索好半天才出来。秦无意和李挽云就在门外等，他俩也注意到了，村里很多老人都是单独地住在破旧的小屋里，年轻人倒住在大屋中。

"唉，人老了不值钱，前些时间村东头的李妈被大媳妇赶出了家门，后来一个人死在了桑树地里，可怜呀。我的这位老姐姐杏娥也病了好些时日了，她怕自己像李妈一样死了一个月人都臭了才被人发现，所以央求我每天早晚来看看她。"说着黄婶伤心地落下泪来。秦无意想着回头有时间来看看这位杏娥的病。其实村里的人生活都很不容易，这段时间下来秦无意对于民间疾苦也了解了不少，他们是社会最底层的人，也正是因为和自己相爱的人在一起，他们两人才能苦中作乐。而这秋千抬阁也是这一带特有的且为数不多的村民们放松心情的娱乐活动，所以男女老少都去看。一到村口的香樟树前的空地上，秦无意和李挽云立即被眼前的欢乐气氛感染了，那所谓的秋千为风车形，五彩缤纷，由少女彩旦，着古服，缚坐在椅上，唱徽调，伴以吹奏。抬阁为木棉方箱，四周镂花，架幼童二三名，扮戏文，用钢筋按人物分次把演员固定在阁上，不露痕迹，惊险奇观，堪称江南绝活。在香樟树边还有一个简陋的小戏台，上面正在演出昆曲，就一个女子化了妆在唱，也围着一些人。秦无意一看那人正是沈月兰，相处了几个月，秦无意对于沈月兰的扮相再清楚不过。想不到那日庵中失散后居然在这里重逢了。

"她是村长的义女，听说是村长在外做生意时从海上救起来的，据说自己叫什么名字都不知道，但是会演戏，这演的戏据说叫昆曲，我们这里的人都听不懂，但是不要钱，白听听也挺好，好像村里还有几个孩子跟着她在学戏。"黄婶见秦无意盯着台上看就又啰唆起来，反正这村里的鸡毛蒜皮的事情她都是清楚的。秦无意想不到沈月兰居然失忆了，而且什么都忘记了却只记住了昆曲，他想到自己如今身边有了李挽云，就不想再节外生枝前去相认叙旧。几人玩尽兴了才回家。这天过后，两人也不怎么讨厌

241

蝴蝶结了。这天黄伯破例带着秦无意和李挽云参观他们租的这座宅院，这也是整个村子里保存最好的一座老宅子，如果不是黄伯带路，李挽云想自己一定会在里面迷路的。黄伯说这宅子最前面的厅堂在清代的时候毁于战乱，现在保存下来的是后面的一部分。进了围墙，先是两个巨大的石牌坊立在一座池塘前，上面刻着飞禽走兽和祖上的历历战功。

"里面还有一座全木质的牌坊，比这精细百倍。"黄伯见李挽云刚进门就待在了门口这样鼓劲道，这东西他看了几十年，并不觉得有什么特别的。李挽云朝他吐吐舌头，她在上海看到的都是些精巧的日常用品，这样粗犷的明代遗存还是头一次见到。池塘边有木廊，走完廊又有墙，从这墙里起才是以前真正的私宅，只是今天他们是倒着顺序看的，一个小园，园中有一圆窗，黄伯指着透过窗可以看到的池塘说："这里最宜赏月。"李挽云匆匆看了一眼，论赏月这样的风雅事，安徽这边可比不过苏杭一带的文人，这样的玩意巧思她的父亲生前也最拿手。想起父亲，忆起旧宅的李挽云有一丝伤感，好在前面又出现了一对小石狮，不很高，脑袋雕得方方正正，十分特别。黄伯笑着解释说这石狮子据说是按当年明代的祖先样貌雕的，这样想着李挽云倒要笑起来。再进去还是廊，转过廊有个小戏台，很清雅，右面种着桂花，左面种着棕榈树，富贵吉祥的好口彩。戏台小小的，院子小小的，看台也小小的，如果是三两个人至多十来个人看戏那是再惬意不过，但是黄伯说在明代这家一共有一百多口，是户大人家，这一百多口如何能挤在这小戏台上看戏李挽云想不明白，黄伯也解释不了。再往前，天色像是忽然暗下来了一样，四面都是高树，地也忽然凹了下去，像是一个下沉的花园，中间有口井。黄伯依着井的流向给他俩比画出了个"虎"字，这是个虎字井，因为以前的老爷是武官。再向前，房子里居然设了个小药铺，自家人生了病都不用出门去看，据说祖上药材生意也做得很大。药铺边上又是个花园，中间种着几百年的紫藤，西面要么是花窗要么是门，四扇门也做出不同的花样来，瓶形、圆形、扇形、方形，整个不大的空间显得通透而明亮。一扇门通向私塾，私塾的窗子都雕着冰花，代表了十年寒窗。里面放着四张桌子，一张是老师的，另外三张是学生的。一扇门通向祠堂，祠堂里供着历代的祖宗牌位，最下面还有一个牌位是一位管家的。黄伯说当年先老爷受冤死在狱中，是管家冒死把尸体拉回了老家埋葬。李挽云通过花窗直接可以看到药铺的门，其实距离很近，但是就是隔开来绕了远路走，所以这外面看起来不大的空间到了里面却晕头转向，好像进入了一个奇巧的迷宫中。又绕了些路，来到小姐的闺房，小姐的闺房真是雕楼画栋，每一处都雕了繁复奇绝的花。李挽云看得不知如何是好，赞了这处又错漏了那处，平素她在上海时也最喜爱买古玩做消遣，有时也有些得色，这里每处都是明代的老物件，而且件件精品，都是蒙着灰尘安静地待在角落中。秦无意理解李挽云受了打击的心情，向她投来一个微笑。

"做人要内敛。"

李挽云马上装起可爱来，"知道了，爸爸，我知道错了，做人要内敛。"她用手故意沾着唾沫把额前的刘海按平。有时秦无意对她的奇装异服也会说上几句批评的话，虽然来了下村她一直穿着布衣服，但是仍然借故调笑下秦无意。秦无意看了她的样子，一掌轻拂过她的发际，黄伯看着两人的笑闹，自己则远远躲在一边。

"这个窗栏板是为了小姐太太在里间洗脚时不被外面的人看到用的。"黄伯指着两片花窗外另加的一片花窗说。

"这块雕花板呀放在楼梯口，是小姐相亲用的，小姐能看到坐在外面的少爷，少爷却看不到小姐。"黄伯自己说着倒先笑了。

"这就是明代的木牌坊了，你看雕得漂亮吧？两面都雕了花，这面写着先老爷当官的官名，修补过，不过总算完整。"黄伯一路往前。

"做人要内敛。"李挽云除了赞叹，就是不断地向秦无意做怪样，装无辜。

"这里是客栈，是以前接待外来的客人的，戚继光以前曾在这里住过。这边上有个厅堂，你看看摆设，是我们这里最典型的，东面一个花瓶西面一个钟，这叫东平西静。我们这里男人多半都外出做生意，男人在外面就要平安，女人在家里操持家务服侍公婆就要安静守本分，说起这守本分，这刘婶就是守不了本分。"黄伯说的是蝴蝶结，"当年她丈夫外出做生意，她就搭上了上村的王木匠，后来让夫家休了，王木匠又逃走了，所以就疯疯癫癫的。"这样听着两人对蝴蝶结倒有几分同情。

"这厅半空中吊着的四面鎏金雕花的小盒子又是用来做什么的？"李挽云已经看了半天。

"哦，这个呀，以前是放圣旨的。这样放着既光明正大又保险。"听了黄伯的解说李挽云恍然大悟。

这座宅院最精彩的建筑是一个八角形的天井，一圈的廊围着一个井，井壁上供着三个财神，水即财。以前老爷的办公室占了院子中最好的位置，自己带着独立的小水池，空间也不大，累了可以出来临水而思。而且小池正对这小姐的绣房，来到办公室的青年才俊如果到了水边，小姐远远地就能在二楼窗子中看到，如果是有心这样设计，那以前的老爷对小姐真是疼爱有加呀。

这样子跟着黄伯看了一圈出来，李挽云有些失神。曾经如此的辉煌现在也已经是人去楼空，所以人生最紧要的还是把握眼前的幸福吧。想到这里她握着秦无意的手又紧了紧。

第七十五章 剑中的秘密

　　转眼到了秋天，从外面回来的人说山外面都在抓壮丁，据说战事一触即发，所以没事两人很少出门。他们在院中种了些中药，竹篱笆上种了白色的金银花，墙角种了紫苏，还有粉色的重瓣凤仙。秦无意对李挽云说苏州的老家房前屋后种得最多的就是凤仙和夜来香。凤仙也是最好种的花，今年花开，明年籽落在地上自个又开成一片。心情好时秦无意会随便采些野花合着开花的中药一起随意地插在室内的陶罐竹筒中，书房里他用毛笔写了一首诗挂在墙上：

　　归来重整旧生涯，
　　潇洒柴桑处士家。
　　草庵儿不用高大上，
　　会清标岂在繁华？
　　纸糊窗，
　　柏木榻。
　　挂一幅单条画，
　　供一枝得意花，
　　自烧香童子煎茶。

这是元人张雨的一首散曲《水仙子》，以前看父亲挂在书房中，现在他终于有些理解这首散曲的真意了，他也很高兴自己终于能在有生之年真正听从自己内心的意愿来过这样神仙眷侣般的生活。他现在也很少动笔，偶尔他也会想起以前在苏州和父母在一起的日子，也会想起和西园公望谈花论草的时光，一切都是那样的遥远，更多的时候他都是在干些农活。院子中用竹匾晒了很多中草药。秦无意还在院子后面开了一片菜地，他也不大会种，向村民学了点，试着种些青菜和白菜。他在前面点洞撒籽，李挽云在后面光了脚把土覆上，她也是玩的成分多，打小也从来没有做过这样的活，觉得有趣罢了，有时猛踩几脚，籽没盖好，边上的菜秧倒踩死好几棵。如果看到美丽的蝴蝶也会追了去，玩够了才回来，早忘了哪些踩过哪些没踩过。又或者跑到边上的玉米地里抓螳螂，累了就采根黄瓜吃，连皮带肉，洗也不洗，这样的生活在以前是无法想象的。看到田垄上的野向日葵，黄灿灿开得艳，随手编了花环，去给秦无意戴，还命令他不能反抗。秦无意很溺爱他，就老实地戴着干活。看他一本正经地戴花的模样，李挽云又自个笑翻在田里。早起时天气还很好，忽然乌云密布下起大雨来，两人慌忙去收草药，草药还是湿了一大半。坐在二楼，开了窗，外面的雨连成了线，哗哗地下个不停，秦无意泡了一壶茶，在檐下听雨，这就是最好的人生了，他这样想。窗外有棵大树，上面结着小红果，几只白头翁在树叶中依然跳跃不休。李挽云拿了几个黄桃上楼，刚洗的，说是村头李阿婆送的。秦无意医术好，看病有时收钱，没钱也就算了，所以在村里人缘极好，村民时不时送些东西来。秦无意拿起一个黄桃，拿手把它揉搓了一遍，然后开始剥皮，动作轻柔。

"你呀，这是在运功呀，这样子地揉搓。"李挽云看着隐在帘后的秦无意，本就清俊的脸庞像是胭脂被雨晕染开了更是动人，不免拿他开玩笑。秦无意抬眼看了她一眼不理她。

李挽云看秦无意剥了桃皮用嘴在咬桃子,秦无意咬了一口便把桃子递给李挽云。

"再不给你吃,不知道你又要说哪些醋话,现在吃醋都吃到桃子身上了。"秦无意笑。

"不吃,牙疼,嘴张不开。"李挽云撑着头,把嘴嘟到葡萄般的小,比画了一下。

"这样子好了吧?"秦无意把桃子咬出一个尖角来又递给李挽云,李挽云勉强吃了一口。

这些天,李挽云一直咳嗽,秦无意用白萝卜加蜂蜜煮沸了给她喝,但也没有什么好转,李挽云就是阳虚的体质,最近操劳过度,秦无意很是心疼。中午天稍热些,秦无意在园中采了些木槿的叶子给李挽云洗头。这木槿在乡下人眼中可是个宝贝,全身都是宝,中医以树皮和花入药,可活血润燥。树皮治赤白带下,肿痛及疥癣,花治痢疾,用木槿花煎水洗脸,可美化容颜,而用这叶子的汁水洗头头发容易梳通,滋润秀发,能让头发自然乌黑而且能去除头皮屑。他边洗边用手帮李挽云轻柔地按着头维穴,李挽云的头发一直都是秦无意帮她洗的。但这天才洗到一半,李挽云忽然晕倒了,秦无意一搭脉发现她怀孕了。两人非常欢喜,特别是秦无意。他俩坐在小院中,秦无意拉起李挽云的手,这段时间凡事都要亲力亲为,她以前白嫩的手也有些粗了,身上穿了粗布的衣服。

"真是难为你了,跟着我让你受苦了。"秦无意低头吻她的手。

"你怎么这样说,和你在一起的日子是我今生最快乐的日子了。"李挽云把头靠在他的肩上。

"我想吃烤鱼,那种酸酸辣辣香香的鱼,你会不会做呀?"李

挽云忽然想念起以前在季府萨玛做的贵州烤鱼来。

"酸酸辣辣,酸儿辣女,哈哈,我们有儿子了。你说的烤鱼做是不会做,不过为了你和儿子我可以学嘛。"秦无意抱着李挽云不停地转圈。他在屋前的稻田中养了些鲤鱼,最是肥美,他又按李挽云说的配料买了些原料来,虽然不齐全,但两人笑着闹着手黑脸也黑地吃着火里烤油里沸的鱼居然都觉得很好吃。

"这鱼可以叫黑里俏,不知道鱼在火里的滋味如何呢?"李挽云还说。

"鱼是肯定不能回答你了,下次有机会我试了再告诉你吧。"秦无意难得的可爱样子。李挽云作势用黑手打来。

"你看我们结婚到现在我连件像样的首饰都没有给你。"秦无意抓住她的手忽然觉得很抱歉。他拿起身边的剑,那上面镶着一颗古老的宝石,他想把它拿下来,然后给李挽云镶件首饰,于是他到厨房拿了把菜刀,然后把剑放在桌子上,用菜刀敲了下去。奇怪的事发生了,秦无意用的力不是很大,宝剑却从中间断开了,中间居然是空的,里面藏着一张纸,纸已经发黄,上面都是日文,还盖着一个大红印章。秦无意立即想起西园公望和他说过的大正皇帝的遗书,为了弄清楚上面的含义,他用纸抄写了一份,然后拿到镇上找懂日文的先生翻译了一下,内容果然如她所想,想不到祖先会把遗书藏在剑中,秦无意想。

因为事关重大,秦无意觉得应该第一时间把遗书交给西园公望。他把自己的想法和李挽云说了下。李挽云想了很久,现在外面时局很坏,如果回到上海前途叵测,但是如果一旦战争爆发,这宁静的村庄也许不能幸免于难,也许这次也是一个机会,一个让他们下决心的机会,本来她想一切等孩子生下来再说。

"无意,我们回上海后你把东西交给你大伯,第二天我们就离开上海去美国,当初我在锦云那里预留了一笔钱,足够我们的开销了。美国现在不打仗，以后我们的孩子也不用再担惊受怕。"李挽云说。

"嗯，好的，都听你的，只要和你在一起就行，到哪里都可以。"秦无意虽然不知道美国在哪里，但是在这些大事上他习惯性地听李挽云的，只要跟着她他就很开心，他的需求向来不多，而且这段时间看着李挽云粗茶淡饭的，他也觉得委屈了她。

第七十六章　又遇念销

　　两人化了妆回到上海，先去找了锦云。锦云依然住在阁楼上，一问才知道他们不在的几个月上海发生了很多变化，季家老太爷和老太太先后去世，李挽风收留了一批不怕死的安徽来的灾民，有一天冲进了季府，杀死了季府上下三十几口，把季家的产业全都占为己有，后来有一天他在霞飞路上买蛋糕时，汽车被炸了，人虽然没有当场死，但最后还是被洪帮的人乱刀砍死了。听说都没人敢去收尸，尸体被野狗咬得散落四处。季家的家产最后落到了日本人手中。锦云说着也感慨良多。

　　秦无意到了天黑才摸进卢府，把遗书交给了西园公望就急急地出来了。他刚一出门，身后就是一声巨响，整个卢府在瞬间灰飞烟灭了。他还待在原地，有一只手把他拉进了胡同里，原来兴中会要炸毁卢府想了很久了，这也是徐永昌在世时一直想做的，说来也巧，他们刚想动手，就看见秦无意进去，所以特地等秦无意出来了再动手。秦无意这时才想起来念销和他的女儿可能还在里面，心中一阵失落，一切都随着这滚滚大火消失了。

　　他拖着疲惫的身体回到和李挽云临时住的客栈，推门进去，却并未看见李挽云，桌上摆着丰盛的酒菜，边上坐着一个人，满头花白的头发，神色黯然，一身黑衣，此人正是念销。才几个月不见，她已然没有先前的绝代风华，眼睛一片死寂，看到秦无意进来,她的眼睛亮了一下。

"你来了。"她说。

"嗯。"秦无意有些吃惊,他不知道要说什么,当初他离开她去找李挽云时一句话也没有说就走了,他从来没有想过有朝一日还要面对她,而且她的容颜也吓了他一跳,他很想问她李挽云在哪里,但是一时不知道怎么说出口。

"你没吃晚饭吧?我给你准备了酒菜,来,先坐下吃饭吧。"念销的声音像往昔一样温柔,好像两人没有分开过这几个月,好像这仍是跟平时一样的一顿晚饭。

"李挽云在哪里?"秦无意还是忍不住了。

"急什么,先吃饭,吃了饭我就告诉你。"念销放在桌下的手指恨得都掐进了肉里,脸上却还是带着笑。

"放心,这菜里没有毒。"念销自己倒了一杯酒先喝了,然后又吃了些菜。秦无意铁着脸坐下了,念销站起来给秦无意倒了一杯酒,秦无意仰头喝下。

"你这下可以说了吧?"他说。念销走到秦无意身边,一只手拂过他的脸。秦无意把脸扭了过去。

"为什么你的心中只有她,却从来没有我?"念销有些生气,"你说你到底喜欢她哪里?我真看不出她有什么美,牙齿都没有,和那恶鬼没有什么两样,你为了她居然可以抛家弃子。"念销厉声问。听到这些秦无意不禁也叹了口气。

"唉,是我负了你,你我一开始就是个错误。"秦无意说。

"错误,事到如今你居然说这一切都是个错误,哈哈哈哈哈哈,这真是天底下最好笑的笑话了。"念销大笑,灰白的长发飘散开来有些诡异。

"秋水她还好吧?"秦无意问。听到秦无意问起女儿念销不响了。

251

"秋水，秋水，我的女儿。"她在心中默念。

"为娘对不起你呀。"念销在心中已经骂过自己千万遍，悔恨过千万次。在秦无意忽然离开后，没有人知道他去了哪里，念销每天都出去寻找，她找遍了秦无意常去的每个地方，都没有找到，后来才听说秦无意带着李挽云跑了。当她心灰意冷地回到卢府时却又发现秋水也不见了。桌子上有朱少玠给她留的字条，要她午夜时在码头见。他以女儿为要挟要她一起远走他乡，看到女儿在他手中，念销假意同意了，等把女儿要回来后她却一掌把朱少玠打死了，哪知当时朱少玠没有死透，拼着最后的力气把秋水杀了。经历了这一切念销一夜之间白了头发。但是这一切却要如何告诉秦无意呢？

"秋水她死了，还有李挽云。现在这世界上只有我和你了。"过了很久，念销从怀里取出一个镯子放在桌上，这正是秦无意用宝剑上的宝石给李挽云镶嵌的手镯。

"什么？"秦无意跳了起来，把镯子抢到了手里。

"她不是美吗，临死前我用刀把她的脸都割坏了，然后我把她推进了黄浦江中喂鱼，我要让她葬身鱼腹，我要让她下辈子都没机会再做人，我要让你见了她就要吐，我要让她……"念销咬牙切齿地说着。秦无意一剑就向她刺来，直指要害，想不到念销用手轻轻一挥就避开了。

"你是谁？"秦无意大惊，他发现念销的武功居然远在他之上。

"我是谁，这重要吗？我就是你明媒正娶的夫人。你想知道那个贱人临死前都说了什么吗？我想你是没有机会知道了。"念销哈哈大笑，"我要你从今以后都和我在一起，女儿没了没有关系，我还可以给你生很多，只要你喜欢。"念销又向秦无意靠近。秦无意忽然觉得眼前一黑，心中气血上涌，差点站立不住。

"我知道你一定暂时不愿和我在一起,不过没有关系,我们还有很多的时间,还有一生一世那么长,我在你的酒中放了我的血,从此你中有我,我中有你,而且我的血是至阴的东西,从此每晚你都离不开我,如果没有我你就会痛到生不如死,你说好不好?"说到这里念销又哈哈大笑起来,她终于还是得到了他。秦无意一步步向后退,最后破窗而出。窗外就是苏州河,念销想不到他还有这一手,她不会水,只能眼睁睁地看着秦无意泅水而去。

第七十七章　又到姑苏西园寺

秦无意浑身透湿，他一直沿着黄浦江边走，江水浑浊，靠岸边的水中浮着几株芦苇，远处又有船，连成长队。秦无意心灰意冷，自己的婚姻从开始就是个错误，人生有些东西可以将就，有些东西却一定要是自己最喜欢的才可以，这样到头来即使错了也不至于后悔。秦无意现在连悔都谈不上，心痛到麻木了，相处这么长时间自己居然不知道妻子是怎样的人，同样的她也不知道自己是怎样的人，也不知道她有没有对自己说谎，这江水茫茫，要找一个人如何能够呢？秋水卷起江面的寒气越发的冷，在这一刻秦无意的眼中连江水也老去了几分，他直走到江的尽头入海口，走到烂泥中，直到身体半个没入泥中，天黑透了，哪里有李挽云的踪迹？他不知道挽云这刻疼不疼，冷不冷，他们的孩子呢？可怜的孩子，还有第一个胎死腹中的孩子，想到这些秦无意放声大哭，他从来没有这样大声地哭过。涨潮了，滔滔的潮水淹没了他的哭声、他的泪水。他整个人顺着潮水倒了下去。

醒来时，潮水退去了。潮水没有把他带往无尽的大海，而是无情地把他遗留在了泥滩上，一只小螃蟹从他的指尖爬过，白鹭在不远处觅食，它们都当他死了吧？从某种意义上讲，他的心是已经死了。他爬起来坐在泥地上，看潮水起来又远去，没有见到一个人。他等了三天，没有任何的消息。

他去找了锦云，还有一切他能想到的人，都没有李挽云的消息，秦无意不知道自己要到哪里去，也没有家可以回，那个对他说有你的地方就是家的人也不在了，还有什么值得期待呢？兴中会占领了都督府，他们要求秦无意带着他们干，这些不是秦无意一直以来关心的，在上海打打杀杀的这几年对他而言不过是环境驱迫出来的几出耍猴戏罢了。他一个人向北而去，行行停停，居然到了姑苏郊外。长河边一座明代的金山石桥横卧在碧水之上，远处的岸边有村舍，河边有萧瑟的芦苇。秦无意终于支持不住，伏倒在桥上。远处有画舫驶来，有隐约的评弹声传来，那是一曲《江南好》：

江南美景知多少，风光处处好，
绿水青山艳阳照，春色上柳梢。
枝头闻啼鸟，桃花红，梨花白，青青河边草，
游春的人儿乐呀乐陶陶。
江南美景知多少，风光处处好，蒙蒙轻烟雨萧萧，
溪水在欢笑，白云山头绕，七里山塘龙舟闹，
十番锣鼓敲，茫茫太湖轻舟水上漂。
江南美景知多少，风光处处好，
亭台楼榭好精巧，人在画中游，胜似蓬莱岛。
山也好，水也好，景色分外娇，到了江南永远忘不了。
山也好，水也好，景色分外娇，哎呀哎哎呀，到了江南忘不了。

这是秦无意小时候就经常听的一曲江南小调，这时候听来让他昏昏欲睡，他想努力地睁开眼睛，眼前桥上的狗尾草已经有了一抹黄色，那桥头的村舍边开满了白色的梨花，好像一片轻云，

多美的春色呀，秦无感意叹道。一位儒生穿着一身白袍，手中还牵着一位小儿郎。

"父亲。"秦无意对着那儒生努力地伸出手去。

"父亲，这座桥为什么叫宝带桥呀？"小儿郎奔奔跳跳的。

"无意呀，这座宝带桥呀始建于唐朝，后来在明朝时又重修，相传是由刺史王仲舒主持建造，为筹措建桥资金，王仲舒带头将自己身上的宝带捐出来，宝带桥之名由此而来。乖，你来数数这座桥一共有多少个桥孔。"儒生两人从秦无意的身边飘忽而过，秦无意的头更疼了。

正当他想彻底地睡去时，耳边又传来一阵洪亮的声音：

"饥来要吃饭，寒到即添衣，困时伸脚睡，热处爱吹风。"

秦无意再次醒来时，发现自己躺在一间僧房里。小沙弥见秦无意醒了很高兴，马上去叫来了方丈无相法师。无相法师银发银髯，一脸慈和。

"阿弥陀佛，秦施主，你终于醒了。"无相双手合十。

"无意呀，你已经睡了两天了，你身中剧毒，幸好当年贵府的林管家给了我两颗解毒丸，我也是抱着试一试的想法，每日一粒给施主服下了。施主身上的毒只是暂时被压下了，想要去尽恐怕还要另想他法。"无相示意秦无意不用起身。无相法师是姑苏城中西园寺的住持，和秦家是旧交，秦府就在西园寺的东侧。西园寺创建于元代，旧名归元寺，明嘉靖年间太仆寺卿徐泰时曾把归元寺改为宅院，徐泰时去世后，其子徐溶舍园为寺，还取名归元寺，后来又改名西园寺。秦府以前和无相法师私交甚笃，这次秦家遭此劫难，身后事也全都是无相法师出面料理的。秦无意在上海站稳脚跟后曾回过一次姑苏，特地拜谢过无相大师，也去父母的坟上上过香。想不到这次落难，救他的又是西园寺的人。无相大师让他凡事不要多想，安心在寺中修养。

此时已经是深秋，这天秦无意稍感好些就起身到院中散步。西园寺很幽静，小时候他常来这里玩耍，父亲还会带着他到玄妙观听评弹。他对这里的一切都是熟悉的，出来厢房，园中一雌一雄两棵千年的银杏叶子一片金黄，走过一段极窄的连廊，眼前是一座黄石堆成的假山，小时候他最爱躲在山洞里，吃饭时让母亲和丫鬟一顿好找。再前面有五百金身罗汉堂，进罗汉堂前的雕花石拱门古朴精美，是明代的遗存。罗汉堂，创建于明代末年，清咸丰十年（1860年）毁于兵燹，后来在同治、光绪年间陆续重建。罗汉堂内屋宇深广，五百罗汉相对排列，造像姿态各异，栩栩如生，喜怒哀乐，无一不备。秦无意对着他们一一仔细端详，他忽然觉得这罗汉很有趣味，好像个个如他般在世间挣扎，尝尽世间百味。出了罗汉堂就到了放生池，秦无意记得这里放生池中的鱼都特别的肥大，另外还有两只斑鳖，一种古老龟类动物，小时候听父亲说这对斑鳖已经活了三百多年，好像来自太湖，一只叫圆圆，一只叫方方，经常一起出现，是很恩爱的一对，寺里的僧众也把它们当作镇寺之宝，而香客也把见到方方圆圆当作祥瑞之兆。小时候秦无意见过它们很多次，今天他在水边等了很久也不见它们的踪迹，只有成群的鸽子咕咕叫着从头顶飞掠而过。

"今天怎么没有见到方方圆圆？"秦无意看见有僧人经过不禁问道。

"哦，方方年前死了，而今圆圆也不见了踪迹。"僧人这样答道。秦无意不禁睹物思人，想起李挽云和他那没有出世就去世的苦命的孩儿来，他不禁在池边痛哭起来。黄石假山上，无相法师远远地看着秦无意陷入沉思中。秦无意用心体会无相法师的这几句话。秦无意也喜欢看无相法师作画，当世之人都认为无相法师的山水画意境最为高远。无相法师的山水画从白到黑，从简到繁，从历历分明到浑沦神秘、深不可测，创造了历代山水画家都

不曾有过的苍黑、深沉、丰郁的山水画格局，笔墨由淡到浓层层复加，多遍厚积，浓郁的画面黑到惊心动魄，厚与黑到了最大的限度。无相法师的画中无人迹无村舍，神思飘荡，来去自如。

"画是醒时梦，画家不善画空，千古之缺失。"无相端详着右上角的一片空白处自语道。

"这古人也真是玄思妙想，竟然晓得用毛笔。这毛笔是软的，纸也是软的，墨也是软的，竟是在软与软的相容、相助、相依、相生中才得此大玄妙。"无相手执毛笔看向秦无意。秦无意不会画画，少年时只和父亲学习过书法。

"我观大师作画这扎、刺、缠、拦、拿、扑、点、拨的笔法就如行云流水的剑法。"秦无意想什么说什么。

"哈哈，秦施主看样子还是画画的可造之才呀。这技法于画画只是舟楫，画画贵在无中生有，老子讲万物生于有，有生于无，而佛家讲真空生妙有，所谓真空生妙有就是先有空，但愿空诸所有，切勿实诸所无。绘画技法也是这样，学不到手不行，学到手一味固守也是错。修行的过程就是放下的过程，绘画也必须学会放下。好的画，真境里无不是妙，这妙才是真有，技法不是。"无相的绘画与修行的放下理论让秦无意深思良久。

"秦施主，这修行之路你也不用太着急，终有一日你会一朝直入如来地。从二祖到六祖，还有后来的祖师们，哪个不是棒喝之间得悟？这悟道就是春季里明花开启的那一刻。"无相见秦无意有些痴傻，哈哈大笑道。

秦无意回去反复揣摩无相法师日间的话，但他的内心仍旧无法平静，他不能原谅自己，因为当初是自己想回到上海才使李挽云和他的孩子一命呜呼，而再想到李挽云和孩子临死前所受的痛苦更是痛彻心扉，严格来说是失去了两个孩子。而到了夜里，体内的毒就开始发作，浑身火热，如至炼狱，骨头如被万千蚂蚁啃食，更是苦不堪言。

这一日无相大师来告诉他一个好消息，秦无意身上的毒源自西域，在姑苏城外天平山下有一座寂照寺，是当年乾隆皇帝下江南给老太后祝寿而特地建造的汉藏佛教合一的寺院。寺里的住持叫仁钦波桑，对西域的药物颇有研究，这几日仁钦波桑刚好从西藏回来，无相法师推荐秦无意去试试。秦无意非常感谢无相法师为他所做的一切，他心中已经有了出家的念头，可惜身体一直为病魔所困，临行前他把秦府的旧宅也舍给了西园寺。

秦无意来到天平山时已是傍晚，夕阳里满山的枫叶都红尽了，山下有个池塘，池塘的周围也种满了枫树，火红金黄倒映在碧水中。秦无意想起从安徽出发时李挽云看到村头的老枫树叶子还没红尽有些失望，这样的秋尽处如今却无人可以共赏。走了一天他太累了，心力交瘁，坐在一棵巨大的枫树下打坐，每日夜里他都盘膝打坐运用内息企图化解内毒，但体内的毒就如念销所说十分特别，几日来日益增强却无法消减它分毫。

第七十八章　绝处逢生

仁钦波桑看了无相大师的信后很热情地接待了秦无意。"施主身上中了很重的毒，不过不要紧，施主休息几天后自然就会好了。"仁钦波桑在给秦无意搭了脉后很轻松地说。"哦。"这些天来秦无意一直为此毒所苦，想不到居然真有解救的方法。仁钦波桑精通藏传医术，两人详谈之下发现彼此都擅长医术却又互有补充，颇有相见恨晚的感觉。仁钦波桑第二天先让秦无意把尿盛在碗中，他仔细观察尿热的时候、温的时候、凉的时候，不同的状态下的颜色，辨蒸汽，然后闻气味，还要搅动，听气泡破裂的声音，最后再观察尿里的漂浮物和冷却后的浮皮，这和秦无意熟悉的中医看病所用的望、闻、问、切很不一样，接下来的几天又给秦无意服用了一些藏药，这些藏药也是秦无意从来没有见过的。到了第六天仁钦波桑先对秦无意进行消毒，然后取出一个锋利的银质薄片，娴熟而迅速地在秦无意的鼻尖处轻轻地划了一下，随即又迅速把碗接在病人鼻尖前。几秒钟后，暗红色的鲜血滴滴答答地流下来了。一两分钟左右，他又把血止住。当晚秦无意就觉得好了许多。这样又进行了三次，秦无意的情毒尽除。

这样秦无意就在寺中住下来，闲时和住持切磋医术，学习藏文，寂照寺很宏伟，除了经堂、神殿、印经院、僧舍、执事者的办事处、仓库、招待施主的客房、牲圈等外，在半山腰还有一片作为辩经场所的林苑。在酒红色的枫林中，穿着酒红色僧服的僧人围成几个圈，席地一坐身无他物，地上铺着白色的小石子。辩论者站在圈的中心，一人立宗，一人攻宗，你问我答，几组人大声地用力地辩驳着。秦无意听不懂，但是很喜欢看。这些天仁钦波桑送了一条加持过的菩提子给他，他戴着菩提子，坐在绿釉的佛塔的台阶上看夕阳，金色的夕阳映红了天地，将一切边缘都模糊在了金色中，好的，坏的。天上的云变化不定，有时是红色的马、有时是金色的龟、有时是彩色的船，其实它们什么都不是，秦无意几乎每天都来看云，挽云，云如何才能挽留住呢？人生一切皆虚幻。他想起了在放鹤洲一起看星星，在江西一起听雨，好像都是在昨天，世事变幻，就如眼前的浮云。每天晚上秦无意都会做噩梦。

第七十九章　笼中鸟

上海，念销呆立在黄浦江边，江上空无一人。"看来这世上失意之人不止我一个呀。"身后有冷冷的声音传来。

"师姑。"念销转过头，看到风中站着的白衣人大吃一惊。

"哼，你还记得我这个师姑呀，你说一个月后你师父就会来看我，结果我等了数月也不见他的人影，他葬身鱼腹，你也不来给我送信。"白衣女子的声音还是很平和。

"弟子该死，弟子也是怕你知道师父的噩耗伤心呀。"念销在心中打起了鼓，脸上却赔着笑。

"你不该既给我希望又叫我失望的，如今在这世界上我再也没有了希望，想来想去只有找你回去陪着我。现在看来你也是情场失意，短短数月不见，你已经满头白发。那就更好了，正好互相做伴。"说着白衣女子哈哈大笑。

"师姐。"念销叫道，等白衣女子回过头，她拔腿就跑，忽然左脚一软，整个人失去重心摔在了地上。白衣女子收回蚕丝，上了马，将她在地上拖行。念销在地上大骂："你这个恶女人、毒女人，难怪师父不要你，我告诉你呀，师父从来没有爱过你，他在扶桑早就儿女成群，娶妻生子了……"念销越说越气，白衣女子的马鞭劈头盖脸地落下来。念销在这一刻忽然有些想念起朱少玠来，如果他还在，自己多少还有个帮手。

先蚕祠，念销被关在一个巨大的白色鸟笼中，里面还种了花草，白衣女子给念销身上插满了羽毛。早晚她都会来看她。

"小白，你说你师父他是爱我的，对吗？嗯，你说得对，他从来都是只爱我一个的，一定是师祖反对，他才不敢来找我了……"一开始念销还激烈地刺激她骂她，但白衣女子给她吃了一种药，念销白天会变得很安静，不说话。多数时候都是白衣女子一个人在说话，念销听。夜里念销整个人会发狂，而夜里整个先蚕祠就是一片死寂，只有念销的吼叫声回荡在空夜中。终于有一天，念销弄断了一根铁丝逃了出来。

第八十章　了却尘缘

秦无意在寺中待了一段，每日同寺中僧人共同生活，观摩各种经文、唐卡、佛像，决定抛开世事出家，也许这样可以忘却一切烦恼。

那日，秦无意以香汤洗浴，一袭白衣，进入道场跪在仁钦波桑面前道："我秦无意愿剃发出家。"仁钦波桑开始为秦无意落发。正在这时从门外匆忙地跑进来几个颇为狼狈的小沙弥对着仁钦波桑道："师尊，外面有个女施主，自称是秦施主的妻子，十分凶悍，我们勉强将她拦在门外，她说想见秦施主一面，特来请尊者示下。"

"我已了却一切尘缘。"秦无意闭目只说了一句。

"好，你们出去规劝女施主离开吧。"仁钦波桑对着小沙弥道。

夜里，仁钦波桑与秦无意在月下对坐喝茶。

"今晚的夜月如钩。"秦无意望一眼天上的月亮。

两人这段时间的相处亦师亦友，在寺里的日子秦无意也获得了心灵上少有的平静，他也在心里问自己如果今天在寺门外的是挽云而不是念销一定会像从前一样不顾一切地冲出去吧。

"我近来晚上时常做噩梦，梦到我死去的妻儿被困在冰冷的水中，四周雪山冰川环抱，到处狂风四起，暴雪纷飞，他们赤身露体，紧咬牙关，皮肤被冻成青紫色，一片片地裂开来。"秦无意说出了自己每天晚上的梦魇。

"秦施主，你要知道这世间一切都是无常的，万事随心便好。"仁钦波桑如是说。

"唉，我这一生对地位、名利、吃食、用度、财富本来就不看重，唯有这情字始终参不透，也放不下。"秦无意对月长叹。

"秦施主，万事讲求机缘，不必急于一时。"仁钦波桑的脑海中还是浮现出今天早上寺门外那个黑衣白发暴厉的女子形象，那眼神让人不寒而栗，虽然秦无意从来没有说起过他的往事。

"你尝一下这茶。"仁钦波桑将一杯颜色有些奶白的茶递到秦无意身前。

"金骏眉，还加了一些奶。"秦无意浅尝了一口。

"不错，是金骏眉加了些酥油，味道如何？"仁钦波桑见秦无意一口就能叫出茶的名字来很高兴，这也是他与秦无意特别亲近的原因，两人有很多共同话题。秦无意的父亲除了医术高明，也爱喝茶，他收集了各地的名茶，秦无意从小就喜欢喝茶，连性情也有些淡然。

"这金骏眉本产自武夷山，6至8万个芽尖方可制成一斤金骏眉，难得师尊藏有这样的精品。"秦无意赞。

"饥肠辘辘、神不守舍之际，一碗热茶既解饥又疗渴，其功用实在难以用语言形容。"仁钦波桑也爱茶至深。

"嗯，这金骏眉配以酥油口感更加特别，清甜顺滑，具有集果香、甜香、花香于一体的综合性香味。甘甜感顿生，滋味鲜活甘爽，高山韵显，喉韵悠长，沁人心脾，仿佛使人置身于森林幽谷之中，而酥油更增强了这种香味，令底香持久、变幻、令人遐想。而且此茶还有消除水肿、水滞瘤，强心解痉等功效。"秦无意又喝了一口说道。

"不错，不错，明天我带你去参观一下寺内专管茶叶打茶熬茶的厨房。"仁钦波桑很高兴。

这一切都被隐在墙头松树上的念销看在眼里。白天她在寺门外没有讨到便宜，这个寺里的僧侣武功都平平，但人多势众也不好对付，故而她趁着夜色而来。想不到夜都深了，这老和尚还在这里喋喋不休，她想等老和尚走了再现身可以少些麻烦，但是等了又等，老和尚就是不走。眼前的秦无意穿了一身白色的僧袍，脸色清瘦，多了几分人在世外的超然，在月色下让念销更是心中抓狂。一道寺门如何能难住我？除非生死，她咬着牙努力克制住在心中升起的恶魔。每个夜里特别到了深夜她内心的欲望就会升起，难以克制，她的嘴唇这一刻已经咬出血来，手指也在松树上留下道道血痕，但是最后她还是飞身跃了下去，没等仁钦波桑反应过来就一剑刺入了他的胸口，仁钦波桑闷哼一声倒下了，她将剑又虚指向了秦无意。秦无意一动不动，她一时倒没了主意，她又怕迟则生变，将秦无意打晕了，扛在肩上越墙而去。

第八十一章　寒冷彻骨的冰洞

等秦无意醒来时发现自己在一个石洞中，自己双脚疼痛难忍，上面包着白布。"怎么样，喜欢这里吗？我知道你喜欢清净，这里还是天平山，这个洞穴是北宋天圣年间高僧择梧面壁思过的地方，我已经将入口用石头封死，只有顶上有一个出口，从此以后我就可以和你在这里长相厮守，你说好不好？"念销温柔似水。秦无意索性闭上了眼睛。

"昨晚我也不知道怎么了，居然把你双腿的脚筋都弄断了，你现在还疼不疼？唉，我想那时也是怕你离开我吧。好了好了，从此以后每一天我都伺候你，你想怎样就怎样，好不好？只要你不离开我就行。"念销一个人说着，偶尔有水滴从洞顶上滴落下来，落在身边的小池中。

"你看这顶上还有一棵枫树，这几棵枫树都是明代的古枫，叶呈三角状，与江南红枫很不同呢，我看着它由青次第变为黄、橙、红、紫，妙不可言，特别是到了傍晚珊瑚灼海，红霞万丈，可惜现在叶子落尽了。不过不要紧，还有明年，后年，再后年，你一定看得到的。"她说着将头轻轻地靠在了秦无意的膝盖上，秦无意盘膝打坐，她感到前所未有的满足和宁静。

她还给秦无意准备了一把古琴，可惜他不弹，念销特地学会了几曲，在卢府时秦无意经常会在院子中独自弹《湘妃怨》，念

销也学会了,她弹给他听,曲声在这石洞中分外绵长。

  落花落叶落纷纷,终日思君不见君。
  肠断断肠肠欲断,泪珠痕上更添痕。
  一片白云青山内,一片白云青山外。
  青山内外有白云,白云飞去青山在。
  我有一片心,无人共我说,愿风吹散云,诉于天边月。
  携琴上高楼,楼高月华满。
  相思弦未终,泪滴冰弦断。
  人道湘江深,未抵相思半,海深终有底,相思无边岸。
  君在湘江头,妾在湘江尾,相思不相见,同饮湘江水。
  梦魂飞不到,所欠唯一死,入我相思门,知我相思苦,长相思兮长相忆,短相思兮无尽极。
  早知如此绊人心,何不当初莫相识。
  湘江湘水碧澄澄,未抵相思一半深,每向梦中相见后,令人不觉痛伤心。

  念销弹到泪也下来,秦无意还是面无表情。
  夜里念销毒素发作,她扑到秦无意身上,疯狂地亲吻他,她用滚烫的唇吻遍他的全身,她用牙齿撕咬他,把他咬到血肉模糊,但秦无意毫无反应。等到白天,看到遍体鳞伤的秦无意念销又开始后悔,开始打自己,向秦无意忏悔。但到了夜里一切照旧,或者把秦无意浸在冰冷的水中,这样过了几个月。
  已是隆冬时节,外面飘起了鹅毛大雪,念销在洞顶覆了些竹篾和茅草,但洞中依然寒冷彻骨,每晚她都抱着秦无意睡,血水湿透了她的衣服。这一天,秦无意看到洞中池水中的游鱼,忽然说想吃烤鱼,念销大喜,这是这么多月来他第一次和自己说话，而且居然还要开荤，可见精诚所至，金石为开。她冒着风雪出去采办了东西，带回来木材和调料，又跳到冰冷的水中抓了几条鱼上来。秦无意亲自烤的鱼，放上了青胡椒和大把的葱和红辣椒，鱼肉鲜香酥嫩，是念销从来没有吃过的美味。夜里秦无意第一次没有推开她，她也没有进一步的要求。两人静静地在寒夜里躺着，细雪落在面上冰冰凉凉的，念销的心中从来没有这样甜蜜过。秦无意在入睡前甚至还教了念销一段绿度母心咒，他轻柔地念："嗡。大咧。度大咧。度咧。梭哈。"又让念销跟着念。

　　夜深了，今夜的月色分外清冷。念销将头伏在秦无意盘坐的双膝上沉沉睡去，秦无意望着山洞中幽寂的夜色，不禁又想起仁钦波桑以前和他说起过的修行的最佳地点，如果一个人在这深山岩洞中修行，每日与飞禽走兽朝夕相处，喝的是清静的泉水，吃的是天然的树叶，在这里没有亲友也没有怨友，心怀出离心、厌离心、信心、清净心、禅定及等持等一切正道的功德，最后走向寂灭，该是多么美好。可惜也不能够。他静静地看着水中月亮明灭不定的倒影，不禁轻声道："影沉寒水，水本无留影之心。宝月流辉，澄潭布影，水无蘸月之意，月无分照之心。如何能断？唯有水月两忘。"

第八十二章　我的志愿就圆满

第二天一早，念销高高兴兴地出去买食材，回来时老远就看到山上有烟，她急奔回来从洞口往下看，秦无意身上一片火光，他盘膝而坐，一动不动，她的泪再也抑制不住。

"为什么？为什么？你情愿死也不要和我在一起？到最后也还在欺骗我？"她狂喊，狂哭。

"你以为你死了就能够离开我？做梦！我要你生生死死都永远和我在一起。"她喊着忽然朝火光冲去，在烈焰中抱住了秦无意焦黑的躯体，她感觉不到疼，火光慢慢熄灭，洞中长久回荡着她惨烈的长笑。

李挽云抱着她的儿子来见锦云时已经是初夏了。她被毁容，跌落黄浦江后被小岛上的渔民救起，但身体受了很大的伤害，下体一直血流不止，为了保胎，整整几个月都卧床不起，好不容易才生下一个男孩。但小男孩生下来就先天不足，不哭不闹，体若无骨。但李挽云对他依然十分宝贝。先前秦无意曾寄了书信给锦云，李挽云将孩子留在锦云处，自己找去了姑苏寂照寺，小沙弥道前一阵子看到山中有烟火色，怕引起山火，特地去看了，山洞中有两具焦黑的尸体，不知道是不是。

李挽云一人冒着风雪爬山，一个小沙弥跟着，洞顶很高，又下了雪，很滑，他们好容易才垂了绳子下到洞底。洞中阴冷无比，李挽云看到了两具相互缠绕的焦黑尸体，有一具尸体上有一枚白玉的戒指，正是秦无意从不离身之物，那是他父亲留给他的。李挽云花了好大的力气才把两个尸体分开，但依然你中有我，我中有你。

"这火里的滋味如何呢？"她泪流满面的脸上泛起一丝笑，她自己问自己，没有人回答她。转过头，她忽然看到石壁上有秦无意用炭灰写的几行小字：

我快乐，你并不知道，
我愁苦，你也并不知道。
若能死在此山中，
我的志愿就圆满。

在这旷野岩洞中，
去悲喜，
去过往，
去有情，
我的志愿就圆满。

小字的边上有个小石洞，里面藏了个小布包，里面正是李挽云的两颗牙齿。李挽云望着牙齿和眼前的一堆焦骨，这些年的前尘往事宛若一梦。

李挽云带着孩子和秦无意的骨灰来到了美国，后来去了加拿大，她失去了美貌，也少有积蓄，她刻意保留了生活留给她的伤痕，通过自己敏锐的商业触角开创了属于她的帝国。

故事到这里就结束了。季无患合上日记，天光已经放亮，自

己居然整整看了一夜。

医生告诉李夫人她已经身患绝症,她怕自己死在病床上没有机会去体会秦无意死在火中的感受,那是怎样的绝望和煎熬,她也想借着烈火最终两人能融为一体。她最放心不下的就是她的儿子,她只有一个条件,希望有人可以照顾他病弱的儿子,和他结成终身伴侣。

季无患推门出去,海风拂过她的脸颊,是这样的清新,海面是上白帆点点,有海鸥飞过海面……